HORST BOSETZKY
Der Fall des Dichters

BUTTERPAKETE Berlin 1916. Nach mehreren gescheiterten Versuchen im Berufsleben und einem abgebrochenen Theologiestudium entschließt sich Wilhelm Blümel nach Berlin zu gehen, um dort ganz seiner Berufung zum Dichter und Bühnenautor nachzugehen, doch auch dies nur mit nur mäßigem Erfolg. Seine finanzielle Not wird von Tag zu Tag größer. Um dieser misslichen Lage zu entkommen, entführt er einen Geldbriefträger. Er wird jedoch bei seiner Tat überrascht und erschießt die Zeugin und das Opfer. Aus dem geplanten Raub ist ein Doppelmord geworden. Das erbeutete Geld ist aber bald verbraucht und Blümel begeht das nächste Verbrechen. Kommissar Fokko von Falkenrede heftet sich an seine Fersen, doch er kann den Geldbriefträgermörder einfach nicht fassen …

Horst Bosetzky, geboren 1938, lebt in Berlin. Er ist emeritierter Professor für Soziologie und veröffentlichte neben wissenschaftlichen Beiträgen, Romanen, Drehbüchern und Hörspielen seit 1971 unter dem Pseudonym -ky zahlreiche, zum Teil verfilmte Kriminalromane. Für seine schriftstellerische Arbeit wurde er mehrfach ausgezeichnet.

Bisherige Veröffentlichungen im Gmeiner-Verlag:
Nichts ist so fein gesponnen (2011)
Promijagd (2010)
Unterm Kirschbaum (2009)

HORST BOSETZKY

Der Fall des Dichters

Kriminalroman

Personen und Handlung sind frei erfunden.
Ähnlichkeiten mit lebenden oder toten Personen
sind rein zufällig und nicht beabsichtigt.

Besuchen Sie uns im Internet:
www.gmeiner-verlag.de

© 2012 – Gmeiner-Verlag GmbH
Im Ehnried 5, 88605 Meßkirch
Telefon 0 75 75/20 95-0
info@gmeiner-verlag.de
Alle Rechte vorbehalten
1. Auflage 2012

Lektorat: Claudia Senghaas, Kirchardt
Herstellung: Christoph Neubert
Umschlaggestaltung: U.O.R.G. Lutz Eberle, Stuttgart
unter Verwendung eines Fotos von: © Potter / Getty Images
Druck: Bercker Graphischer Betrieb GmbH & Co. KG, Kevelaer
Printed in Germany
ISBN 978-3-8392-1262-2

»*Verflogen ist der Kriegsrausch ... Der Hunger
geht um in Deutschland ...*«
(Ernst Toller)

1.

Alles wäre wohl ganz anders gekommen, wenn die Reichspost Wilhelm Blümel am 10. Januar 1916 kein fünf Kilo schweres Paket zugestellt hätte. Seine Eltern hatten es in Bremen aufgegeben, weil die Zeitungen schrieben, dass in Berlin im zweiten Kriegswinter überall Schmalhans Küchenmeister sei. Ein bisschen Wurst und Schinken enthielt das sogenannte Fresspaket, vor allem aber Butter, gute Butter. Goldgelb und Gold wert.

Die Butter spielte im Berlin des 1. Weltkriegs eine ganz besondere Rolle. Die meisten Berliner hielten sie für ein unentbehrliches Lebenselixier, Butter war ein Bestandteil der nationalen Identität, und nun war Butter für eine Familie, deren Ernährer als Arbeiter oder kleiner Beamter sein Geld verdiente, nahezu unbezahlbar geworden. Der Preis für ein Pfund Butter hatte zu Beginn des Krieges bei 1,40 Mark gelegen und war Ende 1915 schon auf 3,30 Mark geklettert, Tendenz steigend. In Lichtenberg hatte es schon regelrechte ›Butterkrawalle‹ gegeben.

Wilhelm Blümel hatte in der Schöneberger Zietenstraße, direkt am Platz, in dessen Mitte die wunderschöne Apostelkirche aufragte, eine Wohnung mit Stube und Küche gemietet, zwar im Hinterhaus gelegen, aber immerhin mit einer Innentoilette ausgestattet, sofern ein Plumpsklo eine solche Bezeichnung verdiente. Für einen Mann seines Kalibers war das erschreckend wenig, und eine Villa, wie sie sich Hermann Sudermann in Blankensee in den märkischen Sand seines Landgutes gesetzt hatte, wäre angemessener gewesen, aber es brauchte eben Zeit, bis auch sein Stern am Theaterhimmel aufgegangen war.

Bis zu den Bahnsteigen der Hoch- und der Untergrundbahn am Nollendorfplatz waren es nur wenige Schritte. Seit 1902 gab es den Hochbahnhof auf der Strecke Warschauer Brücke – Zoologischer Garten, 1910 war die Schöneberger U-Bahn zum Innsbrucker Platz dazugekommen und nun arbeitete man an der Verstärkungslinie Wittenbergplatz – Gleisdreieck. An sich fuhr er lieber mit der Straßenbahn, denn als Asthmatiker fiel ihm jedes Treppensteigen schwer. Doch selten verfluchte er seine Krankheit, sie hatte ihm schließlich erspart, im Schützengraben zu liegen und erschossen zu werden.

Heute aber war es trotz aller Mühen vorteilhafter, die Hochbahn zu nehmen, denn sein Ziel lag in der Lothringer Straße, fast am Ausgang des U-Bahnhofs Schönhauser Tor. Zwar schmerzte die eiskalte Luft in den malträtierten Lungenflügeln, doch er kam ohne große Atemnot oben an und konnte im gerade einlaufenden Zug mit einigem Geschick einen Sitzplatz ergattern, sodass er gut verschnaufen konnte. Er schloss die Augen und ging noch einmal die Argumente durch, mit denen er den Inhaber des

Theaterverlages der Gebrüder Dürrlettel von der Qualität seines Stückes überzeugen wollte.

Viel zu schnell war er am Ziel, und wieder hieß es für Blümel, Treppen steigen, erst von der U-Bahn wieder ans Tageslicht, dann in der Lothringer Straße in die zweite Etage hinauf zum Theaterverlag. Schwer atmend blieb er stehen. In seiner Lunge rasselte und fiepte es erschreckend laut und es schien ihm, als würde seine Brust von einem stählernen Band umschlungen werden, das sich immer enger zusammenzog. Er musste warten, bis sich alles wieder löste und er den Schleim abhusten konnte. Erst dann riss er am Klingelzug. Ein Bürodiener erschien und fragte ihn nach Namen und Anliegen. Blümel drückte dem Mann seine Visitenkarte in die Hand.

»Ich bin für zehn Uhr angemeldet.«

»Herr Dürrlettel ist noch nicht zugegen, aber kommen Sie bitte und nehmen Sie schon Platz.«

Blümel wurde in das Arbeitszimmer des Verlegers geführt und erst einmal dort gelassen. Er hatte beschlossen, sich als Genie zu inszenieren, also durfte er sich vom Ambiente nicht einschüchtern lassen. In den Regalen, die bis zur Decke reichten, reihte sich alles, was zum großen Theater gehörte, stand Euripides neben Shakespeare, Goethe neben Molière, Schiller neben Ibsen. Und in jedem freien Winkel häuften sich Manuskripte zu Bergen, die noch nicht gelesenen in schöner Ordnung, die schon abgelehnten gehörig zerfleddert. Jedem Neuling sollte signalisiert werden: Lasse du, der du hier eintrittst, jede Hoffnung fahren.

Nach einer Viertelstunde erschien Theodor Dürrlettel und begrüßte ihn zwar höflich, aber so kurz angebunden und distanziert, dass er sich als Störenfried empfinden musste.

Theodor Dürrlettel war nicht nur dick, sondern ein ausgemachter Fettkloß. Kein Wunder, dass er früher als Falstaff seine größten Triumphe gefeiert hatte. Nach einem Schlaganfall hatten ihm die Ärzte alle weiteren Auftritte untersagt, aber er war vom Theater nicht mehr losgekommen und hatte sich in den kleinen Bühnenverlag seines Bruders eingekauft. Man sagte ihm nach, eine Spürnase für Begabungen zu haben, die bislang noch niemand entdeckt hatte, und darum setzte Wilhelm Blümel auch große Hoffnungen auf Theodor Dürrlettel.

»Seien Sie willkommen in meinem Hause«, sagte der Verleger. »Lieber Blume, ich ...«

»Pardon, Blümel bitte, Wilhelm Blümel.«

Dürrlettel strahlte. »Na, wusste ich doch, dass es etwas mit einer blühenden Pflanze zu tun hatte.«

Blümel kam ihm mit Shakespeares Julia: »Was ist ein Name? Was uns Rose heißt, / Wie es auch hieße, würde lieblich duften.«

»Sehr gut!« Dürrlettel klatschte in die Hände. »Nun, Herr Blümel, ich habe Ihr Stück mit großem Interesse gelesen ...« Er konnte sich aber so wenig daran erinnern, dass er in einem der kleineren Stapel nach dem Manuskript zu suchen begann. »Sehr beeindruckend ... Wie war der Titel noch mal: *Vom Glanz verblendet* ...«

»*Glanz und Elend*«, wieder korrigierte Blümel ihn. »Das Leben Albert Lortzings.«

»Gut, lassen wir ihn glänzen ...« Dürrlettel setzte seine Suche fort. »Bis ich Ihr Manuskript gefunden habe, könnten Sie mir vielleicht etwas über sich erzählen ...«

»Ja, gern ...« Blümel begann weit auszuholen. »Zur Welt gekommen bin ich am 2. März 1874 in Oldenburg in Oldenburg. Mein Vater war Handelsvertreter für Landmaschinen. Als er genug verdient hatte, sind wir nach Bremen in ein eigenes Haus gezogen. Ich bin aufs Gymnasium am Barkenhof gegangen und war schon als Schüler Statist im Theater am Goetheplatz. Nach der Reifeprüfung bin ich nach Tübingen gegangen, um Theologie zu studieren. ›Schmeckt und sehet, wie freundlich der Herr ist. Wohl dem, der auf ihn traut!‹ So verspricht es einem der 34. Psalm, in Wirklichkeit jedoch ... Ich war am Verdursten, ich wollte mich am Leben erfreuen, nicht am vergilbenden Papier. ›Die ganze Welt ist eine Bühne ...‹ Und auf der wollte ich meine Rollen spielen. So habe ich 1895 mein Studium abgebrochen und beschlossen, die Welt zu bereisen und Theaterstücke und Romane zu schreiben. Hafenarbeiter in Hamburg und London war ich, als Matrose bin ich auf verschiedenen Handelsschiffen um die Welt gedampft und gesegelt, in Amsterdam war ich verliebt und hat es mir das Herz gebrochen, hier in Berlin bin ich zur Schauspielschule gegangen – und bald wieder abgegangen, um mich als Arbeiter bei Borsig durchzuschlagen. Wachtmann war ich auch noch. Nun sitze ich an Gedichten, Novellen und Romanen, recht eigentlich aber schlägt mein Herz noch immer fürs Theater …«

»Dazu kann ich Ihnen nur gratulieren …« Theodor Dürrlettel glaubte, das Stück endlich gefunden zu haben und überflog den Notizzettel, der vorn mit einer Büroklammer angeheftet war. »Und zwar doppelt, denn das Wallner-Theater hat schon signalisiert, dass es Ihr Stück annehmen und schon in diesem Herbst auf die Bühnen bringen will.«

Blümel wusste nicht so recht, ob er sich freuen oder ärgern sollte, denn das Wallner-Theater war nicht auf das spezialisiert, was er als echter Bühnendichter im Auge hatte, sondern auf Lokalposse, Melodram, Singspiel und Pantomime.

Dürrlettel hatte seine zögerliche Reaktion bemerkt und fragte ihn, was er gegen das Wallner-Theater habe, es sei doch eine sehr ehrenwerte Einrichtung. »Wunderbare Autoren wie Karl von Holtei, David Kalisch und Adolf Glaßbrenner haben hier Triumphe gefeiert und viele große Sänger und Schauspieler waren sich nicht zu schade, hier aufzutreten, an ihrer Spitze Henriette Sonntag. Der

Eckensteher Nante wurde hier geboren. Und nach der gescheiterten Märzrevolution von 1848 hatte man sich durch die Aufführung kritischer Stücke bei der Zensur unbeliebt gemacht …« Hier brach er ab, denn in diesem Augenblick hatte er bemerkt, dass er das Drama Blümels mit dem Lustspiel eines jungen Berliner Autors verwechselt hatte. »Alles zurück, großer Irrtum! Für Ihr Stück signalisiert nicht das Wallner-, sondern das Lessing-Theater großes Interesse.«

»Das wäre meines Herzens Freude und Wonne. Hurra!« Blümel sprang auf und setzte an, bis an die Decke zu springen. »Sieg! Sieg! Wäre ich wirklich Pfarrer geworden, würde ich jetzt ausrufen: ›Der Herr ist nahe bei denen, die zerbrochenen Herzens sind, und hilft denen, die ein zerschlagenes Gemüt haben.‹«

»Geht es Ihnen denn wirklich so schlecht?«, fragte Dürrlettel.

»Ja, auch finanziell. Aber jetzt …«

»Mit dem Geldausgeben warten Sie mal lieber noch ein bisschen«, warnte ihn Dürrlettel. »Denn noch ist der Vertrag nicht unterschrieben, und viel werden die für einen Neuling ohnehin nicht zahlen. Meine Prozente gehen ja auch noch ab.«

»Aber ein kleiner Vorschuss wird doch wohl möglich sein?« Blümel verzichtete auf eine große Selbstinszenierung und sah den Verleger flehend an.

Theodor Dürrlettel erhob sich daraufhin so abrupt, wie es ihm Blümel aufgrund seiner Fleischmassen niemals zugetraut hätte.

»Wo denken Sie hin, junger Mann, ich kann Ihnen unmöglich etwas vorschießen, dazu stehe ich viel zu dicht am Abgrund einer Insolvenz.«

Verwirrt lief Blümel im Anschluss an das Treffen die Lothringer Straße hinunter. Einerseits erfüllte ihn unendlicher Jubel, denn sein erstes Stück sollte auf die Bühne kommen, andererseits war er zu Tode betrübt, weil er dennoch keinen Pfennig mehr in der Tasche hatte und für weitere Monate ziemlich elend leben musste. Im Schaufenster einer Buchhandlung entdeckte er mehrere Romane Theodor Fontanes und da kam ihm eine Sentenz in den Sinn, die er neulich auf seinem Abreißkalender gefunden hatte: »… wie viel hat das Leben, aber für wie wenige nur.« Wie konnte er es schaffen, zu diesen wenigen zu gehören? Offenbar nicht mit seinen Theaterstücken.

Solange lebte er noch nicht in der Reichshauptstadt, um jeden ihrer Kieze zu kennen und genau abschätzen zu können, wie lange er zu Fuß vom Rosenthaler Platz, den er gerade überquert hatte, nach Hause brauchen würde. Wie auch immer, das Fahrgeld hätte er schon gern gespart. Andererseits machte ein Marsch von vielleicht zwei Stunden so hungrig und durstig, dass nachher alles wieder draufging.

Was tun? Unschlüssig stand er an der Ecke und sah die Rosenthaler Straße hinunter. An ihrem Ende hinter einer leichten Biegung lag der Hackesche Markt, das wusste er schon. Von dort kam er Richtung Süden irgendwie zur Leipziger Straße und auf der wiederum zum Potsdamer Platz. Dann brauchte er nur die Potsdamer Straße entlanggehen, bis er zum Viadukt der Hochbahn kam. Das schien machbar zu sein.

Wie er so dastand und überlegte, fiel ihm auf, dass ihm zwar viele Menschen ins Gesicht sahen, aber niemand auch nur im Entferntesten irgendeine Regung erkennen ließ. Das schmerzte und das kränkte ihn. Wie herrlich musste es dagegen sein, wenn die Leute einen voller Ehrfurcht grüßten oder ihm wenigstens mit einem schnell abgewendeten Blick oder einem stillen Lächeln zu verstehen gaben, dass sie wussten, wem sie da begegnet waren. »Das ist doch der große Wilhelm Blümel gewesen …«

Er setzte sich in Bewegung und wurde mit jedem Schritt immer schneller, denn er wusste, dass er bei hohem Tempo irgendwann wie in Trance durch die Straßen laufen würde. Als er den Hackeschen Markt überquert hatte und hinter den S-Bahnbögen hindurch Kurs auf die Spandauer Straße nehmen wollte, war es soweit. Alles, was links und rechts von ihm war, nahm er nur noch als Schemen wahr, getrieben vom eigenen, unbarmherzigen Befehl: »Weiter, weiter!«

In diesem Zustand prallte er kurz vor der Königstraße mit einem Uniformierten zusammen, einem Geldbriefträger, wie sich alsbald herausstellen sollte.

»Mensch, kannste nich uffpassen?« schimpfte der Mann, nur leicht ins Straucheln geraten.

»Pardon«, murmelte Blümel und sah dem Geldbriefträger hinterher, wie er Richtung Alexanderplatz verschwand. In diesem Moment brach die Sonne durch die Wolken und ihre Strahlen erfassten ihn wie ein Scheinwerferkegel.

Dieses Bild hatte Wilhelm Blümel immer noch vor Augen, als er längst zu Hause angekommen war und auf seiner Couch lag, sich wieder zu erholen, und zunehmend sah er darin einen Wink des Himmels. Er hatte kein Geld, ein Geldbriefträger aber hatte Unmengen davon …

»Du bist doch Theaterdichter, du bist doch Stückeschreiber, also los, denk dir was aus!«

Er sprang auf, setzte sich an den Küchentisch, holte ein Blatt Papier aus der Schublade und überlegte, wie sich wohl alles inszenieren ließ. Zwei Tage brauchte er, dann war das Drehbuch geschrieben und er konnte beginnen, das umzusetzen, was er sich ausgedacht hatte.

Eine Schusswaffe besaß er seit seiner Zeit als Wachtmann. Da hatte er sie einem betrunkenen Leutnant gestohlen, um sich im Falle eines Angriffs besser verteidigen zu können. Sie steckte in einem ausgehöhlten Wälzer und war noch bestens erhalten. Ein tschechisches Fabrikat. Kein Kriminaler war imstande, über sie auf ihn zu kommen. Jeder Geldbriefträger, der ihren Lauf auf seine Brust gerichtet sah, würde schnell alle Scheine rausrücken, die er in seiner Tasche stecken hatte.

Blümel glaubte an die Vorsehung, und so stand für ihn von Anfang an fest, welchen Geldbriefträger er ausrauben wollte: Den, mit dem er das Recontre in der Königstraße gehabt hatte. Dass der sich an ihn erinnern würde, hielt er für ausgeschlossen, dazu war der Anlass zu gering gewesen. Und außerdem würde er ihm im entscheidenden Augenblick mit Bart und Perücke gegenübertreten.

Die zu beschaffen, war zuerst in Angriff zu nehmen. Zwar schmerzte Blümel diese Investition, aber sein Vater würde ihm wohl noch einmal etwas borgen. Der Bettelbrief ging nach Bremen, und eine Woche später stand sein Schöneberger Geldbriefträger vor der Wohnungstür.

»Haben Sie denn gar keine Angst, mal überfallen zu werden?«, fragte Blümel ihn. »Wo Sie doch immer so viel Geld bei sich haben …«

»Wir führen doch alle zur Verteidigung unseres Wertbeutels eine Pistole mit uns.«

Wilhelm Blümel erschrak. Das war ihm bisher entgangen. Nun denn, sagte er sich später, entscheidend war, wer zuerst die Waffe in Anschlag brachte, und das war er. Mit Jesaja 42, 14 murmelte er, sich selbst Mut machend: »So fürchte dich nicht, du Würmelein ...«

Also machte er sich auf den Weg zu einem Friseur in der Belle-Alliance-Straße, von dem er wusste, dass er auch als Maskenbildner arbeitete und in kleineren Theatern und beim Stummfilm aushalf. Blümel gab sich als Lehrer eines Steglitzer Gymnasiums aus.

»Ich benötige für eine Schüleraufführung einen ... wie sagt man: Oberlippenschnauzbart und eine Perücke. Schwarzes und etwas längeres Haar bitte.« Er selber trug sein dunkelblondes Haar sehr kurz, fast war es eine Stoppelfrisur.

Nachdem das erledigt war, konnte er sich daran machen, sich in der Nähe der Königstraße eine Wohnung zu mieten. Dies nicht als der Theaterdichter Wilhelm Blümel, sondern als ... ja, als was? Als Vertreter vielleicht oder als Schauspieler ...? Er überlegte eine Weile, aber ihm wollten keine Rollen einfallen, die er ausfüllen konnte, ohne Argwohn zu erregen. Da blieb sein Blick an seinem Butterberg hängen, und da war sie, die zündende Idee: »Ich gebe mich als Butterhändler aus, Großhändler!« Ein Name war schnell gefunden, darin besaß er von seinen Stücken her genügend Übung: Adolf Plönjes aus Bremervörde. Der Buttergroßhändler, der in Berlin ein Geschäft eröffnen wollte. Er eilte aus der Wohnung, um sich in der Potsdamer Straße ein

Messingschild anfertigen zu lassen. Das steigerte die Glaubwürdigkeit.

Ein wenig großkotzig, aber schließlich hatte er ja nun wieder einiges Geld in der Tasche, setzte er sich später ins Café Bauer, bestellte sich die teuerste Torte und neben dem Kaffee auch einen Sherry und studierte dabei die einschlägigen Zeitungen, ohne aber in der gewünschten Gegend um das Hauptpostamt in der Spandauer Straße etwas Passendes zu finden.

Immer wieder hatte er, ob er nun seine Torte aß oder an seinem Sherry nippte, die Haare seines Bartes im Mund, was nicht nur eklig war, sondern auch leicht dazu führen konnte, dass er sich die ganze Pracht von der Oberlippe riss. Auch die Perücke ließ ihn schwitzen. Er kam sich vor, als hätte er sich einen Eierwärmer über den Kopf gestülpt. Als er dann das Café verließ und die Straße Unter den Linden Richtung Schloss entlang ging, schien der Schweiß zu Eis zu werden und er fürchtete, eine Kopfgrippe zu bekommen.

An einem Baum vor der Garnisonkirche entdeckte er dann einen Zettel, angeheftet mit einem weißen Reißnagel, auf dem die Witwe A. Wasserfuhr mitteilte, dass sie im Hause Spandauer Straße 33 ein möbliertes Zimmer an einen seriösen Herrn zu vermieten habe. Blümel hätte sofort tausend Mark darauf gewettet, dass er dieses Zimmer bekam. Er glaubte nicht nur an solche Fügungen, er fühlte auch ganz genau, dass es so kommen würde. Das lag an seiner felsenfesten Überzeugung, dass das Leben eines jedes Menschen von einer göttlichen Macht festgelegt war und immer alles so kam, wie es kommen musste.

Er murmelte einen der Sprüche Salomos: »Verlass dich auf den Herrn von ganzem Herzen und verlass dich nicht auf deinen Verstand; sondern gedenke an ihn in allen deinen Wegen, so wird er dich recht führen.«

Und wenn der Herr ihn nun dahin führte, einen Geldbriefträger oder einen Kriminalpolizisten zu erschießen? Dann war auch das der Wille des Herrn. »Denn welchen der Herr liebt, den straft er, und hat doch Wohlgefallen an ihm ...« Auch das Böse in der Welt war von ihm geschaffen worden, weil es zu seinem Plan gehörte, auch wenn kein Mensch diesen Plan je begreifen würde.

Also setzte sich Blümel als Adolf Plönjes in Bewegung und erreichte nach einer knappen halben Stunde das Haus Spandauer Straße Nr. 33. Es handelte sich um ein altes und recht schmales Gebäude. Im Erdgeschoss gab es eine schmucke Konditorei. Er blickte die Fassade hinauf. In der ersten, zweiten und dritten Etage schien es zur Straßenseite hin nur Büros zu geben. Neben der Eingangstür hatte der Magistrat eine verwitterte Marmortafel anbringen lassen, auf der zu lesen stand, dass dieses Grundstück einmal dem Philosophen Moses Mendelssohn gehört, und Gotthold Ephraim Lessing während seines Aufenthalts in Berlin hier gewohnt hatte. Blümel gefiel das und er nahm es als gutes Omen. An der Haustür war mit vier Reißnägeln ein Zettel angeheftet: ›Möbliertes Zimmer zu vermieten. Sonnenseite. IV. Stock. Bei Witwe A. Wasserfuhr melden.‹ Es war also noch frei, sonst hätte man den Zettel schon wieder abgerissen.

So stieg Wilhelm Blümel, langsam und sorgfältig auf seine Atmung achtend, die drei Etagen zur Witwe Wasserfuhr hinauf und betätigte die elektrische Klingel. So modern war sie schon. Er hatte eine zerknitterte ältere Dame ganz in Schwarz erwartet, doch ihm öffnete eine dralle Frau von etwas über dreißig Jahren in einem fliederfarbenen Kleid. Offensichtlich vermietete sie nicht nur aus pekuniären Gründen. Blümel schreckte zurück. Das war das Letzte, was er gebrauchen konnte. Andererseits zeigte ihm ein schneller Blick in den Flur, dass es bei der Wasserfuhr so gutbürgerlich aussah, dass er keine Mühe haben würde, den Geldbriefträger in sein Zimmer zu locken. Kleider machen Leute, dachte er, Möbel und Tapeten machen Stände.

Er stellte sich vor und wurde hereingebeten, das Zimmer zu besichtigen. Dabei war er darauf bedacht, der Vermieterin nicht zu nahe zu kommen. Er hatte Angst, dass sie ein Parfum benutzte, das die Männer wehrlos machte.

Nachdem sie fünf Minuten verhandelt hatten,

waren sie sich einig und Blümel bekam die Schlüssel ausgehändigt. Da er öfter Geschäftsfreunde erwarte, bat er sich aus, sein Messingschild an die Tür schrauben zu dürfen. Es wurde ihm gestattet, und es war dann an der Wohnungstür der Wasserfuhr zu lesen: ›Adolf Plönjes, Butterhändler en gros‹.

»Wenn Sie etwas benötigen sollten …«. Amanda Wasserfuhr lächelte verheißungsvoll. »Sie können jederzeit bei mir anklopfen.«

»Ja, danke. Ich werde oft … unterwegs sein …« Fast hätte er gesagt: bei mir zu Hause sein.

Als sie endlich gegangen war, fühlte er sich ein wenig erschöpft. Er zog Mantel und Jackett aus und warf sich aufs Bett. Dabei stellte er sich vor, dies nicht in der Spandauer Straße zu tun, sondern auf der Bühne des Lessing-Theaters. Dort war das Zimmer der Witwe Wasserfuhr originalgetreu nachgebaut worden. Er war nicht Wilhelm Blümel, er spielte nur Wilhelm Blümel. Wie er immer nur sich selber spielte, den Wilhelm Blümel in Gottes gleichnamigem Theaterstück.

»»Denn der Herr, dein Gott, ist ein verzehrendes Feuer und ein eifriger Gott.‹ So steht es geschrieben im 5. Buch Mose. Und im 76. Psalm heißt es: ›Wenn du das Urteil lässest hören vom Himmel, so erschrickt das Erdreich und wird still.‹ Daraus leiten wird ab, dass Gott sich immer wieder ganz bestimmte Menschen aussucht, seinen Willen zu vollstrecken und das Böse auszumerzen. Und so hat er den Theaterdichter Wilhelm Blümel erwählt, Verbrechen zu begehen, um die Menschen für die Sünden zu bestrafen, die sie begangen haben, und sie auf die Gebote hinzuweisen. Nehmt also diesen Wilhelm Blümel für einen, der auf der Welt ist, um Gottes Willen zu erfüllen.«

Nachdem er ein paar Minuten so gelegen und sich als Pfarrer auf der Kanzel gehört hatte, wurde lang anhaltend geklingelt und er hörte draußen auf dem Korridor erregte Stimmen.

»Du hast schon wieder einen neuen Liebhaber!«, schrie jemand.

»Verschwinde, Friedrich!«, schrie die Wasserfuhr zurück. »Und verschone mich mit deiner Eifersucht.«

Nachdem der mutmaßliche Liebhaber der Wasserfuhr wieder gegangen war, erhob sich Blümel, um die Wohnung wieder zu verlassen und nach einem Postamt zu suchen. In der Alexanderstraße fand er eins und füllte ein Formular aus, um als Georg Otten aus der Braunschweiger Straße 21 in Bremen dem Buttergroßhändler Adolf Plönjes in Berlin dreißig Reichsmark zu überweisen. Danach fuhr er nach Hause, um einen Teil seiner Butter in die Spandauer Straße zu holen.

»Mit Speck fängt man Mäuse«, sagte er, vor dem Ankleidespiegel stehend. »Und mit Butter Geldbriefträger.«

Wie geplant stand am nächsten Vormittag um zehn Uhr der Geldbriefträger vor der Tür, um ihm die dreißig Reichsmark aus Bremen auszuzahlen.

»Ich bedanke mich«, sagte Blümel und wollte dem Mann ein Trinkgeld in die Hand drücken, zog aber die Hand mit der Münze zurück, als er in dessen hageres Gesicht geschaut hatte. »Nein, warten Sie, Naturalien sind besser für Sie ... Sie sehen ja ganz verhungert aus ... Moment bitte ...« Damit ging er in sein Zimmer und kam mit einer dicken Butterstulle zurück. »Hier, bitte, für Ihr zweites Frühstück ...«

Dem Mann gingen fast die Augen über, als er sah, was ihm da in die Hand gedrückt wurde. Sicherlich durfte er sich nicht bestechen lassen, aber das hier hatte nichts mit ungesetzlicher Vorteilsnahme zu tun, das hier diente lediglich der Aufrechterhaltung seiner Arbeitsfähigkeit und konnte nur im Sinne seines Dienstherren sein.

Blümel schmunzelte. Was er da tat, hieß in der Anglersprache anfüttern. Man musste den Fischen ein paar Leckerbissen ins Wasser werfen, damit sie später anbissen und am Haken hingen.

»Herzlichen Dank, Herr Plönjes«, sagte der Geldbriefträger, während er mit einem tierhaften Laut des Wohlbehagens in die Butterstulle biss.

»Gern geschehen«, erwiderte Blümel. »Aber ich bin ja nun mal Buttergroßhändler ...«

»Und da wohnen Se hier in Untamiete?«

»Ich komme ja gerade aus Bremervörde und suche

noch nach einer passenden Villa irgendwo draußen am Grunewald oder in Karlshorst. Aber für ein paar Wochen werde ich Ihnen noch erhalten bleiben, Herr ...?«

»Werner, Albert Werner aus da Naunynstraße.«

»Sehr schön. Ja, Herr Werner, wenn Sie mich wieder einmal besuchen, dann habe ich bestimmt ein kleines Butterpaket für Sie ... Sie sind ja sozusagen ein Glücksbringer für mich.«

»Na, da freu' ick mir schon druff. Et kann aba ooch 'n jroßet Paket sein, zehn Pfund, wenn't jejt. Wenn Se jünstige Konditionen haben, koof ick Ihnen det jerne ab ... und dann weita an meine Kollegen.«

»Aber gern, Herrn Werner. Vielleicht am nächsten Sonnabend. Da erwarte ich ohnehin eine größere Summe ... Ob Sie es wohl so einrichten können, dass Sie schon morgens kurz nach acht bei mir klingeln können?« Dies deswegen, weil Werner um diese Zeit noch das ganze Geld bei sich hatte. Ihn am Ende seiner Tour zu überfallen, wäre idiotisch gewesen.

Der Geldbriefträger nickte. »Klar, det wird mir 'n Vagnüjen sein.«

Hocherfreut zog der kleine Herr Werner davon. Als Schauspieler, dachte Blümel, hätte er mit seinem Watschelgang bei jedem Auftritt für gehörige Lacher gesorgt. Ein Held sah anders aus, und Blümel konnte sich absolut sicher sein, dass Albert Werner keinerlei Widerstand leisten würde, wenn er in die Mündung einer Pistole starrte und gebeten wurde, seine Geldtasche abzuliefern.

Blümel war bester Laune, als er wenig später das gemietete Zimmer verließ und nach Hause in die Zietenstraße fuhr, um sich von Bart und Perücke zu befreien und für ein paar Stunden wieder er selbst zu sein. Auch war zu überlegen, wie er es arrangieren konnte, dass die Witwe Wasserfuhr außer Haus war, wenn er den Geldbriefträger in sein Zimmer lockte. Es konnte ja sein, dass er wider Erwarten um Hilfe schrie. Als er im Bett lag und an die Decke starrte, zwickte es ihm ein wenig im Rücken, und das brachte ihn auf die Idee, der Wasserfuhr einen Ischiasanfall vorzutäuschen und sie zur Apotheke zu schicken, ihm eine spezielle Salbe zu holen.

Zufrieden mit sich und der Welt schlief er ein. Gegen fünf Uhr nachmittags verwandelte er sich wieder in den Buttergroßhändler und machte sich auf den Rückweg zur Spandauer Straße, nicht ohne vorher dem Postamt in der Bülowstraße einen kurzen Besuch abzustatten und Adolf Plönjes hundert Reichsmark zu überweisen. »Alles in Butter!«, schrieb er in die Rubrik »Mitteilungen für den Empfänger«.

Ein Straßenbahnzug der Linie 2 hielt auf der anderen Straßenseite und er lief hinüber, um mit dem Außenring bis zur Lothringer Straße zu fahren und von dort aus zur Spandauer Straße zu laufen. Es hatte zu schneien begonnen, und er liebte einen Spaziergang im Schnee.

Das Stück *Die Beraubung des Geldbriefträgers Werner* war geschrieben, und alle waren sie nur noch Schauspieler, die ihre festgelegten Rollen auszufüllen hatten, er eingeschlossen. Dazu gehörte es, dass er sich am Freitagabend, als er der Vermieterin im Treppenhaus begegnete, an den Rücken fasste und jammerte, dass es nun mit seinen Schmerzen wieder losginge.

»Mein Ischias. Ich war auch schon beim Arzt und der hat mir eine Salbe verschrieben ... Aua! Aber der Apotheker muss sie noch zubereiten, und ich kann sie erst morgen früh ...«

»Na, dann gute Besserung. Ich bringe Ihnen nachher mein Katzenfell.« Nicht nur das, sie lud ihn auch noch zum Frühstück ein, weil er doch sicherlich Schwierigkeiten habe würde, sich selber etwas zu besorgen.

»Ja, danke, gerne, aber bitte nicht so spät.« Zwischen 8 Uhr und 8 Uhr 15 kam ja der Geldbriefträger. »Ich bin nämlich Frühaufsteher. Wenn es Ihnen nichts ausmachen würde: um sieben ...?«

»Selbstverständlich, der Herr. Die Bratkartoffeln werden pünktlich auf dem Tisch stehen.«

»Doch hoffentlich nicht mit Margarine gebraten?« Blümel verzog das Gesicht. Als Buttergroßhändler musste er die sogenannte Kunstbutter verabscheuen.

Amanda Wasserfuhr lachte. »Woher soll ich echte Butter haben?«

»Na, von mir. An der Quelle saß der Knabe ...«

Wilhelm Blümel schlief gut in dieser Nacht. Ein ruhiges Gewissen ist ein sanftes Ruhekissen, stand auf seinem Küchenhandtuch, also musste es daran gelegen haben. Er schadete ja keinem, wenn er den Geldbriefträger Albert Werner beraubte. Der wurde deswegen nicht entlassen, und die richtigen Empfänger des Geldes bekamen es beim nächsten Rundgang von einem Kollegen zugestellt. Die Post haftete ja und ersetzte alles, und sie hatte Millionen im Tresor. Wenn die Scheine alle waren, wurde nachgedruckt.

Alles war klar, alles war genau geplant, und dennoch stieg sein Lampenfieber von Minute zu Minute. Wie bei jedem Schauspieler vor der Premiere. Und er war ja heute nicht nur der Hauptdarsteller, sondern auch der Autor des Stückes. Schiefgehen konnte immer etwas. Er spuckte sich über die Schulter: »Toi! Toi! Toi!«

Am meisten Angst hatte er vor dem Frühstück mit der Witwe Wasserfuhr. Die war ganz offensichtlich eine Nymphomanin, und wenn es ganz schlimm kam, fiel sie über ihn her und schleifte ihn ins Schlafzimmer. An sich ein schöner Gedanke, aber ... das Geld ging vor. Wenn er verhungerte, konnte er keine Stücke mehr schreiben, und nur, wenn sie seine Stücke spielten, lebte er recht eigentlich.

Als er vor seiner Waschkommode stand, musste er unwillkürlich lachen. Ein heißer Liebesakt mit der schönen Amanda Wasserfuhr kam ja schon deswegen nicht in Frage, weil sie, wenn sie ihn leidenschaftlich küsste, bald seinen Bart im Mund gehabt hätte. Und seine Perücke in der Hand.

So näherte er sich ihrem Frühstückstisch sehr reserviert. Ihre Bratkartoffeln erschienen ihm ein symbolisches Gericht zu sein, denn offenbar präferierte sie Bratkartoffelverhältnisse. Zum Glück konnte er sozusagen auf seinen Ischiasnerv zurückgreifen. So krümmte er sich ein wenig, bevor er an die Küchentür klopfte, und versuchte, schmerzerfüllt auszusehen.

»Herein!«, rief die Wasserfuhr. »Wenn's kein Schneider ist.«

Er erschrak, wie aufgekratzt sie war. »Nein, nur ein Buttergroßhändler.«

Sie trug, obwohl draußen eisiger Winter war, ein geblümtes Sommerkleid, das man fast durchsichtig nennen konnte. Blümel musste sich, nachdem er ihr die Hand geküsst hatte, schnell setzen, um seine Erektion zu verbergen. In den letzten Jahren hatte er sich von den Frauen ferngehalten, um sich nicht in Amouren zu verplempern und das eine große Ziel seines Lebens aus den Augen zu verlieren: ein berühmter Bühnenautor zu werden.

Stöhnend und über seine kaum nachlassenden Rückenschmerzen klagend, setzte er sich an den gedeckten Tisch. Die Schüssel mit den goldbraunen Bratkartoffeln dampfte in der Mitte

»Das duftet ja verführerisch«, sagte er. »Aber hier ist ja alles verführerisch …«

»Oh … Danke für das Kompliment.« Die Wasserfuhr drehte sich kokett im Kreis herum. »Sie verstehen es ja, mit Frauen umzugehen.«

Blümel lachte. »Ja, bei mir ist immer alles in Butter.«

Die Wasserfuhr nahm ihn gegenüber Platz. »Was sagt denn Ihre Frau dazu, dass Sie hier so allein im großen Berlin sind?«

Er überlegte. Ja, es war besser, sich schnell eine Frau zuzulegen, weil das die Wasserfuhr sicherlich ein wenig bremsen würde. »Meine Bertha, ach, wissen Sie …« Er wusste nicht weiter, dieser Dialog war in seinem Stück nicht vorgesehen, und wie viele an sich vortreffliche Schauspieler hatte er Mühe mit dem Extemporieren. Da war er denn als Autor gefragt. Fast hätte er gesagt, sie könnte jeden Augenblick hier auftauchen, aber das wäre ein großer Fehler gewesen, weil dann die Wasserfuhr nicht losgezogen wäre, um ihm seine Medizin aus der Apotheke zu holen.

»Na, was ist mit Ihrer Gattin?« Die Wasserfuhr schien Männer gewohnt zu sein, die darüber klagten, frigide Frauen zu Hause zu haben.

Blümel witterte diese Falle und betonte, wie sehr er seine Bertha lieben würde. »Nun … Sie ist in meiner Firma sozusagen die Seele vom Buttergeschäft, das heißt, sie hat von ihrem Vater einen Bauernhof in Ihlienworth geerbt und den verwaltet sie jetzt. Daher haben wir unsere beste Milch und unsere beste Butter.«

»Schön, wenn man so eine tüchtige Frau hat«, sagte die Wasserfuhr. »Eine echte Bäuerin ...«

»Was war denn Ihr Mann von Beruf?«, fragte Blümel, froh darüber, dass ihm dies eingefallen war.

»Schneider, Zwischenmeister. Darum ja auch die große Wohnung. Aber er ist gleich in den ersten Kriegstagen gefallen, am 7. September 1914, an der Marne.«

»Oh, nachträglich mein herzliches Beileid«, murmelte Blümel.

»Man kann nicht ewig trauern«, sagte die Wasserfuhr. »Das Leben geht weiter und meine Devise heißt: Neue Lose, neues Glück.«

Er gab sich alle Mühe, sie misszuverstehen. »Ah, da wollen Sie mal mit dem neuen Balkanexpress nach Konstantinopel reisen?«

»Ja, gerne, aber nur in männlicher Begleitung, damit ich da in der Türkei nicht in einem Harem lande.«

»Jeder Sultan wäre um Sie zu beneiden.«

So ging es mit ihrer Plauderei munter weiter, bis Blümel auf den Wecker schaute, der oben auf dem Küchenschrank stand. 7 Uhr 45. Es war Zeit zum Handeln. Er rieb sich den Leib.

»Pardon, aber das Frühstück war so reichlich, dass ich ... Wenn ich schnell einmal verschwinden dürfte.«

»Aber natürlich. Es ist ja sozusagen meine Schuld, dass Sie ...«

Blümel eilte auf den Flur hinaus. Nach einer Minute in der Toilette, schrie er laut auf und wimmerte vor Schmerzen.

»Frau Wasserfuhr, Frau Wasserfuhr, bitte helfen Sie mir!«

Die Vermieterin stürzte herbei und hämmerte von draußen. »Sind Sie in Ohnmacht gefallen ...?«

»Nein ... Aber ich kann kaum noch laufen ...«

Stöhnend schob er den Riegel zurück und trat auf den Flur hinaus. »Ob Sie wohl so nett sein könnten, mir meine Salbe aus der Apotheke zu holen ... Hinten in der Neuen Schönhauser ...« Er drückte ihr zehn Mark in die Hand.

»Aber selbstverständlich, Herr Plönjes.«

Alles lief also nach Plan. Fünf Minuten vor acht verließ die Wasserfuhr die Wohnung und sie konnte, selbst wenn sie fast rennen sollte, erst in einer halben Stunde zurück sein. Er selber hatte für die Strecke hin und zurück im normalen Fußgängertempo zwanzig Minuten gebraucht, kam noch die Zeit hinzu, die sie in der Apotheke verbringen würde. Es würde einige Zeit dauern, bis das Missverständnis aufgeklärt war, denn er hatte gar keine Salbe bestellt.

Noch einmal ging er im Kopf sein Drehbuch

durch: Werner klingelt. Ich öffne und bitte ihn in mein Zimmer. Statt des Butterpakets hole ich meine Pistole aus der Schublade und fordere ihn auf, sein Geld herauszugeben. Er tut es. Ich fessle und kneble ihn, ziehe meinen Mantel an, nehme meinen Koffer und verlasse dann die Wohnung. Das ist in maximal drei Minuten erledigt. Im Treppenhaus reiße ich mir Bart und Perücke ab und trete als Wilhelm Blümel auf die Straße. Vor dem Rathaus setze ich mich in eine Droschke und bin längst über alle Berge, wenn die Wasserfuhr zurück ist.

Es war ein Kinderspiel, denn das Stück war gut und er selber führte ja Regie.

»Mein Gott ...!« Gerade noch rechtzeitig fiel ihm ein, dass er nichts hatte, womit er Albert Werner fesseln konnte. Fieberhaft suchte er in der Küche der Wasserfuhr nach einer Wäscheleine. Unter der Spüle lag ein kurzes Ende. Es würde reichen. Als Knebel genügte ein Taschentuch.

Pünktlich um acht Uhr klingelte Albert Werner an der Tür. »Vorhang auf«, murmelte Blümel und spuckte sich selber über die Schulter. »Und toi, toi, toi.«

»Da bin ick«, sagte der Geldbriefträger, als Blümel ihm geöffnet hatte.

Blümel begrüßte ihn mit der üblichen Wendung. »Tritt ein, bring Glück herein.«

»Mach ick. Diesmal is et sojar 'n Hunderter, den ick bei Ihnen lasse.«

»Und nehmen dafür 'n schönes Stück Butter mit nach Hause, kommen Sie …«

Ohne jeden Argwohn folgte ihm der Geldbriefträger, und Blümel dachte, dass so viel Naivität wirklich bestraft gehörte.

Die Pistole aus der Schublade zu reißen, hatte er ein Dutzend Mal geübt, und so gelang ihm diese Aktion ohne jede Schwierigkeit. Auch den Text hatte er sorgfältig eingeübt.

»Es ist nichts mit der Butter, Herr Werner! Nun nehmen Sie mal schön die Hände hoch. Ihnen wird nichts passieren, wenn Sie mir Ihr Geld …«

Doch der Geldbriefträger dachte nicht daran, sich kampflos zu ergeben. Er war alter Soldat und hatte mit seinem Diensteid geschworen, das zu verteidigen, was man ihm anvertraut hatte. So fuhr seine Hand automatisch zu der eigenen Waffe. Und schon hatte er sie ergriffen.

Wilhelm Blümel war perplex. So stand das nicht in seinem Stück. Und in seiner Verwirrung zog er den Abzug durch. Der Schuss war wie eine kleine Explosion. Der Geldbriefträger schrie auf, drehte sich um seine eigene Achse und stürzte zu Boden.

In diesem Augenblick erschien die Witwe Wasserfuhr in der Tür. Einer ihrer früheren Liebhaber hatte sie im Auto zur Apotheke gefahren. Auch das hatte nicht in Blümels Drehbuch gestanden.

»Was machen Sie denn da?«, schrie die Wasserfuhr. »Sie sind ja ein Mörder! Ich hole die Polizei!«

Wieder konnte Blümel nicht auf das zurückgreifen, was im Textbuch vorgegeben war, wieder musste er improvisieren. Und da fiel ihm nichts anderes ein, als noch einmal zu schießen.

Töten war menschlich, und wenn der Herr es in seiner Weltordnung nicht vorgesehen hätte, würde es keinen Mord und Totschlag und kein Gemetzel auf den Schlachtfeldern gegeben haben. So aber ... Der Krieg tobte an allen Fronten, und Ende 1915 hatte Deutschland schon über 500.000 Gefallene und eine Million Verwundete zu beklagen. Da kam es auf einen Berliner Geldbriefträger und eine Zimmerwirtin auch nicht mehr an.

2.

Genau in der Sekunde, in der Wilhelm Blümel die
Witwe Amanda Wasserfuhr erschossen hatte, sprang
Fokko von Falkenrehde auf dem Bahnhof Alexanderplatz aus dem Zug der Stadtbahn. Es stürmte ein
wenig, und er bekam den Qualm, den die Lokomo-
tive gerade ausgestoßen hatte, mitten ins Gesicht und
musste anhaltend husten. Dennoch hastete er die
Treppen hinunter, denn in Preußen galt es als erhebli-
che Charakterschwäche, unpünktlich zu sein. Zudem
hatte er heute Mordbereitschaftsdienst, und wer da
zu spät zum Dienst erschien, konnte sich auf einiges gefasst machen.

Der Alexanderplatz zeigte sich an diesem Sonn-
abendmorgen beinahe als kleinstädtische Idylle.
Blickte man nach Süden in die Alexanderstraße, hatte
man links das mächtige Lehrervereinshaus, rechts
das Restaurant Aschinger im ehemaligen König-
städtischen Theater und in der Mitte den roten Back-
steinklotz des Polizeipräsidiums. Vierstöckig war er,
wies acht Innen- und einen überdachten Mittelhof
auf und beanspruchte einschließlich des Polizeige-
fängnisses eine Fläche von 16.000 Quadratmetern.
Eines der beiden großen Portale lag an der Alex-
ander-, das andere gegenüber den Stadtbahnbögen
an der Dircksenstraße. Durch dieses betrat er seine
Wirkungsstätte.

Als Erster lief ihm sein Vorgesetzter über den Weg, Eike von Breitling. Es gab im höheren Dienst der Kriminalpolizei so viele Adlige, dass Spötter den roten Backsteinkoloss am Alexanderplatz den »Adelsklub« nannten. Entweder man kam aus einer verarmten Adelsfamilie und war froh, im Staatsdienst unterzukommen, oder man war vorher Offizier gewesen und hatte den Militärdienst quittiert, um mehr Geld zu verdienen. Ahnherr aller Kriminalbeamten war Hans von Tresckow, einer der Lehrmeister Gennats.

Bei Fokko von Falkenrehde, der im Dreikaiserjahr 1888 zur Welt gekommen war, lag die Sache etwas anders. Aufgewachsen in einer alten Offiziersfamilie, war er 1914 als junger Leutnant jubelnd in den Krieg gezogen, aber schon am 7. August bei der Einnahme von Lüttich schwer verwundet worden. Zwar hatten ihm die Chirurgen die Kugel aus der Lunge schnell entfernen können, anschließend hatte er aber noch ein halbes Jahr im Lazarett und danach im Sanatorium zubringen müssen.

Mit dem Spruch ›Für immer geheilt‹ war er heimgekehrt, für immer geheilt vom Militär und jeder Kriegsbereitschaft, und hatte dank der Beziehungen seiner Mutter eine Stelle als Kriminalanwärter bekommen. Tüchtig wie er war, in Maßen auch ehrgeizig, hatte er es schnell zum Kriminalkommissar gebracht. Für manche, Eike von Breitling zum Beispiel, ein wenig zu schnell.

Breitling sah sich immer noch als Offizier und die

Arbeit der Kriminalpolizei als etwas Ähnliches, in seiner Dienstauffassung aber war er eher an der Deutschen Reichsbahn orientiert. Wurde da der Befehlsstab gehoben und »Abfahren!« gebrüllt, dann hatte der Lokführer den Regler aufzuziehen und abzufahren, und wenn er den Befehl gab, einen Mörder zu finden, dann hatten die Herren Kommissare ihn in spätestens eine Stunde nach der Tat am Alexanderplatz abzuliefern.

Weniger als die Morde in Berlin interessierte ihn allerdings das Morden an den Fronten. Er war einer der wenigen, die sich noch der Illusion hingaben, der Krieg würde bald zu Ende sein.

»Im Osten sind wir immer noch in Bewegung«, argumentierte er. »Die Mittelmächte erzielen jeden Tag große Geländegewinne.«

»Aber im Westen ist alles erstarrt«, hielt Falkenrehde dagegen.

Breitling ließ sich durch nichts erschüttern. »Ja, aber das sind nur die notwendigen Ruhepausen, die wir brauchen, um den entscheidenden Durchbruch durch die feindlichen Linien zu erzielen.«

»Mein Freund Richard Grienerick steht doch in Frankreich an der Front, und was der so schreibt ...«

»Defätisten gehören an die Wand gestellt!«, rief Eike von Breitling.

»Dann können Sie bald das ganze deutsche Volk an die Wand stellen.«

Breitling liebte zwar Gefechte, aber keine, die mit Worten ausgetragen wurden, und verschwand wütend in seinem Bureau.

Hermann Markwitz kam vorbei und schüttelte nur den Kopf. »Et jibt so'ne und solche, und denn jibt et noch janz andere, aba det sind die Schlimmsten.« Aber auch Menschen wie Breitling konnten ihn nicht davon abbringen, den anderen immer und überall sein sonniges Gemüt zu präsentieren. »Meine Frau Jemahlin war letzte Woche im Krankenhaus ... Wat die da für Witze azähln ... Liegt eena im Zimma, kommt jemand rinn und frägt ihn, wie jroß er is. ›Einssiebzig, Herr Doktor.‹ – ›Ich bin nicht der Doktor, ich der Sargtischler‹ Oder 'n andera: Liegt Schulze mit 'nem anderen im Zimmer – und der stöhnt furchtbar. Ruft Schulze die Schwester und sagt: ›Können Se den Mann da nich ins Sterbezimmer bringen?‹ – Antwortet die Schwester: ›Was meinen Sie denn, wo Sie hier sind?‹«

Falkenrehde begab sich nun an seinen Schreibtisch. Es lag aber nichts an, was besonders dringlich war. Also zog er sich das Telefon heran und ließ sich mit seiner Verlobten verbinden.

Bettina von Teschendorff, kapriziös wie die Melusine in Fontanes *Stechlin*, gab sich dem Studium der schönen Künste hin, und konnte dies auch ohne finanzielle Sorgen, denn ihr Vater, gerade zum Kommerzienrat ernannt, hatte es als Lieferant der Kaiserlichen Armee zu einigem Reichtum gebracht. Dass die Frau, die er liebte, die Tochter eines ihm verhassten Kriegsgewinnlers war, ging ihm zwar gehörig contre coeur, musste aber nach Lage der Dinge hingenommen werden.

»Was machst du gerade?«, fragte Falkenrehde.

»Ich liege noch im Bett.«

»Mit wem?«

»Mit meinem Geldbriefträger.«

»Ich beneide den Kerl.«

»Gehen wir nachher ins Theater?« Das war Bettinas große Leidenschaft.

»Mit dir würde ich doch bis ans Ende der Welt gehen …«, hauchte Falkenrehde.

»Ja, weil es da kein Theater gibt.«

Falkenrehde gab sich geschlagen. »Gnädigste haben mich wieder einmal durchschaut.«

»Die Gedanken eines Kriminalkommissars liegen eben immer offen da wie ein Buch«, lästerte Bettina.

»Richtig. Das ist die Methode Gennat. Ich bin ehrlich, du bist ehrlich, so kommen wir am ehesten ans Ziel. Ich zu meiner Torte, du ins Gefängnis oder an den Galgen.«

Bettina wollte nicht länger mehr plaudern. »Du, ich will in die Badewanne, das Wasser ist schon eingelaufen.«

»Dann komme ich schnell zu dir, dein Badewasser schlürfen.«

»Ich bade aber in Arsen.«

»Nun gut, verzichte ich eben. Wann sehen wir uns?«

»Abends, kurz vor sieben am Opernhaus.«

»Wunderbar«, log Falkenrehde, ehe er auflegte. Er hasste Opern. Wenn Leute Lieder sangen, mochte das ja angehen, und wenn welche Theater spielten, dann gefiel ihm das sogar, aber wenn man beides miteinander vermischte, fand er das schrecklich, so als würde man Bier und Milch aus demselben Glas trinken müssen.

Bevor er sich an das Studium ungelöster Fälle machte, ging er erst noch auf die Toilette. Kaum hatte er sich an die Rinne gestellt, wurde er von einem mehr als massigen Mann zur Seite gedrängt, sodass er fast seine Hose vollgespritzt hätte. Es war kein Geringerer als Ernst Gennat, der ihn da in Bedrängnis brachte.

»Entschuldigung«, sagte Gennat. »Aber bei dem hohen Seegang heute bin ich ein wenig ins Schlingern geraten.«

Manche haben ihre Schlagseite vom Schnaps, dachte Falkenrehde, Gennat hat sie sicher von dem großen Stück Torte, das er sich gerade einverleibt hat.

Auch beim Pinkeln nahm er automatisch Haltung an. Es war für einen jungen Kriminalbeamten wie ihn Segen und Fluch zugleich, in der Nähe von Ernst Gennat beschäftigt zu sein. Einerseits konnte

man von ihm so viel lernen wie von keinem anderen
Mann in der Verbrechensbekämpfung, zum anderen aber musste man damit zurechtkommen, ständig in seinem Schatten zu stehen.

Ernst August Gennat war am 1. Januar 1880
in Plötzensee zur Welt gekommen, damals noch
zum Kreis Niederbarnim gehörend. War der Tag
der Geburt schon etwas Besonderes, so auch das
Ambiente, in dem der kleine Ernst aufwachsen
sollte: das neue ›Strafgefängniß‹ Plötzensee. Hier
hatte sein Vater als Oberinspektor eine Dienstwohnung. Nach der Volksschule besuchte Ernst
Gennat das Königliche Luisen-Gymnasium in der
Turmstraße 87. Das nun lag in unmittelbarer Nähe
des sternförmigen Untersuchungsgefängnisses und
des alten Kriminalgerichts Moabit, die man 1875
beziehungsweise 1881 ihrer Bestimmung übergeben hatte. Als Gennat 1898 das Abitur bestand,
machte man sich nebenan an die Arbeit, den mächtigen Erweiterungsbau hochzuziehen. Ob sich
Gennat damals vorgenommen hat, ihm reihenweise Schwerverbrecher zuzuführen, muss offen
bleiben, jedenfalls brach er 1904 sein Jurastudium
ab, um als Kriminalanwärter in den Berliner Polizeidienst einzutreten. Am 30. Mai 1905 legte er
seine Prüfung zum Kommissar ab und wurde zwei
Tage später zum Hilfskommissar ernannt. Ab 1.
August 1906 war er dann echter Kriminalkommissar und begann im roten Klinkerbau des Poli-

zeipräsidiums am Alexanderplatz seine Laufbahn als Spezialist bei der Aufklärung von Kapitalverbrechen.

Im Jahre 1916 war die Kriminalpolizei noch immer keine selbständige Einrichtung, sondern der uniformierten Polizei untergeordnet. Noch waren weder die Auswertung von Fingerabdrücken noch ballistische Untersuchungen übliche Praxis, noch gab es keine festen, sondern nur Ad-hoc-Mordkommissionen aus verschiedenen Inspektionen. Immerhin existierte seit 1902 ein sogenannter »Mordbereitschaftsdienst« innerhalb der Kriminalpolizei. Erst 1926 gelang es Ernst Gennat, der unzulänglichen Arbeit der Mordkommissionen ein Ende zu setzen. Auch das ließ ihn zur Berliner Legende werden, aber da gab es noch andere hervorstechende Eigenschaften. So nennt seine Biographin Regina Stürickow die ›unbestechliche Spürnase des geborenen Kriminalisten‹, die ›frappierende Kenntnis jedweder Mörderpsychologie‹, seine Ruhe und Besonnenheit und seine Kunst, ›bildhaft und launig‹ zu erzählen. Dazu kam seine Körperfülle, die ihm den Spitznamen ›der volle Ernst‹ eintrug, wobei sich das ›voll‹ nicht auf seinen Konsum an Alkoholika, sondern von Kuchen und Torte bezog. Franz von Schmidt schreibt über Gennat: »Er sah die Welt nur vom kriminalistischen Standpunkt aus an, misstraute jedem – war deshalb auch Junggeselle –, kam aber auch jedem, ob Raubmörder oder Innenminister mit der gleichen Jovialität entgegen. Seine Kollegen behandelte er gern mit der väterlichen Güte, die man leicht schwachsinnigen Kindern gegenüber anwendet. Und doch war er ein fantastischer Kamerad besonders denen gegenüber, die so taten, als sähen sie nicht, welche Mengen an Kuchen und Schlagsahne er sich so nebenbei heimlich aus der Schublade angelte und in seinem Amtszimmer, seiner wahren Heimat, zusammenaß.«

Der Polizeihistoriker Hsi-Huey Liang sieht Gennats Ruf begründet in »seiner außerordentlichen Ausdauer, seinem ungeheuren Gedächtnis und seinem psychologischen Scharfblick – alles Eigenschaften, die es ihm ermöglichten, über neunzig Prozent seiner Fälle aufzuklären.« Dies in Zeiten, in denen die DNA-Analyse und ähnliche Methoden unbekannt waren.

Fokko von Falkenrehde nahm Gennat in vielem durchaus aus Vorbild, wollte es aber nie dahin kommen lassen, das es hieß, er sei mit seiner Arbeit verheiratet.

Gennat war irgendwie in Plauderstimmung, »Na, haben Sie nicht Appetit auf ein Stück Torte?«

Falkenrehde konnte nicht nein sagen. »Gern, obwohl mich meine Verlobte nachher auch noch ins Café schleppen wird.«

Isolde Schulz war eine sehr energische Frau. Das musste sie auch sein, sonst wäre sie als Hausbesitzerin schnell gescheitert. Sicherlich hatte sie Mitleid mit allen zahlungsunfähig gewordenen Mietern, aber dieses Mitleid musste sich in Grenzen halten. Das galt auch für die Frauen, die ihren Mann im Krieg verloren hatten, zum Beispiel die Wasserfuhr in der Spandauer Straße 33. Die war seit zwei Monaten mit ihrer Miete im Rückstand, obwohl sie ständig mindestens eines ihrer Zimmer vermietete, was an sich laut Vertrag gar nicht zulässig war. Aber, nun ja, Isolde Schulz wollte kein Unmensch sein. Doch nun stand die Miete für den November und den Dezember 1915 immer noch aus, und die für den Januar 1916 wäre auch schon fällig gewesen, da war es gut, wenn sie langsam mit der Exmittierung drohte. Es war Kaffeezeit, und damit konnte sie davon ausgehen, dass die Wasserfuhr zu Hause war. Um ganz sicherzugehen, schaute sie hinauf, ob oben im vierten Stock Licht brannte. Ja. So stieg Isolde Scholz mit ein wenig Wut im Bauch die Treppen zu vierten Etage hinauf.

Leicht schnaufend kam sie oben an und klingelte. Sie lauschte. Nichts. Das hatte sie gerne, wenn jemand auf Toter Käfer machte. Und so rief sie dann auch laut und unfreundlich: »Machen Sie bitte auf, Frau Wasserfuhr, ich weiß genau, dass Sie zu Hause sind!« Jetzt wurde sie richtig wütend und hämmerte mit den Fäusten gegen die Tür. Wahrscheinlich hatte die Wasserfuhr wieder einen Liebhaber bei sich im Bett und wollte nicht gestört werden. Auch diesmal keine Reaktion. Sie presste ihr linkes Ohr gegen die Türfüllung. »Komisch …« Vielleicht hatte die Wasserfuhr einen Schwächeanfall erlitten und lag hilflos in der Wohnung …? Isolde Scholz glaubte sogar ein leises Stöhnen zu hören. Nun zögerte sie nicht länger, sondern lief zum 14. Polizeirevier, um Hilfe zu holen.

»Die Frau wird eingeschlafen sein«, sagte ein junger Beamter, der die Stallwache hielt. »Wir sind nicht dazu da, Leute zu wecken.«

Die Scholz rang die Hände. »Mein Gott, es kann doch was passiert sein.«

»Passiert sein wird, dass die gute Frau mal spazieren gegangen ist«, entgegnete der Beamte.

»Nein, es war doch Licht an.«

Der Beamte ließ sich nicht aus der Ruhe bringen. »Dann wird sie vergessen haben, es auszumachen.«

»Nein, dazu muss sie zu sehr sparen.« Isolde Scholz war nun mit ihrer Geduld am Ende. »Ich will den Reviervorsteher sprechen!«

Der nickte nur, und schnell hatte er sich sein Koppel umgeschnallt, die Mütze aufgesetzt und den Mantel angezogen. Zwar murmelte er leise vor sich hin »… die spinnt ja, die Alte«, aber das Ganze war eine gute Gelegenheit, sich einmal die Beine zu vertreten und ein bisschen frische Luft zu schnappen. Einer seiner Untergebenen bekam die Weisung, ihm zu folgen.

Zu dritt stiegen sie die Treppen hinauf. Oben bei der Wasserfuhr angekommen, hatte der Reviervorsteher bereits die Nase voll von seinem Ausflug und wollte so schnell wie möglich wieder zurück ins Warme. Ungeduldig klingelte er. Vergeblich.

»Es macht keiner auf, da haben Sie recht, aber … Frau Wasserfuhr wird ganz einfach verreist sein …«

»Nein, da hätte sie mir Bescheid gesagt, so gut, wie wir uns kennen, und mir den Wohnungsschlüssel gebracht, falls es mal einen Rohrbruch gibt oder so etwas.«

Der Reviervorsteher schickte nun seinen Untergebenen los, einen Schlosser zu holen. Der war eine halbe Stunde später zur Stelle und brach die Tür auf.

Als Isolde Scholz einen Blick in die Wohnung geworfen hatte, fiel sie in Ohnmacht.

Falkenrehde gehörte zu den Beamten, die vom Präsidium am Alexanderplatz in Marsch gesetzt wurden, um den Doppelmord in der Spandauer Straße aufzuklären. Schnell hatte man in der Mordbereitschaft herausgefunden, dass es sich bei den beiden Opfern um den Geldbriefträger Albert Werner und die verwitwete Zimmervermieterin Amanda Wasserfuhr handelte. Zusammen mit seinem Kollegen, dem Kriminalwachtmeister Hermann Markwitz, war Falkenrehde bemüht, den Tatort umfassend zu sichern. Dabei stellten sich ihnen auch die ersten Fragen.

Falkenrehde staunte, den Geldbriefträger hier mitten im Zimmer liegen zu sehen. »Denen ist es doch eigentlich streng verboten, eine Wohnung zu betreten.«

»Kitzel mir mal eener, det ick lachen kann«, sagte Markwitz. »Man hört ja imma wieda, wozu so 'n Briefträger, ob nu mit oda ohne Jeld, von so 'ner ausjehungerten Frau hereinjebeten wird. Et muss ja nich imma 'n Brief sein, den eena in'n Schlitz rinsteckt:«

Hermann Markwitz war ein verhinderter Schauspieler, ein Komiker, dessen drastischer Witz ebenso beliebt wie gefürchtet war. Seine Spezialität war der Galgenhumor. Seine Frau war Plätterin in einem Hotel in der Nähe des Gendarmenmarktes und auch am heimischen Herd gab sie ihr Bestes, sodass er seinen Gürtel jedes Jahr ein paar Zentimeter weiter schnallen musste. »Lieber 'n bissken mehr und dafür wat Jutet«, war die Devise ihrer überaus glücklichen Ehe.

Falkenrehde, eigentlich eher am Umgangston höherer Kreisen orientiert, nahm Markwitz als ein Stück volkstümliches Theater, wie er es vor allem anderen mochte.

»Sie meinen also, er war der Liebhaber der Witwe Wasserfuhr …?«

»Mein Johannes, ja, der kann es, der is der Inbejriff des Mannes …«

»Der Geldbriefträger hieß Albert und nicht

Johannes«, entgegnete Falkenrehde. »Aber aus welchem Grund soll er die Wasserfuhr erschossen haben?«

Markwitz lachte. »Ick lernte se als Perle kennen, nu jeht se mit die Kerle pennen. Se wird ihn betrojen ham.«

Falkenrehde zuckte mit den Schultern. »Nun, in der Liebe kann ja alles möglich sein. Erst erschießt sie ihn, dann sich. Oder umgekehrt: Zuerst er sie, dann sich selber. Erweiterter Selbstmord also.«

»Aba wo is dann die Waffe jeblieben?«, fragte Markwitz. »Die kann sich doch nich in Luft uffjelöst ham.« Es war trotz intensiver Suche keine zu finden gewesen. »Nee, et spricht allet dafür, dettet 'n Dritter jewesen is.«

»Der Geldbriefträger hat nur noch ein paar Pfennige bei sich!«, rief einer der Kollegen.

»Also 'n waschechter Raubmord. Und die Wasserfuhr is dazujekommen und musst ooch dran jloben.« Für Markwitz bestand kein Zweifel daran, dass es so gewesen war. »Klara Fall von Verdeckungsmord.«

Doch Falkenrehde kam ihm mit einem logischen Einwand, der nicht ganz vom Tisch zu wischen war. »Ausgeschlossen ist aber auch nicht, und ich bleibe dabei, dass die Wasserfuhr und der Geldbriefträger ein Verhältnis hatten, und ihr Liebhaber sie in flagranti erwischt hat. Das Geld hat er nur an sich genommen, um einen Raubmord vorzutäuschen.«

Einer der Kollegen rief, ob jemand schon wisse, ob das Zimmer, in dem die Schüsse gefallen waren, aktuell vermietet gewesen sei.

»Nein ...« Falkenrehde sah sich um. »Scheint nicht so gewesen zu sein ...« Alles sah sehr aufgeräumt aus. »Aber das werden wir schon noch herausbekommen.« In den Unterlagen des unglücklichen Geldbriefträgers ließ sich nichts finden, aber irgendwie musste es im Postamt Belege dafür geben, ob er hier in der Spandauer Straße 33 Geld auszuzahlen gehabt hatte. »Fragen wir erst einmal die Nachbarn.«

Markwitz winkte ab. »Da will doch keiner was gesehen haben ...«

Auch Falkenrehde wusste, dass weite Kreise der Berliner Bevölkerung auf alles, was mit Polizei zu tun hatte, allergisch reagierten. Das hing mit der tyrannischen Polizeiherrschaft der letzten Jahrzehnte zusammen und wurde mit dem Ausdruck ›Blaukoller‹ auf den Punkt gebracht. Blau waren die Uniformen. Die Sozialdemokratie, lange Zeit heftiger Verfolgung ausgesetzt, sah die Polizisten als Erfüllungsgehilfen der Herrschenden und wehrte sich vor allem mit der Waffe von Hohn und Spott.

Die Portiersfrau Minna Schmitz schien von solcher Abneigung gegen alle Polizei erfüllt zu sein, denn sie öffnete, als sie bei ihr klopften, ihre Tür nur einen Spalt weit.

Falkenrehde fragte sie, ob sie mitbekommen habe, was oben im vierten Stock geschehen sei.

»Meinen Sie, ick sitze uff de Ohren?«, fragte die Schmitz zurück.

»Kannten sie Frau Wasserfuhr genauer?«

»Ja, klar. Die mit ihre Männa.« Die Schmitz seufzte. »Keen menschlicher Vastand ermisst, wat mancha für een Dussel ist.«

Falkenrehde wollte es genauer wissen. »Sie meinen, Frau Wasserfuhr suchte sich ihre Mieter danach aus, ob sie sich für eine Liebschaft eigneten?«

»So is it!« Die Portiersfrau wurde noch eine Spur drastischer. »Det könn'n Se sich mit 'ne Reißpinne in't Jehirn klemm'n.«

Falkenrehde war eher amüsiert als verärgert über ihren Umgangston. »Und ihr letzter Mieter, haben Sie den mal zu sehen bekommen?«

»Mein letzter Mieta?«

»Nein, der von Frau Wasserfuhr …«

»Ach, der … Ick hab den mal uff da Treppe jetroff'n. Janz vornehm, 'n Buttajroßhändla solla jewesen sein, hat die Wasserfuhr jedenfalls jesagt. Mit mir hatta aba nicht jesprochen.« Um eine Personenbeschreibung gebeten, sagte sie, dass der Mann einen Oberlippenbart gehabt habe. »Aba die Spitzen nich in die Höhe wie bei unsam Kaisa, sondern nach unten. Und so'n fiepsijet Lungenpupen hatta ooch jehabt.«

Falkenrehde übersetzte das mit Asthma und freute sich, wenigstens etwas notieren zu können.

»Könnte es sein, Frau Schmitz, dass Frau Wasserfuhr eine Affäre mit dem Geldbriefträger Werner hatte, aber auch mit diesem geheimnisvollen Buttergroßhändler verbandelt war – und der dann aus Eifersucht beziehungsweise Rache beide erschossen hat?«

Die Schmitz lachte hintergründig. »Alle Pilze sind essbar – manche aba nur eenmal.« Man sah ihr an, dass sie der Doppelmord in ihrem Hause schwer erschüttert hatte, sie wischte das aber mit einem forschen Spruch hinweg. »Ach, jibt dir det Leben eenen Puff, so weene keene Träne, sondern lach dir 'n Ast und setz dir druff und baumle mir de Beene.«

Markwitz klatschte in die Hände. »Danke, det muss ick mir merken.«

»Wir danken Ihnen für Ihre Hilfe«, sagte Falkenrehde.

»Esel sei der Mensch, hilfreich und gut.« Die Schmitz schlug ihre Tür wieder zu.

Falkenrehde sah Markwitz an. »Das ersetzt einem den Besuch eines Volkstheaters … Eine schöne Vorstellung.«

Im Treppenhaus kam ihnen Ernst Gennat entgegen. Sie berichteten ihm von ihren bisherigen Erkenntnissen.

Gennat reagierte nicht gerade euphorisch. »Das ist zwar nicht viel, aber jedenfalls wissen wir nun, dass es in den letzten Tagen einen Mieter gegeben hat. Und damit sehe ich zwei Möglichkeiten. Erstens: Der Mann ist unbeteiligt und völlig ahnungslos … Vielleicht ist er morgens abgereist … Wenn, dann müsste er sich ja bald bei uns melden, um die Sache aufzuklären. Zweitens: Der Mann hat den Doppelmord begangen und die Flucht ergriffen. Dann ist sofort im gesamten Deutschen Reich nach ihm zu fahnden. Eine Sache geht mir nicht aus dem Kopf: Bei Werner haben wir nichts gefunden, was darauf hindeutet, dass er der Wasserfuhr oder dem Untermieter Geld auszuzahlen hatte. Was wollte er dann in der Wohnung? Wie gut hat er seinen Mörder gekannt?«

»Gut nicht, aber immerhin wird er ihn gekannt haben«, sagte Falkenrehde. »Denn meiner Ansicht nach ist es die alte Dreiecksgeschichte. Werner liebt die Wasserfuhr – und das erfährt ihr alter Liebhaber, der Buttergroßhändler. Um seine Ansprüche zu sichern, zieht er zu ihr, wird ihr Untermieter …«

»Zu diesem Zwecke wäre et ja janz vorteilhaft, seinen Namen zu haben«, sagte Markwitz mit einem Anflug von Ironie.

Den erfuhren sie wenig später von der Post. Ein Georg Otten aus der Braunschweiger Straße 21 in Bremen hatte dem Buttergroßhändler Adolf Plönjes in Berlin, Spandauer Straße 33, bei A. Wasserfuhr, dreißig Reichsmark überwiesen.

»Nur schade, dass es dort keinen Georg Otten gibt und auch nie einen gegeben hat«, sagte Falkenrehde, nachdem er sich über den Fernsprecher der Wasserfuhr mit der dortigen Behörde in Verbindung gesetzt hatte.

»Na, hoffentlich ist dann wenigstens der Adolf Plönjes echt«, sagte Ernst Gennat und gab einigen unteren Chargen die Weisung, in dieser Hinsicht Nachforschungen anzustellen. »Wo und wann gemeldet?«

Was die Beamten im Hauptpostamt Spandauer Straße über ihren Kollegen Albert Werner auszusagen hatten, war einigermaßen sensationell. Man sagte ihm nach, sowohl illegale Geldgeschäfte als auch einen regen Lebensmittelhandel auf dem Schwarzen Markt betrieben zu haben.

»Und letzte Woche hat er uns gesagt, dass er die Bekanntschaft eines Buttergroßhändlers gemacht hat. In den nächsten Tagen würde er billig an zehn Pfund Butter kommen.«

»Det passt ja allet wundaschön zusamm'n«, kommentierte Markwitz diese Information. »Mancha bohrt sich inne Neese und stößt aus Versehen uff Öl.«

Ernst Gennat lief hinüber zum Alexanderplatz, Falkenrehde und Markwitz gingen zurück zur Spandauer Straße. In der Zwischenzeit waren die beiden Nachbarn der Witwe Wasserfuhr nach Hause gekommen, ein Berthold Liebske, der im

KaDeWe als Buchhalter arbeitete, und eine Luise Lämmerhirt, die in einem Lyzeum als Lehrerin für Hauswirtschaft tätig war, seit ihr Mann im Felde stand. Beide wussten auch nicht mehr als die Portiersfrau.

Einer der rangniederen Beamten kam und flüsterte Falkenrehde ins Ohr, dass in einer Kladde, in der die Wasserfuhr die Namen ihrer Mieter säuberlich vermerkt hatte, als Herkunftsort des Plönjes Bremervörde, Uphuser Straße 13, notiert war. Sie freuten sich. Die schnelle Nachfrage ergab dann allerdings, dass man dort weder eine Uphuser Straße noch einen Adolf Plönjes kannte.

»Hat sich also jemand unta falschem Namen hier einquartiert«, folgerte Markwitz. »Die Frage is nur: warum?«

»Nur um einen Geldbriefträger zu überfallen?« Falkenrehde hielt das für eher unwahrscheinlich. »Den hätte er doch auch ganz einfach in jedem Hausflur überfallen können – ohne den ganzen Aufwand.«

Markwitz lächelte. »Sie wollen ja nur uff Ihre Eifersuchtstat hinaus.«

Er nahm aber sein Lächeln sozusagen zurück, als ein Junge aus der Nachbarschaft auf sie zukam und sagte, er sei der Paul, Laufbursche für verschiedene Händler in der Gegend um die Spandauer Straße und werde wegen seiner geringen Körpergröße überall nur Nuckel genannt. Er habe beobachtet, dass ein eifersüchtiger Liebhaber der Witwe Wasserfuhr in einem fort hier gelauert habe.

»So'n reicher Provinzonkel mit 'ne Warze links neben de Neese.«

»Hatte er einen Schnauzbart auf der Oberlippe?«, fragte Markwitz.

»Nee, keene Rotzbremse oder sowat. Der hat mir 'n paar Mal jefragt, ob ick wat weeß, det die Wasserfuhr'sche wieda 'n neuen Untamieta hat, dem se schöne Oojen macht.«

Auch Markwitz stimmte nach dieser Aussage Falkenrehdes These zu, dass der Geldbriefträger Albert Werner von einem der Männer, die Amanda Wasserfuhr heftig begehrt hatten, erschossen worden sei.

»Er hat ihn für ihren Liebhaber gehalten ... Als sie dazugekommen ist, hat er sie auch gleich mit erledigt.«

Als sie mit Ernst Gennat darüber sprachen, war der weniger überzeugt davon. »Und das mit dem mysteriösen Untermieter soll reiner Zufall gewesen sein? Warum mietet der sich unter falschem Namen bei der Wasserfuhr ein?«

»Vielleicht sind es wirklich zwei Fälle, die nichts miteinander zu tun haben«, sagte Falkenrehde. »Der angebliche Plönjes könnte ja ganz andere Gründe gehabt haben, unter fremdem Namen zu reisen.«

»Ja, als Spion.« Gennat klang fast ein wenig höhnisch.

Falkenrehde fand das gar nicht so abwegig. »Warum nicht. Da gibt es gefährliche Klippen, die jeder Kriminalist zu umschiffen hat: einerseits eine Tat nicht aufzuklären, andererseits einen Unschuldigen anzuklagen.«

»Von wem haben Sie denn das?«

»Na, von Ihnen.«

»Dann wird's ja stimmen.«

Am Nachmittag machten sie sich auf, neue Erkenntnisse zu gewinnen, indem sie erst mit der Schwester der Amanda Wasserfuhr sprachen und dann mit der Ehefrau des unglücklichen Geldbriefträgers.

Die Schwester der erschossenen Vermieterin hieß Emma Mahlke und wohnte in Rixdorf in der Jonasstraße, wo sie angeblich eine kleine Drogerie betrieb. Die Jonasstraße ging von der Bergstraße ab und ließ sich vom Alexanderplatz aus am schnellsten erreichen, wenn man auf der Stadtbahn bis Ostkreuz fuhr und dann auf den Südring wechselte. Auch mit der Straßenbahn wären sie ans Ziel gekommen, aber Falkenrehde mochte es nicht, an jeder Ecke anzuhalten und durch die Stadt zu zuckeln.

An der Drogerietür hing ein kleines Schild mit der Aufschrift: ›Meine werthe Kundschaft zur Kenntniß: Bis auf weiteres wegen einem Trauerfall geschlo‹. Das ssen hatte nicht mehr auf die Pappe gepasst. Sie gingen in den Hausflur und klopften

57

an die Wohnungstür. Emma Mahlke hatte sie schon erwartet. Sie sah verweint aus, hatte sich aber im Griff, als sie ihr kondoliert hatten.

»Ja, wat soll ick Ihnen jroß üba meine Schwester erzählen ... Bei uns hieß sie immer Manda. Ihr Mann ist jleich in die ersten Kriegstage jefallen. Der Karl. Leutnant issa jewesen, Injenör, bei der Eisenbahnabteilung. Beede hatten sich jrade in kleenet Jrundstück in Eichwalde gekooft und wollten da bauen. Und nu ...« Sie brach wieder in Tränen aus.

Falkenrehde und Markwitz konnten nichts anderes tun als warten und schweigen. Mehrere Minuten vergingen, ehe sie die ersten Fragen stellten konnten. Ob sie irgendeinen Verdacht haben würde.

»Ihre Schwester soll ja kein Kind von Traurigkeit gewesen sein, Frau Mahlke ...«

»Nee, warum ooch? Aba wie mein'n Se det?«

»Dass ein abgewiesener Liebhaber Ihre Schwester und den Geldbriefträger aus Eifersucht erschossen haben könnte«, antwortete Falkenrehde.

»Möglich is allet, aber dass se wat mit 'nem Jeldbriefträja hatte ... Nicht, det ick wüsste.«

»Wissen beziehungsweise wussten Sie denn alles?«

»Nee, det nich.«

»Und über die Untermieter Ihrer Schwester generell?«

»Keene Ahnung.«

Enttäuscht zogen sie von dannen und liefen zur nächsten Haltestelle der 22, um mit der Straßenbahn nach Kreuzberg zu fahren. Am Lausitzer Platz stiegen sie aus und liefen über die Waldemar- und die Manteuffel- zur Naunynstraße, wo der Geldbriefträger Albert Werner zu Hause war. Die Tochter, die um die 20 sein mochte, ließ sie ein.

»Kommen Se, Mutta sitzt anne Nähmaschine.«

Bertha Werner war gelernte Schneiderin und verdiente sich ein paar Pfennige dazu, indem sie nähte und Kleidungsstücke ausbesserte. Sonderlich niedergeschlagen wirkte sie nicht. Dazu war sie viel zu resolut. Falkenrehde konnte sich vorstellen, dass ihr Mann unter ihrer Fuchtel gestanden und erheblich gelitten hatte.

»Die eenen wer'n uff Schlachtfeld aschossen, die andern im Schlafzimmer«, sagte sie, nachdem sie sich für die Mitleidsbekundung der beiden Beamten bedankt hatte. »So isset nu mal.«

Falkenrehde horchte auf, als er das Wort Schlafzimmer hörte. Warum gebrauchte sie das? Wusste sie von möglichen Amouren ihres Mannes? Da war vorsichtig nachzuhaken. »Erzählen Sie doch mal von sich und Ihrem Mann ...«

Da gäbe es nichts groß zu erzählen. Zwei Kinder hatten sie, die Tochter, die eben aufgemacht hatte, und einen Sohn, der an der Front war. »Det Interessanteste an meinem Mann war, det er aus Kuhbier kommt, det liecht da bei Pritzwalk. Aba jetrunken hatte lieba Weißbier. Und als Jeldbrieftträja issa ville umherjekommen. Manche Witwe solla jetröstet ham ...«

»Auch die Wasserfuhr?«

»Die, die se in der Spandauer Straße mit aschossen ham?«

»Ja, die.«

»Kann schon sin.«

Diese Bemerkung reichte aus, um Falkenrehde an seiner Eifersuchtsthese festhalten zu lassen, während Ernst Gennat und die anderen Kollegen der Ansicht waren, der mysteriöse Untermieter der Wasserfuhr sei der Täter.

»Aber warum sollte er auch die Frau erschießen, wenn er nur auf das Geld aus war?«, hielt Falkenrehde ihnen vor.

»Sie wird durch Zufall dazugekommen sein«, sagte Gennat.

»Wenn dieser Adolf Plönjes – oder wie immer er heißt – alles so sorgfältig geplant hat, dann kann er doch die Wasserfuhr und ihr Tun nicht außer Acht gelassen haben«, wandte Falkenrehde ein

»Der Zufall macht vor keinem Halt«, sagte Ernst Gennat.

Wie auch immer, an diesem Tag ließ sich die Sache nicht weiter vorantreiben und sie verabschiedeten sich ins Wochenende.

Falkenrehde hetzte zum Königlichen Opernhaus und kam gerade noch rechtzeitig Unter den Linden an, um sich an der Seite Bettinas über drei Stunden hinweg qualvoll zu langweilen. Der Volksmund hatte schon recht, wenn er sagte: »Wer lieben will, muss leiden.«

3.

»Ich kann nicht einschlafen, weil ich mir vorstelle, wie es ist, geköpft zu werden. Wonach riecht das Holz des Klotzes, auf den man mich presst – nach einem Desinfektionsmittel oder nach dem Blut meines Vorgängers? Wie rissig ist das Holz, nehme ich noch wahr, wenn sich ein Splitter in meine Augenbraue bohrt? Ist es wirklich Holz, auf das der Kopf zu liegen kommt oder vielleicht Sand? Es wird kein Stahl sein. Der machte das Fallbeil nur stumpf. Ich weiß sehr wenig davon, glaube aber gehört zu haben, dass sie in Berlin eine Guillotine benutzen.

Ich fahre aus dem Bett. Es ist kurz nach drei, von der Morgendämmerung noch keine Spur. Der Gedanke, wie mein Kopf vom Rumpf getrennt wird, martert mich. Schießt das Blut heraus, hängen Muskeln und Nervenstränge heraus wie die Drähte aus einem Telefonkabel, das man gekappt hat? Registrieren die Augen im abgeschlagenen Kopf noch, wie der Henker die Hände so ausstreckt, als wolle er einen Ball von der Erde aufheben? Wie viele Tage und Nächte liegen zwischen Verkündung und der Vollstreckung des Urteils, werden sie mir endlos lang erscheinen oder wie Sekunden vorkommen? Auf alle Fälle werden sie die Hölle sein.

Und dieser Hölle will, dieser Hölle muss ich entgehen. Aber wie? Zwei Menschen habe ich ermordet, das lässt sich nicht mehr ungeschehen machen, und das heißt: Todesstrafe.

Doch noch haben sie mich nicht, und solange sie mich nicht haben, können sie mich nicht aufs Schafott schleppen.

Aber ich weiß, dass sie mich weiter jagen werden. Und wenn sie mich fangen sollten, dann …

Nein, ich will nicht unter der Guillotine sterben, sondern wie ein Soldat im Kampf. In der Mongolei, habe ich gelesen, ist es Brauch, dass ein Krieger einen anderen mit in den Tod nehmen muss, sonst verliert er seine Ehre und das ewige Leben. Also werde ich jeden töten, der mich dem Tod ausliefern will, um dann …«

Hier brach Wilhelm Blümel ab, schob sein Tagebuch zur Seite, holte seine Pistole aus dem Versteck hinter dem Nachtschrank hervor und zielte in Richtung Tür.

»Erst erschießt Wilhelm Blümel den Kriminalbeamten, der ihn verhaften will, dann sich selber. Ist er mit der zweiten Kugel nicht ganz so schnell, dann knallen ihn die Polizisten ab, die mitgekommen sind und den Kollegen rächen wollen. Auch gut.«

Der Herr selber hatte das Stück *Der Geldbriefträgermörder Wilhelm Blümel* geschrieben, und alle Menschen waren, siehe Shakespeare, auf der Bühne des Lebens nur Spieler.

»Ich und der Vater sind eins.« So stand es im 10. Kapitel des Johannes-Evangeliums, und Blümel sagte sich, dass damit nicht er die Witwe Wasserfuhr und den Geldbriefträger Werner erschossen hatte, sondern Gott. Durch ihn, mit ihm als Instrument.

Bei Lichte besehen schien aber gar keine Gefahr zu bestehen, dass die Kriminalpolizei seiner habhaft werden konnte, denn zu klug hatte er alles eingefädelt. Die Beschreibung des Täters war so vage, dass sie auf Hunderttausende zutreffen mochte, nur nicht auf ihn.

Das Leben, das er nun führte, konnte man als sorgenfrei bezeichnen. Eigentlich hatte er an die Ostsee fahren und sich dort einmieten wollen, um sein nächstes Theaterstück zu schreiben, aber noch war das Wetter zu schlecht. Also hielt er sich erst einmal an seinen Leitspruch »Geld ist dazu da, ausgegeben zu werden« und genoss alles, was Berlin im ersten Viertel des Jahres 1916 zu bieten hatte.

Zu Ostern, das in diesem Jahr erst spät im April gefeiert wurde, kamen seine Eltern nach Berlin und er zahlte nicht nur seine Schulden zurück, sondern gab sich alle Mühe, ihnen etwas zu bieten.

Der Vater, Jahrgang 1844, war als Vertreter für Landmaschinen über die Dörfer zwischen Ems und Weser gezogen und hatte einmal sehr gut verdient – und zwar so viel, dass es zu einem ansehnlichen Haus in Bremen gereicht hatte. Jetzt lebten er und seine Frau von seinen Ersparnissen und seiner Rente nicht schlecht, mussten sich aber doch ein wenig einschränken. Bernhard Blümel war ein korpulenter Mann, aß viel und trank noch viel mehr und konnte sehr amüsant sein und, darin eine echte Perle seiner Zunft, pausenlos Anekdoten und Witze erzählen.

Die Mutter, Martha, war eine geborene Meyerdierks und sieben Jahre jünger als er, kam von einem Bauernhof in Westerstede und war einige Jahre als Dienstmädchen in Oldenburg in Stellung gewesen, wo sie auch ihren Mann kennengelernt hatte. Sie war genauso korpulent wie ihr Mann und etwas einfältig.

»Will ich neulich mit deiner Mutter ins Theater gehen«, erzählte sein Vater. »Kommen wir in den Vorraum. Ich hatte meine Brille zu Hause vergessen und frage Martha: ›Du, was kostet denn das?‹ Sieht sie auf den Aushang am Kassenhäuschen und ist ganz erschrocken. ›Nee, Bernhard, da können wir uns keine Karten leisten, so dick wie wir beide sind.‹ Ich bin ganz erstaunt und frage, warum denn nicht. ›Na, da hängt doch ein großes Schild: Pro Gramm einsfünfzig‹.«

Blümel lachte schallend. Über den Witz seines Vaters ebenso wie über die Tatsache, dass ein Doppelmörder wie er derart lachen konnte. Anfangs hatte er befürchtet, mit seiner Tat auch die Fähigkeit verloren zu haben, heiter und gelöst zu sein.

Hatte er aber nicht. Zumal nun feststand, dass keiner ihm ansah, was er getan hatte. Nichts stand ihm auf der Stirn geschrieben, das mit dem Kainsmal war eine fromme Legende. Und nichts da, dass es die Sonne an den Tag brachte. Noch viel weniger die Kriminalbeamten. Was er über ihre Bemühungen, den Doppelmord in der Spandauer Straße aufzuklären, in den Zeitungen las, war ein anderer Grund zur Heiterkeit. Ganz augenscheinlich gingen sie davon aus, dass einer der Liebhaber der Witwe Wasserfuhr die Contenance verloren und zugeschlagen hatte.

Seine Eltern hatten ihn so streng erzogen und so viel Freude am Leben genommen, dass er ihnen fast, um sie dafür zu strafen, die Wahrheit ins Gesicht geschleudert hätte: »Herzlichen Glückwunsch, euer Sohn ist ein eiskalter Mörder geworden! Nun habt ihr wirklich euer Wohlgefallen an ihm.« Schon bei der geringsten Kleinigkeit, beim Diebstahl dreier Äpfel etwa, hatten sie früher ausgerufen, dass man sich ja schämen müsste und die Leute mit dem Finger auf sie zeigen würden. Und jetzt erst!

Aber er schwieg, denn sie wären mit Sicherheit zur Polizei gelaufen und hätten ihn angezeigt. Sogar auch nur Böses über sie zu denken, verbot er sich, denn wie stand es im 2. Buch Mose, im 21. Kapitel: »Wer Vater oder Mutter flucht, der soll des Todes sterben.«

Zum Essen führte er sie zu M. Kempinski & Co. in der Leipziger Straße 25 und entschied sich für den ›Grauen Saal‹, dessen Wände von grau gebeiztem schwedischen Björkholz und glattem wie gemasertem Ahornholz verkleidet wurden. Plaketten, Gesimse und Zierleisten waren in versilbertem Cartonpierre gearbeitet. Ein Sockel aus Napoleon-Marmor schloss das Paneel nach unten ab. Von den ovalen Kuppeln des Plafonds hingen die in versilbertem Metall und Bernsteinperlen ausgeführten Beleuchtungskörper. An der Rückwand, über den gerundeten Nischen, waren Reliefs eingelassen, die dem Weinbau, dem Keltern und dem Tanz nach der Lese gewidmet waren. Die Pilaster endeten in originellen Masken. Zwei große Fenster mit rotseiden drapierten Vorhängen erhellten den Saal. Dass die Ober eine kleine Schere mit sich führten, um die entsprechenden Marken von der Nährmittel-, der Kartoffel-, der Brot-, der Fleisch-, der Fett- und der Zuckerkarte zu schnippeln, störte nur wenig.

Sein Vater war schwer beeindruckt und konnte sich die Frage nicht verkneifen, ob er denn das wirklich alles bezahlen könne.

Seine Frau stimmte ihm zu und wollte sich schon erheben. »Lass uns lieber in ein einfaches Restaurant gehen, denn Wilhelm kann sich das hier doch unmöglich leisten. Mit dem bisschen, was er mit seiner Dichtkunst verdient.«

Wilhelm Blümel schluckte, und was er mit Salomo dachte, war ein Reflex: »Mancher kommt zu großem Unglück durch sein eigen Maul.«

Doch er schwieg und drückte seine Mutter auf den Stuhl zurück. »Lass nur, Mutter, ich habe für mein neues Stück einen ausreichend großen Vorschuss bekommen ... und außerdem einen sehr netten Mäzen gefunden.«

»Wen denn?«

Fast hätte er geantwortet, dass es die Deutsche Reichspost sei, dann aber erfand er einen kränkelnden Kaufmann namens Treibel. »Sein Vater ist Kommerzienrat gewesen.« Dass seine Eltern Fontane lasen, hielt er für ausgeschlossen. »Und verschwendungssüchtig bin ich keinesfalls geworden, denn Kempinski ist zwar nobel, aber preiswert, die Leute sagen, es sei die Volksküche für die bess're Welt.«

Die Eltern freuten sich, dass ihr Sohn nun endlich da angekommen war, wo sie ihn schon immer hatten haben wollen: in der bürgerlichen Welt. Blümel genoss es, dass er die Rolle des guten Jungen und braven Sohnes so vollendet gespielt hatte. Sein Leben war wirklich ein wunderbares Stück. *Der Geldbriefträgermörder Wilhelm Blümel* schlug alles, was es bisher gab.

Nachdem seine Eltern wieder abgereist waren, zog es ihn mit magischer Kraft an die Ostsee. Nur hier, so glaubte er, konnte es ihm gelingen, ein bedeutsames Werk zu schreiben. Sicherlich lag dieser Glaube auch darin begründet, dass Gerhart Hauptmann seit 1885 immer wieder auf Hiddensee gewesen war und dort die Kraft für seine Werke geschöpft, aber auch jene mystische Erschütterung erfahren hatte, die für den Menschen mit der Erkenntnis von den Grenzen seines Wesens und seiner Kultur überhaupt verbunden sind.

Nun, Hiddensee kam nicht in Frage, denn in Hauptmanns Schatten wäre er verkümmert, aber nichts sprach gegen die Usedomer Bäder. Er entschied sich schließlich für Swinemünde, das seit 1876 von Berlin aus mit dem Zug zu erreichen war. Auch hatte es Theodor Fontane immer wieder zu loben gewusst.

Der Höhepunkt der Reise vom Stettiner Bahnhof aus war die Passage der Drehbrücke über den Peenestrom bei Karnin.

In Swinemünde konnte er aber keine Pension finden, die ihm zusagte, und so zog er weiter nach Heringsdorf, um dort nach einiger Suche am Kirchsteig eine angemessene Unterkunft zu finden. Neben ihm gab es nur drei andere Gäste, ein älteres Ehepaar aus Berlin, er Bäckermeister, sie Hausfrau und Mutter, und eine lange pensionierte Lehrerin aus dem märkischen Dahme. Dass die drei ihm gefährlich werden konnten, war nicht anzunehmen, obwohl die Lehrerin ihn während des Mittagessens richtig zu examinieren begann, nachdem der Pensionsinhaber ihr verraten hatte, dass er fürs Theater schrieb.

»Wissen Sie eigentlich, Herr Blümel, wie Heringsdorf zu seinem Namen gekommen ist?«

»Nein ...«

»Das muss man aber wissen. Im Jahre 1818 ließ der Oberforstmeister Georg Bernhard von Bülow das heutige Seebad als Fischersiedlung anlegen. Nur ein passender Name wollte ihm nicht einfallen. Da kam 1820 der preußische Kronprinz Friedrich Wilhelm vorbei, unser späterer König Friedrich Wilhelm IV., und den bat er nun, die Siedlung zu benennen. Der Kronprinz zögerte keine Sekunde zu rufen ›Heringsdorf soll die Ortschaft heißen!‹, denn es hing ein starker Geruch nach diesem Fisch in der Luft.«

»Das ist wirklich reizend«, sagte Blümel. »Ich werde sehen, dass ich es in eines meiner Stücke einbauen kann.«

»Womit haben Sie denn schon reüssiert, mein Herr?«

»Im Spätherbst wird es in Berlin meine erste Premiere geben: *Glanz und Elend.*« Fast hätte er gesagt, dass sein erstes Stück vor kurzem in der Spandauer Straße seine Welturaufführung erlebt hatte: *Der Geldbriefträgermörder Wilhelm Blümel.* Mit ihm in der Hauptrolle. »Es geht um das Leben von Albert Lortzing.«

»Bei einer Premiere von Wilhelm Blümel werden Sie mich kaum in der ersten Reihe sehen.«

»Vermieten Sie eigentlich auch Zimmer?«, fragte Blümel daraufhin.

»Nein, wieso?«

»Sonst hätte ich mich einmal bei Ihnen in Dahme eingemietet und ...« Blümel musste sich beherrschen, um nicht das zu sagen, was ihm auf der Zunge lag und mit dem Bestellen eines Geldbriefträgers zusammenhing. »... und unter Ihrer Mithilfe ein Stück geschrieben, das auch höheren Ansprüchen genügte.«

Zum Glück für Blümel mischte sich nun der Bäckermeister ein und erzählte, was ihm neulich im Theater passiert sei. »Ich gehe mit meiner Frau in eines dieser neuen Theater ... Wir sitzen in der vorletzten Reihe, und das, obwohl meine Frau nicht so gut sieht. Aber die Karten waren ein Weihnachtsgeschenk meines Bruders, und der ist nun mal furchtbar geizig. Wir sitzen also da und warten, dass es losgeht. Da muss ich plötzlich ganz dringend. Ich hatte mir einen Tag vorher die Blase erkältet. Ich also raus und suche nach der Toilette. Nirgends eine zu finden. Ich irre umher. Überall Gänge, Treppen, Büroräume, aber keine Toilette. Da kann ich nicht mehr an mich halten. Ich stürze in ein Zimmer, reiße eine leere Vase von der Anrichte und ... erleichtere mich. Dann eile ich zurück ins Parkett und frage meine Frau, ob schon was passiert ist.

›Nee‹, antwortet sie. ›Da is nur so 'n dicker Mann in't Zimma jekomm'n, hat in 'ne Vase jepinkelt und is wieda raus‹.«

Während Blümel laut loslachte, zeigte sich die Lehrerin als Dame pikiert und zog es vor, den Wirt zu bitten, ihr den Nachtisch aufs Zimmer zu bringen.

»Die Gesunden bedürfen des Arztes nicht, sondern die Kranken«, brummte Blümel. So laut, dass sie es nicht unbedingt hören musste, aber konnte, wenn sie denn wollte.

Und sie wollte. »Das ist ja eine Unverschämtheit!«

»Nein, das ist das Lukas-Evangelium.«

Eine Viertelstunde später ging auch Blümel nach oben und warf sich zu einem kurzen Mittagsschläfchen aufs Bett. Danach setzte er sich an seinen kleinen Sekretär und begann mit den ersten Skizzen zu seinem neuen Stück, dabei Philipper 3, Vers 13 murmelnd: »Ich vergesse, was dahinten ist, und strecke mich nach dem, das da vorne ist …«

Einen richtigen Titel hatte er noch nicht, auch keine Idee, ob es nun eine Tragödie oder eine Komödie werden sollte, fest stand nur, dass es um einen Mann gehen sollte, der aus den unteren Ständen kam, auf dem Dorfe oder in einer Kleinstadt aufgewachsen war und nach Berlin kam, um hier sein Glück zu machen. Werner Siemens vielleicht … Ja, aber in dessen Leben hatte es wenig gegeben, was zum Bühnenspektakel taugen würde. Am besten machte sich auf der Bühne immer ein Duell. Also, Ferdinand Lassalle ...? Nein, von der Sozialdemokratie verstand er, Wilhelm Blümel, nicht viel. Aber vielleicht Karl Ludwig Friedrich von Hinckeldey, unter Friedrich Wilhelm IV. Polizeipräsident in Berlin ...? Der war im Duell mit Hans von Rochow gestorben.

Je länger Blümel grübelte, desto mehr wuchsen seine Zweifel, ob er es wirklich schaffte, aus dem Leben Hinckeldeys ein packendes Stück zu machen. Vielleicht war es doch besser, eine eigene Figur zu schaffen und das Ganze im Hier und Heute anzusiedeln. Ein Adliger verstößt gegen den Ehrenkodex seiner Kaste und fällt ganz tief. *Adel vergeht* wäre ein schöner Titel. Er schrieb ihn auf. Brauchte er zuerst einen Namen für seinen Protagonisten. Als ihm partout nichts einfallen wollte, griff er zur Liste der Kurgäste und stieß dabei auf den schönen Namen Hans von Sommerfeldt.

»Hans von Sommerfeldt beginnt als Schauspieler ...« notierte er. Ach, da war er wieder bei Lortzing. Warum denn nicht? »Am Ende ist Hans von Sommerfeldt so verschuldet, dass er einen Geldbriefträger beraubt. Ha, ha!«

Als Blümel das niedergeschrieben hatte, verließ er seine Pension, um am Strand spazierenzugehen und seinen Kopf wieder freizubekommen.

Auf der Seebrücke begegnete er zum ersten Mal der Frau mit dem Kopftuch. Sie stand an der Brüs-

73

tung und sah mit leerem Blick nach Skandinavien hinüber. Die Kennzeichnung *leer* gefiel Blümel aber nicht und er suchte nach einem Ausdruck, der es besser traf. Sehnsuchtsvoll vielleicht, traurig, melancholisch, schwermütig. Alles ging, ohne aber optimal zu sein. Wie würde er es in einem seiner Stück in die Regieanweisung schreiben? Er kam nicht darauf und behalf sich schließlich damit, in Klammern anzumerken: Wie die Cécile bei Fontane. *Cécile* war der Titel eines 1886 als Vorabdruck im »Universum« erschienenen Romans von Theodor Fontane. Cécile ist eine geborene Woronesch von Zacha, eine polnische Adlige, verheiratet mit dem wesentlich älteren preußischen Offizier Pierre von St. Arnaud. Woran sie leidet, ist ihre Vergangenheit, war sie doch in ihrer Jugend die Geliebte eines älteren Fürsten und wurde nach dessen Tod an den Neffen weitergereicht. Später ist sie Ursache eines Duells, das einem Ingenieur, der sie wirklich liebt, den Tod bringt.

Blümel liebte es, das, was ihn bewegte, mit leiser Stimme vor sich hinzumurmeln, so, als diktierte er es einer Privatsekretärin als Teil eines Romans in den Stenoblock.

»Als Wilhelm Blümel die Frau mit dem Kopftuch sah, wusste er sofort: Das ist mein Schicksal. Ein Begehren, das nur heiß genannt werden konnte, stieg in ihm auf, denn seit er damals in Bremen die Liebe Luises unter dramatischen Umständen verloren hatte, war es ihm nicht mehr vergönnt gewesen, eine Frau zu besitzen. Dies bewegte ihn als Mann, der noch voll im Saft stand, als Schriftsteller aber interessierte ihn das, was diese Frau, las man nur flüchtig in ihrem Gesicht, alles erlebt haben musste. Es reichte sicherlich für einen opulenten Roman oder ein mitreißendes Theaterstück. Das waren also die beiden Gründe, die ihn dahin brachten, der Schönen unauffällig zu folgen.«

Sie ging die Strandpromenade in Richtung Swinemünde entlang und bog dann rechts ab in den Damenbadweg, wo sie schließlich in einer Pension verschwand. Blümel postierte sich in etwa hundert Meter Entfernung schräg gegenüber hinter einer Hecke und wartete. Es war eine herrliche Szene. Als Theaterdichter liebte er solche Situationen. Wann würde die ebenso schöne wie geheimnisvolle Frau wieder auf die Straße treten, und tat sie es allein oder mit einem Galan an ihrer Seite? Was hatte er für Möglichkeiten, ihre Bekanntschaft zu machen? Er konnte nicht einfach auf sie zugehen und unter irgendeinem Vorwand ansprechen, es musste zufällig geschehen und irgendwie romantisch sein. Als er das dachte, konnte er nicht anders als über sich zu spotten: »Am besten, du kaufst dir eine Gitarre, stellst dich unter ihr Fenster und singst ihr ein Liebeslied.«

Unsinn. Er schaffte es aber an diesem Nachmittag immerhin, ihren Namen herauszubekommen, und zwar dadurch, dass er einem Jungen, der aus dem

Haus kam, in dem sie vorhin verschwunden war, ein Geldstück in die Hand drückte.

»Ich bin vom ›Berliner Tageblatt‹ und wir schreiben jeden Sonntag etwas über berühmte Schauspielerinnen, die heimlich an der Ostsee Urlaub machen. Die Dame, die bei euch wohnt, das ist doch die berühmte Eleonora Duse …?«

»Nein, die heißt Lucie von Wußwergk.«

4.

Die SPD hatte zwar auf ihrem Parteitag 1890 in Halle beschlossen, den 1.Mai als dauerhaften »Feiertag der Arbeiter« einzuführen, aber 1916 war er noch immer kein gesetzlicher Feiertag, sodass Fokko von Falkenrehde wie an jedem anderen Montag auch heute seinen Dienst im Polizeipräsidium am Alexanderplatz versehen musste. Da nichts Aktuelles anlag, machte er sich daran, wieder einmal die ungelösten Fälle durchzugehen.

Obenauf lag der Doppelmord in der Spandauer Straße. Fast fünf Monate waren inzwischen vergangen, und sie hatten den Mörder des Geldbriefträgers Albert Werner und der Witwe Amanda Wasserfuhr noch immer nicht fangen können. Zwar regte sich in Zeiten wie diesen niemand über ihr Versagen auf, doch es ging ihnen allemal gegen die berufliche Ehre. Zwei Thesen standen im Raum: Erstens die vom Raub- und Verdeckungsmord, dass jemand zuerst den Geldbriefträger überfallen und erschossen und anschließend die dazukommende Wasserfuhr getötet hatte, und zweitens die einer Eifersuchtstat, dass nämlich der Werner und die Wasserfuhr eine Liebesbeziehung unterhalten und beide nacheinander von einem anderen Galan sozusagen hingerichtet worden waren. Die Mehrheit der Kollegen hing der ersten These an, Falkenrehde jedoch glaubte an den eifersüchtigen Liebhaber.

In und um Berlin wie im ganzen Reich hatte man also nach zwei Männern fahnden lassen: dem angeblichen Adolf Plönjes und dem unbekannten Liebhaber, in beiden Fällen aber keine heiße Spur gefunden. Auch eine Umfrage bei Ärzten, ob ihnen ein Patient mit Asthma aufgefallen sei, hatte nichts ergeben.

»Keen Mörda kann sich in Luft ufflösen«, sagte Hermann Markwitz, der am Schreibtisch gegenüber saß und frühstückte.

»In Luft vielleicht nicht«, sagte Falkenrehde, »aber in der Erde.«

»Sie meinen, detta schon lange tot is?«

»Kann doch sein …«

»Apropos: tot …« Markwitz kaute an seiner Marmeladenstulle. »Hat denn der Grienerick wieda mal jeschriem …?«

»Ja, in fünf Wochen kriegt er Heimaturlaub.« Falkenrehde stöhnte auf. Richard Grienerick war nicht nur ein Kollege, sondern sein bester Freund. Sie waren zusammen in den Krieg gezogen und hatten Seite an Seite gekämpft, bis es ihn erwischt hatte. Leise, und wenn sein Vater es nicht hören konnte, formulierte Falkenrehde es so: »Leider hat Richard nicht das Glück gehabt, zu einem Lungensteckschuss zu kommen.« Die Angst um den Freund ließ ihn nachts oft nicht schlafen.

Eike von Breitling kam ins Bureau und erkundigte sich ganz scheinheilig, was die beiden denn heute Abend so machen würden.

»Nischt«, antwortete Markwitz und gab sich ungewohnt lakonisch. »Außa det wie imma.«

»Und Sie?«

Falkenrehde überlegte einen Augenblick, ob es klüger war zu lügen oder ob er so gute Karten hatte, dass er es riskieren konnte, die Wahrheit zu sagen. Nein, aber die neue Zeit, die zog herauf, und da konnte er es wagen.

»Ich ... Ich fahre heute Abend zum Potsdamer Platz. Zur Mai-Demonstration.«

Breitling fixierte ihn in der Manier eines Oberstaatsanwalts. »Sie wissen, dass sich das nicht mit den Pflichten eines Beamten verträgt?«

»Wieso denn nicht, auch wir sind im Grunde nichts anderes als Arbeiter. Es heißt ja auch: Die Arbeit der Kriminalpolizei.«

Breitling warf ihm einen bösen Blick zu und verschwand, die Tür hinter sich zuknallend.

»Mit Ihre nächste Beförderung wird et wohl nischt werden«, sagte Markwitz.

»Bald werden andere über meine Beförderung zu entscheiden haben«, murmelte Falkenrehde.

Mit der Bekundung, starke Kopfschmerzen zu haben, machte er sich an diesem Tag zwei Stunden früher auf den Heimweg. Nach kurzer Überlegung entschloss er sich, mit der Straßenbahn zum Potsdamer Platz zu fahren und dort in die Eisenbahn zu steigen.

In Lichterfelde wohnte es sich feudal. Das Dorf Lichterfelde war im 13. Jahrhundert von flämischen Bauern gegründet worden, doch richtig Geltung erlangte es erst, als Johann Anton Wilhelm von Carstenn hier in der Gründerzeit eine Kolonie für die besseren Stände aus dem märkischen Boden stampfen ließ. Herrschaftliche Villen, große Gärten, kleine Alleen und sauber gepflasterte Straßen waren hier zu finden. Lichterfelde-West wurde von der Preußischen Hauptkadettenanstalt geprägt. Von hier fuhr am 1. Mai 1881 auch die erste elektrische Straßenbahn, gebaut von Siemens & Halske, zum Bahnhof »Groß Lichterfelde Ost« an der Anhalter Bahn. Aber nicht nur damit schrieb Lichterfelde Weltgeschichte, sondern auch mit dem Fliegerberg, den sich Otto von Lilienthal hier aufschütten ließ.

Falkenrehde, dessen Vater sich als genuiner Bestandteil der Kadettenanstalt verstand, war in ihren Mauern aufgewachsen und hatte sich auch nicht, majorenn geworden, von Lichterfelde trennen können. Jetzt bewohnte er eine halbe Etage in einer verhältnismäßig kleinen Villa in der Kommandantenstraße. Vom Bahnhof »Groß Lichterfelde-West« war er in knappen zehn Minuten zu Hause.

Am schmiedeeisernen Tor des Vorgartens kam ihm

Bertha Hirsekorn entgegen, seine Haushälterin. Da ihr Vater Oberkellner bei Kempinski war, rechnete sie sich den höheren Ständen zu und war stets um ein druckreifes Hochdeutsch bemüht.

»Ich bin gerade im Begriffe, mich hinfort zu begeben, hoffe aber, alles nach Ihren Wünschen hergerichtet zu haben, Herr von Falkenrehde.«

»Mein Dank ist Ihnen gewiss, liebe Frau Hirsekorn«, erwiderte Falkenrehde, dabei bemüht, denselben Ernst an den Tag zu legen wie sie.

»Ich habe Ihnen auch wieder eine sehr nahrhafte Suppe gekocht. Sie steht auf dem Herd.«

»Da freue ich mich schon drauf«, log Falkenrehde. Brennnesseln und Wildkräuter waren nicht das, was er von Kindheit an gewohnt war.

»Es heißt ja, dass immer mehr Leute an Unterernährung sterben«, erzählte ihm die Hirsekorn. »Man will in der Stadt Großküchen einrichten, und es soll Massenspeisungen geben.«

Falkenrehde lachte. »Da haben wir ja dank Kempinski schon Übung drin.«

Schnell verabschiedete er sich von Frau Hirsekorn und stieg zur zweiten Etage hinauf. Bevor er seine Wohnung aufschloss, klingelte er bei seinem Nachbarn, dem Ingenieur Robert Radegast. Was er mit seinem Knopfdruck auslöste, war das Schreien von mindestens fünf Kindern. Neben den drei eigenen tobten nebenan immer noch etliche andere herum. Endlich erschien Radegast in der Tür.

»Kommst du nachher mit?«, fragte Falkenrehde.

»Ja, obwohl ...« Es konnte ihm in seiner Firma
die Stellung kosten, würde er entdeckt, doch das
war kein Hinderungsgrund für ihn. Er war ein
Bewunderer Karl Liebknechts, mit dem er auch
eine gewisse Ähnlichkeit hatte.

Karl Liebknecht, 1871 in Leipzig geboren, war
in die Fußstapfen seines Vaters Wilhelm getre-
ten, einem der Begründer der SPD. 1899 hatte er
gemeinsam mit seinem älteren Bruder Theodor
in Berlin ein großes Rechtsanwaltsbüro eröffnet
und sich in politischen Prozessen einen Namen
gemacht. 1902 war er Berliner Stadtverordneter
geworden, 1907 Mitglied des Preußischen Abge-
ordnetenhauses und 1912 schließlich für die SPD
in den Reichstag eingezogen. Aus Gründen der
Fraktionsdisziplin hatte er anfangs für die Kriegs-
kredite gestimmt, sie später aber abgelehnt. Im
Februar 1915 wurde er eingezogen und, da er sich
weigerte, eine Waffe zu tragen, als Armierungs-
soldat an der West- wie der Ostfront eingesetzt.
Wieder in Berlin, wurde er mit 60 zu 25 Stimmen
aus der Reichstagsfraktion der SPD ausgeschlossen. In einer seiner letzten Reden hatte er ausgerufen: »Ans Werk! Sowohl die in den Schützen-
gräben wie die im Lande – sie sollen die Waffen
senken und sich gegen den gemeinsamen Feind
kehren, der ihnen Licht und Luft nimmt!«

Nun klebten überall an den Häuserwänden und Fabriktoren kleine Zettel, und auch in den Straßenbahnen lagen sie aus: ›... erscheint am 1.Mai abends acht Uhr am Potsdamer Platz.‹

Als Falkenrehde und Radegast kurz nach sieben mit dem Zug am Potsdamer Platz eintrafen, wurde ihnen gleich ein Flugblatt in die Hand gedrückt:

»Am 1. Mai reichen wir über alle Grenzsperren und Schlachtfelder hinweg die Bruderhand dem Volke in Frankreich, in Belgien, in Russland, in England, in Serbien, in der ganzen Welt! Am 1. Mai rufen wir vieltausendstimmig: Fort mit dem ruchlosen Verbrechen des Völkermordes! Nieder mit seinen verantwortlichen Machern, Hetzern und Nutznießern! Unsere Feinde sind nicht das französische, russische oder englische Volk, das sind deutsche Junker, deutsche Kapitalisten und ihr geschäftsführender Ausschuss: die deutsche Regierung!«

»Ah, die Spartakusgruppe«, sagte Radegast, als er es überflogen hatte.

Gegen acht Uhr hatte sich der Platz mit Demonstranten gefüllt, neben den Arbeitern auch auffallend viele Frauen und Jugendliche, und sofort begannen die Scharmützel mit der Polizei. Die ›Blauen‹ und vor allem ihre Offiziere wurden zunehmend nervöser und fingen an, die Massen mit Fäusten hin und her zu stoßen. Einige Arbeiter hatten an ihren Spazierstöcken Nadeln angebracht, mit denen sie gegen die berittene Polizei zu Felde zogen. Wenn die Polizisten im Sattel ihre Säbel zogen, wurden den Pferden die Nadeln in die Hinterteile gepiekt, sodass sie aufstiegen und die Attacke nicht mehr möglich war.

Plötzlich erscholl mitten auf dem Platz die Stimme Karl Liebknechts. Falkenrehde und Radegast hatten ihn weder kommen sehen, noch konnten sie ihn jetzt so richtig ausmachen.

»Nieder mit dem Krieg!«, rief Karl Liebknecht. »Nieder mit der Regierung!«

Sofort brach ein ganzer Trupp von Polizisten durch den Kordon der Menge, stürzte sich auf den Redner, packte ihn und schickte sich an, ihn abzuführen.

»Hoch Liebknecht!«, schrie Radegast

»Hoch Liebknecht!«, schrie auch Falkenrehde.

Da stürzten sich zwei Polizisten auf ihn, packten ihn mit brutaler Gewalt und schleppten ihn zur Wache auf dem Potsdamer Bahnhof.

Leonore von Falkenrehde musste am nächsten Tag viele Telefongespräche mit einflussreichen Männern und ihren Frauen führen und schließlich beim Polizeipräsidenten selber vorsprechen, damit endlich die Order kam, ihren Sohn wieder auf freien Fuß zu setzen. Sie war eine Meisterin des Antichambrierens und schaffte es auch noch, dass man Fokko eine schriftliche Belobigung in die Personalakte heftete, in der zu lesen stand, er habe sich unter Einsatz seines Lebens der Menge entgegengestellt, die die gewaltsame Befreiung des verhafteten Karl Liebknecht zu verhindern suchten. Die Polizisten vor Ort hätten seine Handlungsweise leider Gottes völlig missverstanden und würden sich bei ihm für ihr Fehlverhalten entschuldigen.

Falkenrehde war einerseits froh, dass man ihn nicht aus dem Dienst entfernt hatte, denn er war mit Leib und Seele Kriminaler, andererseits aber wäre er auch gern zum Märtyrer geworden, denn damit hatte er die besten Chancen, hoch aufzusteigen, wenn der Kaiser einmal abgedankt und die Linke das Sagen hatte. Nun, man musste es nehmen, wie es kam.

Bettina besorgte Theaterkarten, um ihn auf andere Gedanken zu bringen. Er ging gern ins Deutsche Theater, dessen Leitung seit 1905 in den Händen von Max Reinhardt lag. Am liebsten sah er Stücke mit Emil Jannings, der vom Stadttheater Glogau nach Berlin gekommen war.

Heute jedoch, man schrieb den 12. Mai 1916, blieb ihm dieser Genuss versagt, denn gerade war er, mit Bettina vom Bahnhof Friedrichstraße kommend, im Begriff, in den Vorraum einzutreten, da sah er Markwitz auf sich zukommen.

»Halt!«, rief der Kollege. »Nüscht mit Theater heute. Die Vorstellung muss leida ausfallen. In Wilmersdorf is 'n Jeldbriefträga übafallen worden, inna Wilhelmsaue.«

»Auch erschossen?«, fragte Falkenrehde.

»Nur fast. Der Täter hat ihn vafehlt, det heißt, es ist bei 'm Streifschuss am Oberarm jeblieben.«

»Und, hat man den Täter?«

»Nee.« Markwitz seufzte und berichtete, dass der Mann, ein gewisser Reinhold Schleuer, wie man schon wusste, leider entkommen war, aber der Geldbote hatte zurückgeschossen und den Mann am Bein erwischt. »Weit jekommen kann er also nich sein.« Ernst Gennat vermutete, dass Schleuer sich irgendwo in der Nähe des Tatortes versteckt hatte, und sie beide sollten dabei helfen, die Gegend zu durchkämmen. »Ach, Ernst, ach, Ernst, wat du mir allet lernst!«

Falkenrehde fluchte innerlich. Sosehr er mit Leib und Seele Kriminaler war, sosehr liebte er es, seine Abende mit Bettina zu verbringen. Er küsste sie, damit um Verzeihung bittend. »Mit des Geschickes Mächten ... Fährst du nun wieder nach Hause oder gehst du allein ins Theater?«

Bettina war sich unschlüssig. »Mit dem leeren Sitz neben mir ...«

Markwitz grinste. »Ick würde ihn ja jerne asetzen, aba ick muss ja leida selba ... Kommen Se, Herr Kolleje, wir subtrahieren mal beede.«

»Wie?«

»Wir ziehen ab.«

Falkenrehde wusste noch immer nicht, was nun mit Bettina geschehen sollte und zeigte auf eine

junge Frau, die mit dem Schild »Karten gesucht«
im Foyer auf und ab ging. »Verkauf doch der deine
Karte.«

»Ja, wenn du meinst …«

»Aba Vorsicht!«, rief Markwitz. »Die machen die
Frauen, die auf den Trick rinfallen, betrunken und
vafrachten se in bestimmte Etablissements in Istan-
bul.«

Bettina lachte. »Kann ich wenigstens hier als
Bauchtänzerin auftreten, wenn ich später zurück-
komme.« Mit einem schnellen Kuss eilte sie
davon.

Markwitz drängelte. »Nu mal schnell ran an'n
Sarch und mitjeweent.«

»Wie kommen wir denn am schnellstens nach Wilmersdorf?«, fragte Falkenrehde.

Der Kollege überlegte nicht lange. »Uff da Stadtbahn bis Charlottenburg und dann uff 'm Südring
bis Schmargendorf.«

Falkenrehde überlegte. »Von dort ist aber ein ganz
schönes Stück bis zur Wilhelmsaue zu laufen, immer
die Mecklenburgische Straße hinunter. Mit der Straßenbahn könnten wir bis vor die Haustür fahren.
Zum Beispiel mit der 4 vorn an der Friedrichstraße
bis zur Motzstraße und dann weiter auf der Kaiserallee. Nein, zu umständlich. Wir könnten auch die
56 nehmen, bis zur Hauptstraße fahren und dann
das letzte Stück von Schöneberg aus laufen … Aber
auch zu weit. Die 67 hat ihre Endstation direkt an

der Wilhelmsaue, aber die bekommen wir auch erst in der Leipziger Straße … Die 69 fährt zwar die Kaiserallee hinunter und endet erst am Südwestkorso, da müssten wir aber …«

Markwitz verdrehte die Augen. »Ick denke, ick steh im Wald, und Rübezahl beißt ma in 't Been! Wir jehn jetz zur Stadtbahn!«

Falkenrehde gab sich geschlagen. Als sie am Tatort eintrafen, bekamen sie von einem hochrangigen Kollegen die Weisung, in dem ausgedehnten Laubengelände südlich der Forckenbeckstraße nach dem flüchtigen Verbrecher zu suchen.

»Wir haben soeben die Nachricht bekommen, dass dort ein Bruder von ihm eine Laube haben soll. Rosenweg 24. Auch ein Schleuer. Äußerste Vorsicht! Der Mann macht rücksichtslos Gebrauch von seiner Schusswaffe.«

»Danke für die Warnung«, sagte Falkenrehde. »Wir werden uns bemühen, von unserer rücksichtsvoll Gebrauch zu machen.«

Sie marschierten los. Auf zum Teil schlecht beleuchteten Straßen waren über zwei Kilometer zurückzulegen.

»Wenn ick nich bei da Pullizei wär', würd' ick ma in dieser finsteren Jegend jewaltig fürchten«, sagte Markwitz.

Als sie in der Friedrichshaller Straße anlangten, von wo die Wege ins ausgedehnte Laubengelände abgingen, kam ihnen einen Trupp Schutzpolizisten entgegen. Im Licht einer Straßenlaterne begann man, eine kleine Konferenz abzuhalten.

»Wir haben jede einzelne Parzelle abgesucht und nichts gefunden«, sagte der Anführer der Schutzpolizisten.

»Keine Ahnung, warum man uns da auch noch losgeschickt hat«, sagte Falkenrehde.

»Befehl is Befehl«, brummte Markwitz.

»Gibt es denn viele Leute, die hier dauerhaft wohnen?«, fragte Falkenrehde.

»Nur ein paar, aber von denen hat keiner was gehört oder gesehen.«

»Wie ooch anders«, brummte Markwitz. »Hat et denn noch Sinn, det wir jetzt so 'ne Art Nachlese vaanstalten?«

»Nein«, kam es von Seiten der Schutzpolizisten.

»Vielleicht doch«, sagte Falkenrehde. »Wenn sich der Schleuer wirklich hier versteckt hat, wird er sich jetzt, wo die Gefahr vorüber ist, langsam aus seinem Bau wagen und sehen, dass er wegkommt aus Berlin.«

»Na, dann viel Spaß.«

»Könnt ihr uns zwei Blendlaternen leihen?«

»Ja, aber Wiedersehen macht Freude.«

Falkenrehde und Markwitz bedankten sich für die Amtshilfe und machten sich auf die Suche nach dem Rosenweg. Sie fanden ihn gegenüber der Oyenhausener Straße als eine vielleicht vier Meter breite

Schneise zwischen den aneinandergereihten Parzellen. Bis hoch zur Forckenbeckstraße schien sie zu reichen, und das war rund ein Kilometer. Nun gab es in den diversen Laubenkolonien, die sich hier gebildet hatten, kaum hohe Bäume, weil die den Großstadtmenschen Licht und Sonne geraubt hätten, sondern nur Hecken und eher buschige Obstbäume, aber die beiden Kriminalbeamten hatten dennoch das Gefühl, einen Urwald zu durchqueren. Langsam gewöhnten sich ihre Augen an das Dunkel. Auch erschien ihnen die Nacht schon sehr bald nicht mehr ganz so schwarz wie in den ersten Minuten, denn die tiefhängenden Wolken verteilten das Licht aus der Innenstadt über die ganze Region. Und so konnten sie auch ohne Vollmond und Sternenschimmer die Hand vor Augen sehen und sich einigermaßen orientieren, ohne ihre Blendlaternen anzünden zu müssen. Vorsichtshalber unterhielten sie sich nur flüsternd.

»Wir können unmöglich bei jeder Parzelle über den Zaun klettern und alles absuchen«, sagte Falkenrehde. »Ich sehe nur eine Möglichkeit: Wir platzieren uns am Anfang und am Ende des Weges und warten, bis Schleuer aus seinem Versteck rauskommt. Dann nehmen wir ihn in die Mitte und …«

Markwitz war von diesem Plan nicht eben begeistert. »Bis dahin ist aba jeder von uns uff sich alleene jestellt.«

»Wir verständigen uns mit Zurufen und im Notfall durch Schüsse in die Luft.«

Nachdem sie sich noch kurz beraten hatten, ging Falkenrehde weiter in Richtung Forckenbeckstraße, während Markwitz den Rückweg antrat.

Jetzt, wo er allein war, fühlte Falkenrehde doch eine archaische Angst in sich aufsteigen, die Angst des Kindes und des Urmenschen vor Einsamkeit und Dunkelheit. Hinter jeder Hecke konnten wilde Tiere lauern oder die Jäger eine verfeindeten Sippe, wenn nicht gar Geister und teuflische Monster. Er kam gegen den Impuls nicht an, seine Waffe zu ziehen und entsichert in der rechten Hand zu halten.

Mit Schrecken bemerkte Falkenrehde, dass sich der Rosenweg gar nicht schnurgerade hinzog und erst oben an der Forckenbeckstraße endete, sondern vorher einen Bogen machte und in einen anderen Weg einmündete. War das die Falle, in die er tappen sollte? Unsinn, was hatte Schleuer davon, ihn abzuschießen, musste er doch davon ausgehen, dass sie das Gelände umstellt hatten. Hockte er hier wirklich in einem Versteck, dann hatte er nur eine Chance, wenn er sich im Schutze der Nacht lautlos davonmachte.

Falkenrehde wagte sich in die Biegung hinein ... und riss die Waffe hoch. Da stand einer. Nein, es war nur der hölzerne Mast einer Lichtleitung. Falkenrehde quetschte sich zwischen ihn und den Maschendrahtzaun der angrenzenden Parzelle, verwuchs quasi mit ihm und hatte somit eine wunderbare Deckung. Jetzt hieß es warten. Wie lange? Nicht länger als eine Stunde, sagte er sich, aber wie sollte er wissen, wann die herum war, denn auf seiner Taschenuhr ließ sich nichts erkennen. Sein Gefühl sagte ihm, dass Mitternacht schon vorbei sein musste, aber das trog mit Sicherheit. Und Glocken hatte er noch keine läuten hören. Gab es das eigentlich noch, dass man an ihrem Schlag erkennen konnte, wie spät es war? Er musste Harn lassen, aber das war hier im Freien kein Problem. Langsam begann er auch zu frieren. Der Gedanke an sein warmes Bett machte die Sache noch schlimmer.

Da endlich kam jemand den Rosenweg entlang. Mit einem Hund. Sicherlich ein Rentner, der nicht schlafen konnte. Mist, der blöde Köter fing gleich an zu bellen. Falkenrehde fluchte leise vor sich hin. Ehe das Vieh von der Leine gelassen wurde und ihn anfiel, musste sich Falkenrehde aus der Deckung wagen und Flagge zeigen.

»Kriminalpolizei!«, rief er mit gedämpfter Stimme. »Psst, nicht so laut.«

Es gab eine Reaktion, mit der er nicht gerechnet hatte. Erst schrie ein Mann »Hasso, fass' ihn!«, dann wurden zwei Schüsse abgegeben. Die Kugeln schlugen dicht hinter ihm in die Bretter einer Laube. Wegen des Hundes warf er sich nicht zu Boden, schoss aber zurück. Da war das Tier auch schon heran und verbiss sich in seinem rechten Bein. Der Schmerz war so gewaltig, dass er nur ungenau zielen konnte. Als er abdrückte, hatte er das Gefühl, sich die Kugel ins eigene Knie zu jagen. Nein, er traf den Kopf des Tieres und konnte es abschütteln.

»Achtung, Markwitz!«, schrie er in Richtung Friedrichshaller Straße. »Der Mann kommt in Ihre Richtung gelaufen.«

Falkenrehde merkte, dass er völlig durcheinander war. Natürlich hätte er nicht rufen sollen, denn jetzt wusste Schleuer, dass ihm auch der Fluchtweg zur anderen Seite hin versperrt war und setzte wahrscheinlich über einen Zaun, um zur Mecklenburgischen Straße hin zu entkommen.

Doch Markwitz schien aufgepasst zu haben, das zeigte der heftige Schusswechsel. Wer aber wen eliminiert hatte, blieb offen. Falkenrehde stürzte hin, mehr humpelnd als laufend.

»Markwitz, sind Sie unverletzt? Wo stecken Sie?«

»Hier, ick habe ihn.«

Und richtig, als Falkenrehde seine Blendlaterne angezündet hatte, sah er, dass Schleuer mit dem Gesicht nach unten auf dem Boden lag. Markwitz kniete neben ihm.

»Alles in Ordnung?«, fragte Falkenrehde.

Markwitz bejahte dies. »Bis uff den kleenen Streifschuss hier am linken Oberarm.«

Falkenrehde zeigte auf sein zerbissenes Bein. »Kriegen wir beide den Vaterländischen Verdienstorden Erster Klasse.«

Mieter der angrenzenden Wohnhäuser hatten inzwischen die Schupo alarmiert, und die Kollegen in den blauen Uniformen rückten auch gleich in Mannschaftsstärke an. Der Rest war schnell getan: Schleuer wurde festgenommen und abgeführt, Falkenrehde und Markwitz ins Krankenhaus gefahren.

Erst am Nachmittag des folgenden Tages sollten sie Reinhold Schleuer wiedersehen, diesmal im Verhörzimmer des Polizeipräsidiums am Alexanderplatz.

Falkenrehde war trotz seines schmerzenden Beins ins Bureau gehumpelt und hatte all das gelesen, was die Kollegen inzwischen über Schleuer zusammengetragen hatten. Er war Eigentümer einer großen Tischlerei, die in einem Gewerbehof am Cottbusser Ufer lag. Sein Urgroßvater hatte sie gegründet, es schien aber mit ihr zu Ende zu gehen. Vor einem Jahr war ihm die Frau gestorben. Wohnhaft war er in der Kaiserallee, nicht weit von der Wilhelmsaue entfernt.

Man führte Reinhold Schleuer herein. Falkenrehde konnte ein leichtes Schmunzeln nur mühsam unterdrücken, denn der Mann sah so aus, wie man sich landläufig einen Anarchisten vorstellte. Stämmig war er und trotzig sah er aus, vor allem aufgrund seines gewaltigen Vollbarts. Leute wie er schossen vornehmlich auf Kaiser und Kronprinzen. Offensichtlich aber auch auf Geldbriefträger. Er machte eine stumme Verbeugung in Richtung von Falkenrehde und Markwitz.

»Sie sind Herr Reinhold Schleuer?«, fragte Falkenrehde sicherheitshalber.

»Ja.«

Das klang so bösartig, dass Falkenrehde froh war, den Tischler in Handschellen vor sich zu sehen.

»Meine Name ist Falkenrehde ... Ich bin der Mann, auf den Sie gestern Abend in der Laubenkolonie geschossen haben.«

»Ich habe nur in die Luft geschossen.«

Falkenrehde lachte. »Na, immerhin noch besser, die Zähne ihres Hundes im Bein als ihre Kugel im Herzen.«

»Es war der Hund meines Bruders«, korrigierte ihn Schleuer.

»Bei dem Überfall uff den Jeldbriefträger wara aber nich dabei?«, wollte Markwitz wissen.

»Nein.«

Falkenrehde fixierte Schleuer. »Wie sind Sie denn auf die Idee gekommen, den Geldbriefträger ...?«

»Meine Firma steht vor der Pleite, keine Kunden mehr, und wenn ich da nicht ... Ein altes Familienunternehmen. Seit 1852 gibt es uns, und nun ...« Schleuer war den Tränen nahe.

»Ihre Firma ist also Ihr Ein und Alles, und um sie zu retten, riskieren Sie einen Raubmord …?«

»Ich wusste ja nicht, dass der Mann sich wehren wird …«

»Prost Neujahr!«, rief Markwitz. »Haste schon 'n Weihnachtsboom?«

»Und wie sind Sie auf den Geldbriefträger in der Wilhelmsaue gekommen?«, fragte Falkenrehde.

»Ich wohne nebenan in der Mannheimer Straße, und da habe ich ihn beobachtet.«

»Beobachtet …«, wiederholte Falkenrehde, schloss aber keine weitere Frage an, weil in diesem Augenblick ein Kollege hereinkam und ihm eine Notiz auf den Schreibtisch legte. »Ah, danke …« Er warf er einen kurzen Blick auf den Zettel und murmelte: »Ist ja interessant …« Wenn das stimmte, konnte der Tischler fast als überführt gelten, fehlte nur noch sein Geständnis. Schnell kam er darauf zu sprechen.

»Sie haben gesagt, dass Sie in letzter Zeit kaum noch Aufträge gehabt haben, Herr Schleuer, wie war das denn aber mit dem Ladenausbau in der Königstraße … Tabak, Zigarren, Zigaretten, Erich Pallmann?«

»Ja, da war ich.«

Falkenrehde war ganz sanft. »Und haben auch einmal eine kleine Pause gemacht …?«

»Kann sein.«

»Das kann nicht nur sein, das war auch so. Und

zwar haben Sie nach Aussage des Herrn Pallmann sein Ladenlokal genau in der Zeit verlassen, in der schräg gegenüber in der Spandauer Straße der Geldbriefträger Albert Werner und die Zimmervermieterin Amanda Wasserfuhr erschossen worden sind ...«

»Was wollen Sie damit sagen?«, fragte Schleuer.

Falkenrehde grinste. »Dass das reiner Zufall war.«

Schleuer lehnte sich zurück. »Dem habe ich nichts weiter hinzuzufügen.«

Markwitz war es jetzt, der Falkenrehdes These von einer Eifersuchtstat ins Spiel brachte. »Frau Wasserfuhr ham Se nich zufällig jekannt?«

»Nein.«

»Obwohl Sie immer nach einem liebevollen Wesen gesucht haben ...?«, fragte Falkenrehde, nachdem er einen weiteren Blick auf den hereingereichten Notizzettel geworfen hatte. Die Kollegen hatten bei der Durchsuchung der Schleuer'schen Wohnung diesbezügliche Anzeigen gefunden.

Schleuer ahnte, dass man ihn in die Falle locken wollte. »Eine Frau Wasserfuhr hat sich nie auf eine meiner Anzeigen gemeldet, da können Sie alles nach absuchen.«

Falkenrehde war noch müder als sonst. Wegen seiner Wunde hatte er in der Nacht kaum geschlafen. Am besten, man machte jetzt Schluss mit Schleuer.

Er blieb ja in Untersuchungshaft und hatte keine Chance, ihnen zu entgehen.

»Gut. Sie kommen jetzt zurück in Ihre Zelle. Wenn Sie uns noch etwas mitteilen wollen, sagen Sie Bescheid.«

5.

In diesen Zeiten war ein Geldbriefträger wer, und
Oskar Kienbaum genoss es, eine Uniform zu tragen und den Leuten wirklich Glück zu bringen. Im
Gegensatz zum Schornsteinfeger, bei dem es reiner Aberglaube war, dass er es täte. Es sei denn, er
verhinderte mit seiner Arbeit, dass es irgendwann
brannte. Und immer vorausgesetzt, Geld hatte die
glückbringende Wirkung, die man ihm zusprach. Bei
den vergleichsweise geringen Summen, die ein Geldbote, so die offizielle Dienstbezeichnung, im Einzel-
falle auszuzahlen hatte, ging Kienbaum davon aus,
dass es wirklich so war. Lotteriegewinne gab es ja
selten an den Mann oder die Frau zu bringen.

Am 1. Januar 1865 hatte Preußen statt der »Briefe
mit Bareinzahlung« die Postanweisung eingeführt. Sie war vom Einzahler am Ort A auszufüllen und wurde mit der Briefpost zum Ort B ver-
schickt. Natürlich erst, nachdem der Einzahler die
vom Geldbriefträger am Orte B auszuhändigende
Summe dem Schalterbeamten in A wirklich ausgehändigt hatte. Als Formular wurde ein Vordruck
verwendet, der die Form und die Stärke eine Post-
karte hatte. Ein kleiner Abschnitt auf der rechten
Seite, der sich abtrennen ließ, diente dem Absender
zu kurzen Mitteilungen.

Oskar Kienbaum war ein ausgesprochener Familienmensch, und das gemeinsame Frühstück am Sonntagmorgen war für ihn der Höhepunkt der Woche, ein gleichsam rituelles Fest. Da kam auch seine Mutter in die Böckhstraße, die vom Cottbusser Damm abging, um schon nach einem halben Kilometer an der Admiralbrücke ihr Ende zu finden. Sie hatte die Aufgabe, für frische Schrippen zu sorgen. Da sie unter anderem auch in einer Bäckerei putzte, war sie prädestiniert dafür. Dass die Schrippen immer kleiner wurden, war nicht ihre Schuld, denn in ganz Deutschland wurden jetzt kleinere Brötchen gebacken.

»Kinder, heute könnta euch noch den Bauch vollschlagen, aba nächste Woche …« Mathilde Kienbaum platzte, kaum dass sie eingetreten war, mit einer sensationellen Meldung heraus. »Stellt euch mal vor, ick werde Schaffnerin bei da Straßenbahn!« Da immer mehr Männer den Galoppwechsler mit dem Gewehr vertauschen mussten, waren die Gesellschaften gezwungen, Frauen einzustellen.

»Hurra, endlich hat auch Oma 'ne Uniform!«, rief Helmut, der bei Siemens in die Lehre ging und Feinmechaniker werden wollte.

Zwei Enkel hatte sie: Helmut, der fünfzehn Jahre alt war, und Wilhelm, der drei Jahre älter war und an der Westfront stand. Dazu kam eine Enkeltochter: Marianne. Sie war gerade zwölf geworden und ging noch zur Schule.

Doris Kienbaum brachte den Kaffee herein, also

das, was man in diesen Kriegsjahren als Kaffee bezeichnete, einen Aufguss von gebrannter Gerste. Sie arbeitete als Verkäuferin in einem Wäschegeschäft am Cottbusser Damm und konnte auch beim Essen nur noch Klagelieder singen.

»Das Brot besteht aus schwarzen Krümeln und schmeckt nach Leim und Pech, die Schokolade sieht aus wie gefärbter Sand – und die Kartoffeln sind süß, weil sie alle erfroren sind.«

Kienbaum lachte. »Mein Bier is ooch nischt weita als jelbet Wassa!«

Auch Mathilde Kienbaum hatte mächtig viel zu schimpfen, dass nämlich ihre Arbeit als Putzfrau immer schwerer geworden. »Da soll allet jlänzen, und wenn nich, meckert die Jnädige, aber et jibt keen Bohnerwachs mehr und nischt, womit ick den Boden ölen kann.«

»Allet Fett jehört uff de Stulle!«, rief Kienbaum. »Und wenn nich uff de Stulle, denn in die Jewehre und die Kanonen.«

Seine Mutter schrie auf. »Ogottogott, mein letzter Zahn!« In der Kirschmarmelade hatte noch ein Kern gesteckt. Sie spuckte alles aus, was sie im Mund gehabt hatte, und wollte es in ihrem Taschentuch verbergen.

Da sprang Kienbaum auf. »Mutter, nein, du bringst uns noch alle hinta Gitter!«

»Wieso'n dit?«

»Weil wa jeden Kirschkern abliefan müssen.« Er

nahm das mehrfarbige Flugblatt von der Anrichte, das Marianne gestern aus der Schule mit nach Hause gebracht hatte.

Sammelt die
Obstkerne
und schickt sie durch
Eure Kinder in die
Schule oder an die
nächste Sammelstelle!

Kienbaum hatte in der Zeitung einiges über das Fettproblem gelesen und gab das nun an die Seinen weiter. Dadurch, dass die Nachfrage nach Glyzerin, das man für die Herstellung von Sprengstoffen brauchte, gewaltig wuchs, wurden immer größere Mengen Fett der Ernährung entzogen. So kam es zu abstrusen Vorschlägen, aus jedem erdenklichen Ausgangsmaterial Fett zu gewinnen, und man dachte neben Steinobst-, Zitronen-, Apfelsinen-, Weintrauben- und Tomatenkernen, Bucheckern, Beeren, Samen von Fichten und Unkräutern auch an Fischeingeweide, Schnecken, Maikäfer, Heuschrecken und Fliegeneier. Er schloss seine Ausführungen mit dem Satz: »Man sollte nich meinen, wie viel Fett so 'ne Mücke hat.« Das war ein Standardsatz seines Großvaters gewesen. »Ob ick ma an unsan Kaisa schreibe, det wir alle uff Mückenjagd jeh'n soll'n …?«

Mathilde Kienbaum hatte von ihrem Friseur

gehört, dass auch die abgeschnittenen Haare gesammelt und abgeliefert werden sollten. »Der Naujocks sagt, det dit in janz Berlin jede Woche dreitausend Kilo jeben soll und det fünf Prozent Fett in jedet Haar sein soll'n.«

»Ja, ja, det sind haarige Zeiten«, sagte ihre Schwiegertochter.

In der Küche hing über der Wasserleitung ein Aufruf, den Kienbaum in seiner Dienststelle vom Schwarzen Brett entwendet hatte:

Spare
Seife!

Denn sie besteht aus den jetzt so nötigen
und knappen Fetten und Oelen.

aber wie?

Tauche die Seife nie in das Waschwasser!
Halte sie nie unter fließendes Wasser!
Vermeide überflüssiges Schaumschlagen!
Halte den Seifennapf stets trocken!
Wirf die Seifenreste nicht weg!
Hilf Dir durch den Gebrauch von Bürsten, Sand, Bimsstein,
Holzasche, Scheuergras (Zinnkraut), Zigarrenasche und durch
häufiges Waschen in warmem Wasser!

Kriegsausschuss für Oele und Fette
Berlin NW 7

Kienbaum fand das gleichermaßen witzig wie notwendig. Letzteres deshalb, weil seit April der Bezug von Seife rationiert war. Pro Monat hatte jeder Versorgungsberechtigte nur noch Anspruch auf 100 Gramm Feinseife und 500 Gramm anderer fetthaltiger Waschmittel.

Doris Kienbaum lachte. »Der Witz an det Janze is ja, dette den Bezug uff deina Brotkarte vermerkt kriegst.«

Kienbaum blickte zu seiner Frau hinüber. »Doris, wo is'n die Butter?«

»Butter? Was solln'n det sein? Hab ick schon ewig nich mehr jeseh'n.«

»Ein Königreich für'n Pfund Butter!« Während seine Mutter das sagte, strich sie sich eine gelb gefärbte Schmiere auf ihre Schrippe, den ›Natura Brotaufstrich‹, einen Butterersatz.

Bis zum Kriegsende sollten Tausende solcher Ersatzlebensmittel auf den Markt kommen, allein 837 fleischlose Wurstersatzarten. Eine davon bot Doris Kienbaum ihrer Schwiegermutter an.

»Leberwurst, selber jemacht aus Gries und Majoran.«

»Nich essen, Mutta!«, rief Kienbaum. »Die war noch nich bei den Russen.« Das bezog sich darauf, dass man viele der neu erfundenen Lebensmittel in Kriegsgefangenenlagern testete.

»Hoffentlich machen die Franzosen det nich ooch«, sagte Doris Kienbaum. »Falls Wilhelm mal bei die im Lager landet.«

»Eher is et ja umjekehrt, det wir Jefangene machen«, sagte Kienbaum und zitierte den deutschen Heeresbericht, wie er in der Zeitung abgedruckt war. »… südlich zwischen Lievin und der Lorettohöhe setzte nachmittags ein großer, tief gegliederter französischer Angriff ein. Er ist vollkommen gescheitert. Nördlich und südlich der Straße Souchez-Béthune war es dem Feinde anfangs gelungen, in unsere Gräben einzudringen. Nächtliche Gegenangriffe brachten uns jedoch wieder in den vollen Besitz unserer Stellung. 100 Franzosen blieben als Gefangene in unserer Hand. Auch südlich Souchez brachen mehrfach starke Angriffe, die von weißen und farbigen Franzosen gegen unsere Linien südlich Souchez gerichtet waren, dicht vor den Hindernissen völlig zusammen. Der Gegner erlitt überall sehr schwere Verluste.«

»Üba unsere steht wieda nischt drin«, murrte Mathilde Kienbaum.

»Wilhelm hat ja seinen Schutzengel«, sagte Doris Kienbaum.

Ihr Mann sah auf die Uhr. »Mann, ick muss ja los.«

Die Post hatte einen Schießstand angemietet, auf

dem die Geldbriefträger unter Anleitung von Polizeibeamten mit Pistolen vertraut gemacht werden sollten, auf dass sie in Zukunft ihre Wertbeutel besser verteidigen konnten.

6.

Kadettenanstalten, entstanden Ende des 17. Jahrhunderts in Frankreich, waren weiterführende Schulen, die der Ausbildung von Offiziersanwärtern dienten. In Brandenburg hatte der Große Kurfürst sogenannte Kadettenkorpsanstalten in Berlin, Kolberg und Magdeburg gegründet. Die beiden letzten gingen dann in der Berliner Anstalt auf, die als Preußische Hauptkadettenanstalt seit 1880 in großen Gebäuden in Berlin-Lichterfelde residierte. Der Bildungsgang entsprach in etwa dem eines Realgymnasiums. Die Primaner mussten nach dem Abitur noch ein Jahr lang als Fähnrich Dienst tun. Anstelle des Fähnrichjahres konnte man auch, wollte man später zur Kriegsakademie gehen und zum Generalstab versetzt werden, die ›Selekta‹ besuchen. Die militärische Ausbildung war zunächst auf den Infanteriedienst beschränkt.

Die Lehrer waren aktive Offiziere, und besonders zackig ging es zu, wenn Hauptmann Friedrich von Falkenrehde die jungen Leute an die Kandare nahm. Er war ein alter Haudegen, der danach strebte, dem großen preußischen Reitergeneral Hans Joachim von Zieten immer mehr zu gleichen. Heute feierte er seinen 55. Geburtstag, und da das eine Schnapszahl war, hatten die Ordonnanzen ganz schön zu tun, den Getränkewünschen der rund 100 Gäste nachzukommen. Das Wetter war herrlich, echtes Kaiserwetter, und so hatte man Tafeln und Tische im Garten hinter der protestantischen Kirche aufbauen können.

Hier hatte Fokko von Falkenrehde Kindheit und Jugend verbracht, zwischen all den prachtvoll ausgeführten Bauten, dem repräsentativen Mittelbau, dessen Turm und Kuppel an das Charlottenburger Schloss erinnerten, den vielen Unterrichts- und Dienstgebäuden, den beiden Kirchen, den Gebäuden mit Feldmarschall- und Speisesaal, den Pferdeställen, der Turnhalle, dem Lazarett und den vielen Dienstwohnungen. Da Lichterfelde auch noch weitab von Stadtschloss und Reichstag lag, konnte man ohne Übertreibung sagen, dass die Hauptkadettenanstalt eine Welt für sich war. Aus ihr ausgebrochen zu sein, erfüllte Falkenrehde mit beträchtlichem Stolz.

Sein Vater ging seiner Lieblingsbeschäftigung nach und hielt große Reden. Er saß ein Stückchen weiter entfernt an einem kleinen Tisch und konnte immer nur Bruchstücke verstehen.

»Fantastisch, wie im Mai die französischen Angriffe beiderseits des Loretto-Rückens, bei Souchez und bei Neuville in unserem Feuer zusammengebrochen sind ... In der Gegend Szawle wurde ein russischer Gegenstoß mühelos abgewiesen ...«

Bettina berichtete von einem Cousin, der zur deutschen Südarmee gekommen war und ihr aus Tucholka geschrieben hatte. »Im Kampf um den Zwininrücken sind 400 Deutsche gefallen, und auf einem der hölzernen Kreuze hat er gelesen: ›Hier starb für das Vaterland der Gefreite Professor Dr. Meyer.‹ Die Polen, bei denen er einquartiert war, hatten Angst vor ihm, weil ihnen der russische Pope erzählt hatte, die Deutschen würden den Polen Zungen und Nasen abschneiden, wenn sie russische Soldaten bei sich aufnehmen.«

Richard von Grienerick, frisch gebackener Leutnant, merkte an, dass er froh sei, dass seine 52. Reserve-Division in Flandern kämpfte. »Allerdings gibt es immer wieder Gerüchte, dass wir an entferntere Kriegsschauplätze verlegt werden sollen.«

Am Nebentisch hatte das Geburtstagskind gerade sein Sektglas erhoben. »Auf die deutsche Mannhaftigkeit, die allen Anstürmen der feindlichen Verbündeten standhalten wird!«

Grienerick sah müde aus. »Was sollen wir machen …? Uns nicht mehr wehren, uns erschießen lassen? Jeder Drückeberger hat den Tod eines Kameraden auf dem Gewissen. Einer für alle, alle für einen.«

»Du könntest dich auf dem Gut meiner Tante verstecken«, sagte Bettina. »In der Prignitz oben bei Pritzwalk. Da findet dich niemand, bis der Krieg vorbei ist.«

Grienerick winkte ab. »Und wie stehe ich dann da?«

»Als jemand, der sich mit ganzer Kraft dem Aufbau der Republik Deutschland widmen kann«, sagte Fokko von Falkenrehde.

»Du träumst ja.«

Falkenrehdes Augen blitzten. »Besser, von der Republik zu träumen als für den Kaiser und das Kapital zu sterben.«

»Pssst!«, machte Bettina.

Leonore von Falkenrehde kam herbei geschlendert, in ihrem Schlepp die Theaterleute, auf deren Erscheinen sie so großen Wert gelegt hatte, obwohl es der Geburtstag ihres Mannes war. Es waren Schauspielerinnen und Schauspieler des Lessing-Theaters, dazu der Regisseur Franz Schönfeld und der Verleger Theodor Dürrlettel.

Die Künstler kicherten fürchterlich, weil einer der Herren eine rotgelb gestreifte Packung Fromms hochhielt, heissvulkanisiert, und dazu leise sang: »Fromms zieht der Edelmann beim Mädel an – wenn's dich packt, nimm Fromms Act.«

Falkenrehde war das ein wenig peinlich, obwohl er und Bettina die neuartigen Dinger aus Naturkautschuk auch schon ausprobiert hatten. Das war schon ein echter Fortschritt gegenüber diesen fürchterlichen Tüten mit ihren Nähten, die man vorher benutzen musste.

Leonore von Falkenrehde bemühte sich, das Niveau ein wenig anzuheben, obwohl sie, weiß Gott, nicht prüde war. Wäre sie nur schöngeistig gewesen, hätte sie es nicht solange mit einem Mann ausgehalten, der das Herbe und das Derbe mochte und sich auf dem Schießstand wesentlich wohler fühlte als im Opernhaus oder Theaterparkett. Als ausgesprochene Schönheit hatten sie viele Männer umschwärmt, aber keiner von ihren Anbetern hatte es ertragen können, dass sie ihnen geistig ganz gewaltig überlegen war. Nur Friedrich von Falkenrehde hatte das mit Begeisterung hingenommen. »Es ist doch viel bequemer, wenn sie für mich denkt und mir sagt, wo es langgeht. Ehrbare Soldaten haben ihrer Zarin gedient oder ihrer Maria Theresia, und ich diene meiner Leonore.«

»Haben Sie denn in letzter Zeit einen neuen Sudermann entdecken können?«, fragte sie Dürrlettel.

»Das nicht gerade, aber im Herbst wird im Lessing-Theater ein sehr schönes Stück über Carl Maria von Weber kommen ...«

Der Regisseur machte ihm höflich ein Zeichen, dass das so nicht stimmte. »Pardon, über Albert Lortzing ...«

Dürrlettel lachte. »Na, das ist doch gehupft wie gesprungen, Musik ist Musik. Ein hoffnungsvoller junger Mann hat es geschrieben, ein gewisser ...« Er kam nicht gleich auf den Namen. »Hat jedenfalls was mit Blüten zu tun ...«

»Wilhelm Blümel«, half ihm einer der Schauspieler aus.

»Ja, genau. Sehr begabt, der junge Mann.«

Bevor sich Dürrlettel weiter über Blümel auslassen konnte, ertönte in einem der Häuser ein Schrei. Onkel Ferdinand war auf der Suche nach einer Toilette gestürzt. Vorher hatte er allerdings in die Ecke des Feldmarschallsaals uriniert.

Bettina, Falkenrehde und Grienerick verzogen sich in einer entlegene Ecke des Gartens, um eine Partie Krocket zu spielen. Darin erwies sich Falkenrehde als ein solcher Meister, dass die anderen bedauerten, dass dies keine Sportart war, die bei den Olympischen Spielen zugelassen war.

Falkenrehde lachte. »Macht doch nichts, wo die Olympischen Spiele eh ins Wasser gefallen sind.« Im Sommer 1916 hatten sie im Deutschen Stadion in Charlottenburg stattfinden sollen, und Berlin hatte bei der Bewerbung Alexandria, Amsterdam, Brüssel, Budapest und Cleveland aus dem Rennen geworfen. »Nun schießen wir nicht auf Scheiben, sondern auf Menschen …«

Grienerick sah ihn an. »Erzähl doch mal von dir … Was gibt's denn bei uns im Augenblick für interessante Fälle …?«

»Da hätten wir zunächst den Doppelmord in der Spandauer Straße …« Falkenrehde war als Erstes der Geldbriefträgermörder eingefallen und er fasste für Grienerick, der ja auch Fachmann war, die Geschehnisse kurz zusammen.

»Und, noch keine heiße Spur?«

Falkenrehde schüttelte den Kopf. »Nein, wir haben weder diesen Plönjes, wie immer der Kerl auch heißen mag, noch den vermuteten Liebhaber der Wasserfuhr dingfest machen können. Bleibt der Mann, der den Geldbriefträger in Wilmersdorf überfallen hat, der Reinhold Schleuer, aber dem ist der Doppelmord in der Spandauer Straße nicht nachzuweisen, und ein Geständnis will er auch nicht ablegen.« Er fixierte den Freund. »Was würdest du denn machen?«

Grienerick lachte. »Dazu bin ich doch schon zu lange außer Dienst, und wir an der Front lösen unsere Probleme mit dem Gegner auf ganz andere Weise ...«

»Bei uns wird auch aufeinander geschossen, wenn auch nicht in so großem Stil, zugegeben ...«

Bettina fand, dass der Dialog der Männer nun doch etwas zynisch würde und bat Richard Grienerick, wirklich einmal darüber nachzudenken, was er im Falle des Geldbriefträgermordes machen würde.

»Na, abwarten!«, kam die prompte Antwort. »Der Mann wird mit Sicherheit noch einmal zuschlagen. Zum einen, weil es vergleichsweise einfach ist, einen Geldbriefträger auszurauben, will man schnell und illegal zu Geld kommen, und zum anderen soll ja die Summe, die er in der Spandauer Straße erbeutet hat, nicht sehr groß gewesen sein. Also wird er es erneut versuchen müssen. Kommt dazu, dass es die Leute im Krieg, wo täglich Hunderte sterben und alles Hunger hat, nicht sonderlich aufregt, wenn ein Geldbriefträger erschossen wird.«

»Nur abwarten ...?« Bettina war etwas enttäuscht von dieser Antwort.

»Und die Zimmervermieterinnen warnen.«

»Na, schön ...«

Weiter kamen sie nicht, denn in diesem Augenblick wurden alle zusammengerufen, weil einige der Gäste kleine Reden halten und selbst verfasste Gedichte vortragen wollten. Friedrich von Falkenrehde hatte sich gewünscht, dass einer der Schauspieler sein Lieblingsgedicht vortragen sollte, *Lob des Krieges* von Karl Friedrich Freiherr von dem Knesebeck, dem Generalfeldmarschall Friedrich Wilhelm III., und damit wurde dann auch begonnen.

Es leb' der Krieg! Im wilden Kriegerleben
Da stählet sich der Mut!
Frei kann die Kraft im Kriege nur sich heben;
Der Krieg, der Krieg ist gut.

»Besonders für die, die Kampfgas und Kanonen herstellen«, brummte Falkenrehde.

Der Krieg ist gut! Er weckt die Kraft der Jugend
Und zieht in seinem Schoß
So manchen Sinn für hohe, wahre Tugend
Zu schönen Taten groß.

An dieser Stelle klatschte Tante Adelheid, die ständig unter Blähungen litt, so heftig, dass ihr …

»Da schießen sie schon«, sagte Falkenrehde.

»Ich halte das eher für einen Gasangriff«, brummte Grienerick.

Der Krieg ist gut! Er ruft aus feigem Schlummer
Den trägen Weichling auf …

»Du musst langsam«, sagte Falkenrehde und zeigte grinsend auf seine Taschenuhr.

Grienerick stöhnte. »Tut eure Pflicht und lasst die Götter sorgen.«

»Faites votre devoir, et laissez faire aux.« Bettina von Teschendorff kannte sogar die Originalfassung. »Corneille, *Horace* …«

»Pfui!«, zischte Tante Adelheid. »Nicht hier und heute die Sprache des Feindes.«

»Es ist die Sprache Friedrichs des Großen.«

Es leb' der Krieg! Nur dem geb' er Verderben,
Der frech den Frieden bricht.
Zur Schlacht, zur Schlacht! Wir alle lernten sterben
Für Vaterland und Pflicht.

Jubel brannte auf, und Falkenrehde, Grienerick und Bettina nutzten die Gelegenheit, sich ohne große Abschiedsszene davonzustehlen. Draußen auf der Straße wartete das Automobil seines Vaters,

das er ab und an benutzen durfte. Sie schwangen
sich hinein und schwiegen zunächst. Schwermut
stieg auf. Auf ging es zum Lehrter Bahnhof, auf
zur Front.

Bettina sprach schließlich aus, was sie alle dachten: »Ob wir uns noch mal wiedersehen?«

»Wenn nicht in diesem Leben, dann hoffentlich
im nächsten«, sagte Grienerick.

Falkenrehde umarmte den Freund. »Pass schön
auf dich auf, wenn die Franzosen auf dich schießen.«

»Und du, wenn der Geldbriefträgermörder auf
dich zielt.«

Der ›Bund Neues Vaterland‹ war am 16. November
1914, also wenige Wochen nach Kriegsbeginn von
namhaften Persönlichkeiten gegründet worden, so
zum Beispiel Kurt von Tepper-Laski, Rittmeister
a. D. und als Turnierreiter der ›ungekrönte König
von Karlshorst‹ und Graf Georg von Arco, Direktor bei Telefunken. Dazu gehörten auch Albert Ein-
stein, Ernst Reuter, die Diplomaten a. D. Fürst Lich-
nowsky und Graf Unico von der Gröben, der Arzt
Magnus Hirschfeld, der Schriftsteller René Schickele,
der Völkerrechtler Walter Schücking, der Historiker Hans Delbrück, die Soziologen Lujo Brentano
und Ferdinand Tönnies, der Pädagoge Friedrich Wilhelm Foerster, die Frauenrechtlerin Minna Cauer, die
Sozialdemokraten Kurt Eisner und Eduard Bern-

stein und viele andere, unter ihnen auch Fokko von Falkenrehde.

Im § 1 der Satzung war als erstes Ziel des Bundes festgeschrieben: »Die direkte und indirekte Förderung aller Bestrebungen, die geeignet sind, die Politik und Diplomatie der europäischen Staaten mit dem Gedanken des friedlichen Wettbewerbs und des überstaatlichen Zusammenschlusses zu erfüllen, um eine politische und wirtschaftliche Verständigung zwischen den Kulturvölkern herbeizuführen. Dieses ist nur möglich, wenn mit dem seitherigen System gebrochen wird, wonach einige Wenige über Wohl und Wehe von Hunderten Millionen Menschen zu entscheiden haben.«

Dieser letzte Satz war es, weswegen der Bund am 7. Februar 1916 von den Behörden als eine »Gruppe von Vaterlandsverrätern« verboten worden war.

Das allerdings hinderte Fokko von Falkenrehde nicht daran, ab und an in der Tauentzienstraße vorbeizuschauen, um Kontakt zu Gleichgesinnten aufzunehmen. Aus dem ehemaligen Sekretariat war die Wohnung eines BNV-Mitgliedes geworden, in der man sich zu konspirativen Treffen einfinden konnte.

Heute waren Ferdinand Tönnies und Minna Cauer gekommen, die er beide mit großer Hochachtung begrüßte.

Ferdinand Tönnies konnte mit seinem Hauptwerk *Gemeinschaft und Gesellschaft*, 1887 und damit lange vor den Werken Georg Simmels und Max Webers erschienen, als Begründer der deutschen Soziologie bezeichnet werden, Minna Cauer war eine der bekanntesten und radikalsten Frauenrechtlerinnen des Kaiserreichs und hatte 1895 die Zeitung ›Die Frauenbewegung‹ gegründet.

Falkenrehde fand sie in einer erregten Diskussion über ein illegales Flugblatt, das mit der Überschrift »Hundepolitik« versehen war und von Rosa Luxemburg verfasst worden war. Es ging um die Verhaftung Karl Liebknechts am 1. Mai, die sie als infam verurteilte. Wie könne denn eine Maifeier als Landesverrat begriffen werden! Ihr ganzer Zorn galt den Mehrheitssozialisten, die jeden, der den Völkermord bekämpfte, zum Landesverräter machten. Hunde seien sie.

»Ein Hund ist, wer den Stiefel der Herrschenden leckt, der ihn jahrzehntelang mit Tritten bedachte«, las Minna Cauer und sah dabei zu Tönnies auf. »Wie ist es denn da mit Ihrer Theorie, mein Lieber, dass sich die Menschen nicht – wie bei Hobbes – verneinen und nicht der eine der Wolf des anderen ist, sondern dass sie sich bejahen …?«

»Ich bin immer davon ausgegangen, dass Gemeinschaft wie Gesellschaft etwas Positives sind …«

»… und Sie müssen nun erleben, wie sie zu negativen Zielen missbraucht werden«, fügte Falkenrehde hinzu.

»Man kann mit einem Messer sein Butterbrot streichen, aber auch jemanden umbringen«, warf Minna Cauer ein.

»Mal etwas ganz Pragmatisches«, sagte Falkenrehde. »Gestern haben ja auf dem Potsdamer Platz die Arbeiter der Rüstungsbetriebe gestreikt, 50.000 sollen es gewesen sein ... Müssten wir uns da nicht einklinken, um ...«

Weiter kam er nicht, denn in diesem Augenblick wurde heftig gegen die Wohnungstür gebummert.

»Aufmachen! Polizei!«

Falkenrehde erstarrte. Wenn sie ihn hier erwischten, war es um seine Karriere geschehen, denn ein zweites Mal würde es auch seine Mutter nicht schaffen, ihn vor den negativen Sanktionen der Herrschenden zu bewahren. Also sprang er auf und lief zum Balkon, um zu sehen, ob es irgendeinen Fluchtweg gab. Nein. Es gab keine Regenrinne, an der er hinunter klettern konnte, und keinen Sims, um in die Nachbarwohnung zu gelangen. Und sprang er vom zweiten Stock aus ins Gemüsebeet unten, brach er sich mit Sicherheit die Knochen.

Also setzte er alles auf eine Karte und versuchte es mit einem großen Bluff.

Wieder zurück im Zimmer hielt er den hereinstürmenden Kollegen seine Marke hin.

»Was soll das? Ich bin gerade bei einer wichtigen Unterredung. Hier soll jemand versucht haben,

sich einzumieten, möglicherweise unser Geldbriefträgermörder.«

7.

Es war Sonntag, der 20. August 1916, als Wilhelm Blümel auf dem südlichen Perron des Görlitzer Bahnhofs stand und auf Lucie von Wußwergk wartete. Wie immer kam sie um einiges zu spät, denn sie hielt Pünktlichkeit für einen Ausbund an Spießigkeit. Seit sie sich an der Ostsee kennengelernt hatten, war es mit ihrer Beziehung nur langsam vorangegangen, seit einer Woche aber war sie seine Geliebte. Sie hatte genügend Geld, woher auch immer, und so brauchte er sich vorerst keine Sorgen zu machen, dass sein Portemonnaie schon wieder so dünn geworden war. Im Wertbeutel des Geldbriefträgers Albert Werner hatten sich gerade einmal 1.900 Mark befunden, was vor allem daran lag, dass die jüdischen Geschäfte im Hause Spandauer Straße 33 am Sonnabend alle geschlossen waren. Gott, daran hätte er denken müssen!

Neben ihm ließ eine Lok mit einem Geräusch, das einer Explosion glich, überschüssigen Dampf aus dem Kessel entweichen. Blümel fuhr zusammen und murmelte: »Wenn du das Urteil lässest hören vom Himmel, so erschrickt das Erdreich und wird still.« Er nahm es als Zeichen, dass der Himmel seine Dummheit verurteilte.

War es die nächste Dummheit, sich auf Lucie von Wußwergk einzulassen? Welche Rolle war ihr im

Stück *Das Leben des Wilhelm Blümel* zugewiesen worden? Sollte sie ihn erretten und vor weiteren Bluttaten bewahren oder war sie geschickt worden, ihn ans Messer zu liefern?

Viel wusste er noch nicht von ihr, denn sie liebte es, von der Aura des Geheimnisvollen umgeben zu sein. Nie sollst du mich befragen. Fest stand nur, dass sie als Tochter eines Böttchers im schlesischen Trebnitz zur Welt gekommen war und im Alter von etwa 17 Jahren etlichen Offizieren der dortigen Garnison geholfen hatte, gute Liebhaber zu werden. Einer von ihnen hatte ihr dann ihren großen Traum erfüllt und sie am Theater im nahen Breslau untergebracht. Dort hatte sie in kleineren Rollen durchaus geglänzt und war von einem kränkelnden Major und ehemaligen Rittergutsbesitzer als Vorleserin engagiert worden. Kurz vor seinem Tod hatte Waldemar von Wußwergk sie dann sogar geehelicht und ihr auch ein kleines Vermögen hinterlassen. Mit dem war sie kurz vor Beginn des Krieges nach Berlin gezogen, um hier am Viktoria-Luise-Platz eine große Wohnung zu mieten und sich als Förderin der schönen Künste einen Namen zu machen. Sie mochte die 50 schon überschritten haben, war aber durchaus noch eine Frau, um die sich die Männer rissen. Man sagte ihr nach, in bestimmter Hinsicht unersättlich zu sein, und da bei Blümel auf dem Gebiet des Sexuellen ein erheblicher Nachholbedarf bestand, passten sie beide gut zueinander. Auch gefiel es ihr, dass er Theaterstücke schrieb.

Als sie jetzt auf dem Bahnhof erschien, sich in seine Arme warf und um Verzeihung bat, brachte er kein böses Wort hervor. Ihr Parfüm war noch aus Paris und es raubte ihm die Sinne. Er versank in ein wohliges Nichts.

Der Rausch dauerte aber nur Sekunden, und schon als er ihr ins Abteil half, dachte er: »… die Lippen der Hure sind süß wie Honigseim, und ihre Kehle ist glätter als Öl, aber hernach bitter wie Wermut und scharf wie ein zweischneidiges Schwert.«

Aber, dachte er, gleich und gleich gesellt sich ja gern, die Hure und der Doppelmörder. Und er genoss es. So musste ein Theaterstück konstruiert sein, damit die Leute im Parkett ihre helle Freude hatten.

Der Zug ruckte an. Auf der Berlin-Görlitzer Bahn ging es aus der Stadt heraus, in Baumschulenweg und Schöneweide wurde gehalten, bald schon waren sie in Königs-Wusterhausen.

Blümel erinnerte an den armen Jacob Paul Freiherr von Gundling, der als Zeitungsreferent und Historiker an den preußischen Hof geholt worden war und den Friedrich Wilhelm I. im Jahre 1713 zum Präsidenten der Preußischen Akademie der Wissenschaften gemacht hatte, dessen Hauptrolle aber darin bestanden hatte, als Fußabtreter und Narr zu dienen.

»Auf den nackten Hintern hat man ihm eine heiße Pfanne gepresst«, erzählte Blümel. »Andauernd gedemütigt, vor allem im Tabakskollegium hier in Königs-Wusterhausen ist er der Trunksucht verfallen. Begraben hat man ihn in Bornstedt in einem Weinfass, das von sechs Schweinen zum Friedhof gezogen wurde. Das wäre ein herrliches Theaterstück, das muss ich unbedingt schreiben!«

»Ja, tu' das«, sagte Lucie von Wußwergk. »Aber, bitte, mit einer kleinen Rolle für mich.«

»Gern, ich weiß aber gar nicht, ob da überhaupt Frauen dabei waren ...« Blümel überlegte einen Augenblick. »Doch, geheiratet hat er ja auch, eine gewisse Anne de Larrey glaube ich ...«

Gegen Mittag erreichten sie Lübbenau und fuhren in einer Kutsche vom Bahnhof ins Hotel, das am Topf-Markt gelegen war. Ihr Zimmer war klein, aber kuschelig. Nachdem sie sich ein wenig frisch gemacht hatten, warfen sie einen schnellen Blick auf das Rathaus, den Bahnhof der ›Spreewaldguste‹ und das Schloss und speisten dann in einem nicht eben feudalen, aber noch annehmbaren Restaurant an der Hauptstraße.

Der Krieg machte sich hier nicht so sehr bemerkbar wie in Berlin, insbesondere gab es noch mehr und in besserer Qualität zu essen als in der Hauptstadt des Kaiserreichs, aber auch hier fehlten die jüngeren Männer, beim Staken der Kähne ebenso wie als Kellner in den Restaurants.

Nach dem Mittagessen gingen sie zur Bootsanlegestelle hinunter und warteten, bis die nötige Zahl von Ausflüglern beisammen war. Galant half Blümel seiner Dame in den Kahn, und die Leute starrten sie an, hatte doch Lucie von Wußwergk eine gewissen Ähnlichkeit mit Fritzi Massary. Er, Wilhelm Blümel, sah allerdings ganz anders aus als Max Pallenberg, den sie im Februar 1916 geheiratet hatte, aber warum sollte die Diva keinen Liebhaber haben?

Lucie von Wußwergk fand es sehr romantisch, lautlos über die schwarzen Wasser zu gleiten und von blauen Libellen umschwirrt zu werden. Blümel fand sie so begehrenswert wie nie zuvor, und die Liebesnacht wurde so stürmisch, dass man im Nebenzimmer mehrfach gegen die Wand klopfen musste. Das Schönste für Blümel aber war, nach dem Akt neben ihr zu ruhen und ihre Wärme zu spüren, selig in den Schlaf zu gleiten. Geliebt hatten sie sich schon des Öfteren, noch nie aber eine Nacht gemeinsam verbracht.

Auch sie schien das alles zu genießen. Umso erstaunter war er, als sie beim Frühstück wenig sprach und von Minute zu Minute nachdenklicher wurde.

Er war verstört. »Lucie, was ist …?«

Sie musterte ihn mit einem Blick, der ihn an die schematische Darstellung von Röntgenstrahlen erinnerte. »Mit mir ist nichts, aber offenbar mit dir …«

Blümel lachte. »Habe ich zu viel geschnarcht?«

»Das auch, aber vor allem …« Sie sah sich um, ob sie wohl allein im Frühstücksraum waren und sprach erst weiter, als sie sich sicher sein konnte, dass niemand sie belauschte. »… aber vor allem hast du gesprochen.«

»Ich? Wovon?«

»Davon, dass du …« Sie zögerte nun doch. »… dass du einen Geldbriefträger erschossen hast.«

Blümel hatte das Gefühl, dass eine Gewehrkugel ihm mitten durch die Stirn gegangen war, doch er konnte sein Entsetzen dadurch kaschieren, dass er laut auflachte. »Das ist doch aus meinem neuen Theaterstück.«

Das überzeugte sie nicht. »Du hast ein Stück über Albert Lortzing geschrieben und planst eins über Gundling …«

»Und über einen Mann, der einen Geldbriefträger erschießt.«

Sie goss sich Milch in ihre Kaffeetasse und rührte alles um. Immer wieder. »Und warum hast du geschrien: ›Manda, weg, verschwinde, sonst erschieße ich dich auch noch …!«

»Weil ich in meinem Stück das verarbeitet habe, was im Januar in der Spandauer Straße passiert ist. Da ist ja nicht nur der Geldbriefträger erschossen worden, sondern auch die Zimmervermieterin.«

»Ach, was.« Sie nahm seine Hände und umschloss sie mit den ihren. »Wilhelm, ich liebe dich und ich möchte dich für immer und ewig an meiner Seite haben, endlich einmal zur Ruhe kommen und erleben, wie du ein gefeierter Bühnendichter wirst, aber ich kann mit keinem Mann zusammenleben, der mich belügt ...«

Blümel fühlte sich wie in der Mitte einer Windhose, nach oben gerissen und hin und her gewirbelt. Einerseits liebte er sie mit all seinen Sinnen, war vernarrt in sie, fühlte sich unendlich geborgen bei ihr, andererseits aber schreckte er davor zurück, ihr die Wahrheit zu sagen und sich ihr völlig auszuliefern. »Wo habe ich denn gelogen?«, stieß er schließlich hervor.

»Dass das mit dem Geldbriefträger nur ein Stück von dir ist ... Denn wenn es so wäre, dann hättest du im Schlaf nicht so geschwitzt und gezittert. So wie du gelitten hast, so leidet nur ein Täter. Ich kenne doch die Männer, die Soldaten, die empfindsamen Seelen, ich weiß, wie es um sie steht, wenn sie zum ersten Mal getötet haben, wie sie sich da ausweinen, wie sie von Albträumen erschüttert werden. Genau wie du ...«

»Dann geh doch zur Polizei und zeig mich an!«, rief Blümel.

Sie wurde noch um eine Spur sanfter. »Soll das ein Geständnis sein?«

Er wich ihr aus. »Ich denke, du hast mich schon lange durchschaut.«

»Es ist mein Schicksal, Männer wie dich zu lieben: Hehler, Schwindler, Mörder …« Sie lachte dunkel und bitter. »Wenn ich die alle anzeigen würde … Worüber ich alles schweige, da könntest du zehn Theaterstücke drüber schreiben. Und außerdem, mein Lieber, schütze ich dich nur vor dir selber, wenn ich dir jetzt ein Geständnis abverlange, denn danach wirst du nie wieder einen Mord begehen, nicht aber, wenn du schweigst und wir uns trennen.«

Blümel irrte noch immer umher in seiner Not und fand keinen Ausweg, und weil er keinen Ausweg wusste, flüchtete er sich in einen seiner biblischen Sprüche: »Und kündlich groß ist das gottselige Geheimnis.« Das war aus dem ersten Brief des Paulus an Timotheus.

»Warst du's nun oder warst du's nicht?«

Sie machte Anstalten, sich zu erheben, und er wusste genau, dass sie ihn verlassen würde, wenn er kein Geständnis ablegte.

Es kam von ihr ebenso einfühlsam wie inquisitorisch. »Nun …?«

Da brach es, ohne dass er recht wusste, wie ihm geschah, aus ihm heraus: »Ja, ich war es, ich habe den Geldbriefträger und die Witwe Wasserfuhr erschossen.«

Theodor Dürrlettel war beim Ausmisten seines Büros. Zu viele Schauspielerinnen und Schauspieler hatten ihm ihre Fotografien geschenkt, versehen mit Widmungen, die ungemein schmeichelten. Luise Dumont als *Hedda Gabler*. Lucie Höflich in *Pelleas und Melisande*, Jenny Groß als *Madame sans gêne*. Guido Thielscher als *Charleys Tante*. Fritz Helmderding als Baron von Stuckwitz in *Der Hochtourist*. Heute kannte sie kaum noch einer. Ach ja, dem Mimen flocht die Nachwelt keine Kränze.

Alte Abrechnungen fielen ihm in die Hände. G. von Moser und Franz von Schönthan hatten für ihr Soldatenstück *Krieg im Frieden*, aufgeführt im Lessing-Theater, sage und schreibe 200.000 Mark bekommen, und für ihr Lustspiel *Im bunten Rock* auch noch 100.000 Mark. Alle Achtung! Und Wilhelm Meyer-Förster hatte es mit *Alt-Heidelberg* innerhalb eines Vierteljahres auf Tantiemen von 250.000 Mark gebracht. »Nicht schlecht, Herr Specht«, murmelte Dürrlettel. Als er ein weiteres Schubfach auf den Fußboden entleerte, fiel ihm ein Artikel in die Hand, den er vor etwa zehn Jahren geschrieben hatte.

»Im Premierenfieber. – Wenn die Besucher am Abend den Zuschauerraum füllen, wenn fröhliches Stimmengewirr erschallt und wenn man von hunderterlei, oft recht nebensächlichen Dingen plaudert, so denken wohl die wenigstens daran, von welcher Wichtigkeit der Ausgang des Abends ist, wie viel davon abhängt, ob das neue Werk eine günstige oder ungünstige Aufnahme findet. Vor allem für den Verfasser, der fiebernd den nächsten Stunden entgegensieht, und für den von ihrem Ergebnis so viel auf dem Spiele steht, Ruhm und Ehre, moralischer und materieller Gewinn, oder die jähe Vernichtung sehnsüchtig genährter Hoffnungen, vielleicht auch der Fluch der Lächerlichkeit. Jahre hindurch mag er, wenn er noch keine Erfolge aufzuweisen hatte, auf diesen Abend gewartet haben, nachdem er vergeblich immer wieder bei den Direktoren angeklopft hatte; mag zu Hinz und Kunz gelaufen sein, um ihre Förderung zu erbitten; mag manchen Leidensweg angetreten haben, um endlich zum Ziele zu gelangen; denn wie einst ein Maler auf die Frage: ›Sagen Sie, ist es schwer, ein Bild zu malen?‹ antwortete: ›Nein, das nicht, aber es zu verkaufen‹, so kann man auch sagen, dass es leichter ist, ein Stück zu schreiben, als es zur Aufführung zu bringen! Und nun ist der große Abend gekommen, und die, die dort plaudernd und scherzend im Parkett und in den Logen sitzen, sie ahnen nichts von dem Hin und Her der leidenschaftlichen Erregungen, denen der Dichter unterworfen ist, sie stehen, mit wenigen Ausnahmen, seinem Werke gleichgültig, aus irgend einem Grunde vielleicht feindselig gegenüber und freuen sich gar, wenn es zu einem echten und rechten Theaterskandal kommt, durch den schon manch vielversprechendem Talent die Grube gegraben ward …«

Bei diesem Satz fiel Dürrlettel ein, dass er sich gar nicht mehr um das Stück dieses komischen Mannes aus Oldenburg gekümmert hatte. Wie hieß es noch mal …? Ja, *Glanz und Elend.* Er rief in der Intendanz des Wallner-Theaters an, doch da wusste man von nichts. Wie das? Quatsch, er hatte es ja dem Lessing verkauft. Und was sagte man da?

»In den nächsten Tagen werden wir mit den Proben beginnen.«

Wilhelm Blümel hatte es von seiner Wohnung in der Zietenstraße nicht weit zum Viktoria-Luise-Platz, das Fahrgeld für die eine Station auf der neuen Schöneberger Linie konnte er sich sparen. Die Zietenstraße ging über die Bülowstraße hinaus, und wenn er unter dem stählernen Viadukt der Hochbahn hindurchgegangen war, kam er auf die Winterfeldtstraße, in der rechts einbiegen musste, um nach etwa einem Kilometer vor dem recht feudalen Mietshaus zu stehen, in dem Lucie von Wußwergk Quartier genommen hatte.

Gestern waren sie aus dem Spreewald zurückgekommen. Seit seinem Geständnis waren zwei Tage vergangen. Sie hatte geschworen, ihn nicht zu verraten, und offensichtlich hatte sie ihr Wort gehalten. Wenn nicht, hätte dieser Ernst Gennat schon längst bei ihm auf der Matte gestanden. Warum sie schwieg, blieb ihm ein Rätsel. Sollte es wirklich nur die Liebe sein? Es fiel ihm schwer, daran zu glauben. Viel eher nahm er an, dass sie selber in dunkle Machenschaften verwickelt war und deswegen auf keinen Fall mit der Polizei zu tun haben wollte. Vielleicht war sie auch eine Spionin der Engländer und Franzosen. Aber was gab es bei ihm auszuspionieren? Konnte höchstens sein, dass sie ihn einmal benutzen wollte: Du machst jetzt dieses oder jenes, sonst lasse ich dich hochgehen. Fest stand ja, dass sie ihn in der Hand hatte. Er sie aber auch, denn dadurch, dass sie nicht gleich zur Polizei gegangen war, hatte sie sich ja der Mittäterschaft schuldig gemacht.

Trotz dieser Überlegung dachte er auch daran, sie zu eliminieren. Ein Schuss – und die Gefahr war vorüber. Nein, war sie nicht, denn diesmal hatte er zu viele Spuren hinterlassen, und es würde nicht einmal einen Mann vom Format Gennats erfordern, ihn zur Strecke zu bringen.

Irgendwie ärgerte es Blümel, dass er das Stück *Das Leben des Wilhelm Blümel* nicht alleine schreiben durfte, sondern Gott ihm ständig ins Handwerk pfuschte. Er selber wäre nie auf die Idee gekommen, eine Lucie von Wußwergk ins Spiel zu bringen. Laut sprach er vor sich hin, was bei Jeremia im 10. Kapitel geschrieben stand: »Züchtige mich, Herr, doch mit Maßen und nicht in deinem Grimm, auf dass du mich nicht aufreibest.« Die Leute drehten sich nach ihm um. Er genoss es irgendwie. Wenn er erst da angekommen war, wo die Kollegen Hauptmann und Sudermann schon waren, würde es zu seinem Alltag gehören, angestarrt zu werden.

Lucie von Wußwergk wohnte in der zweiten Etage, und die Wohnung ihr gegenüber hatte Günther Perwenitz gemietet, ein Hotel- und Restaurantbesitzer, der als ein wenig zwielichtig galt. In einigen seiner Etablissements sollte man Kokain wie auch willige Mädchen bekommen. Es wurde auch gemunkelt, dass höchste Kreise ihn decken würden. Blümel konnte es egal sein.

Lucie von Wußwergk erwartete ihn, obwohl es gerade Zeit war, den Tee zu nehmen, im Negligé und führte ihn ins Schlafzimmer. Ihre Aufwartung hatte sie weggeschickt.

»Ich brauche schnell meine tägliche Ration«, hauchte sie. »Komm, reiß mir die Kleider vom Leib!«

Blümel erschrak über ihre Gier und rief, einen Priester spielend: »Zerreißet eure Herzen und nicht eure Kleider!« Das stammte vom Propheten Joel.

Lucie von Wußwergk drückte ihn an sich. »Ach du, mit deinen Sprüchen, mein kleiner Hengst!«

Blümel hasste diesen Ausdruck, und hätte in keinem seiner Stücke jemanden so sprechen lassen. Ein wenig aggressiv entgegnete er, wie wunderbar er es fände, dass sie einen Doppelmörder in ihren Schoß eindringen ließe.

Sie lachte. »Erst das verschafft mir den höchsten Genuss, und weißt du denn, wie viele Männer ich auf dem Gewissen habe?«

Nein, das wusste er nicht, und mit dem Bewusstsein, möglicherweise mitten im Akt von ihr ermordet zu werden, weil nur das ihr die höchste Lust verschaffen konnte, ließ seine Erektion eher kümmerlich ausfallen, sodass sie mit der Hand nachhelfen musste. Es dauerte eine Weile, bis sein Penis den Härtegrad erreicht hatte, den sie für erforderlich hielt. Bis es soweit war, plauderte sie mit ihm als würden sie gemeinsam Kartoffeln schälen.

»Sag mal, hast du eigentlich mit der Wasserfuhr etwas gehabt, bevor du sie …?«

»Nein, sie hat mir nur Bratkartoffeln aufgetischt.«

Sie führte seine rechte Hand zwischen ihre Schenkel. »Ein bisschen mehr Einsatz, wenn ich bitten dürfte … Ja, so ist es gut.« Endlich hatte er ihre Klitoris gefunden. »Erzähl mal, wie war es mit deiner Braut in Bremen.«

»Da gibt es nichts zu erzählen …«

Blümel warf sich auf sie und bemühte sich, sie mit seiner Heftigkeit zu strafen, doch gerade das war es, was ihr schrille Schreie entlockte.

Es wurde aber nichts mit einem riesigen Orgasmus, denn ihre kleinen, leisen und lustvollen Schreie wurden plötzlich überlagert von einem langgezogenen Schrei, der wie in Todesangst ausgestoßen wurde.

»Das ist Perwenitz!«, rief Lucie von Wußwergk und stieß Blümel von sich. »Los, lauf rüber und hilf ihm!«

Blümel schlug mit Knien und Hüfte auf den Boden, rappelte sich auf, suchte nach seiner Unterhose, fand sie auf dem Teppich, fummelte sich irgendwie hinein und zog sie hoch. In diesem Augenblick fielen drüben bei Perwenitz zwei Schüsse. Blümel stürzte zur Tür. Als er sie aufgerissen hatte, kam aus der Wohnungstür gegenüber ein südländisch aussehender Mann gelaufen, die Pistole noch in der Hand, und wollte die Treppe hinunter springen.

Einem archaischen Impuls folgend, warf sich Blümel dem Täter entgegen. Sie prallten zusammen. Dicht an seinem Ohr gab es einen fürchterlichen Knall. Blümel glaubte, dass ihm die Kugel in die Schläfe gefahren war. Er kollerte die Treppe hinunter, hart schlug sein Kopf auf jede Stufe. Jetzt ist alles aus, war sein letzter Gedanke …

Leiter der Mordkommission Viktoria-Luise-Platz war der Kriminalinspektor Waldemar von Breitling, 55 Jahre alt und froh, der Pensionierung nahe zu sein. Aber jetzt, im Krieg, wo jeder Mann gebraucht wurde, würde man das höheren Orts sicherlich hinauszuzögern wissen.

Für einen Adligen hatte er es bei der Polizei nicht eben weit gebracht, aber zum einen stammte er aus dem untersten Adel und zum anderen verfügte er über keine andere außergewöhnliche Begabung als die, sehr gut Billard zu spielen. Menschen, die ihn nicht leiden konnten, nannten ihn einen ›degenerierten Adligen‹ oder sprachen davon, dass er einmal einen leichten Tod haben werde. Warum denn das? »Na, viel Geist hat er nicht aufzugeben.« Die meisten aber schätzten ihn als geselligen Menschen und taten sich gern mit ihm zusammen, um Karten und Billard zu spielen und mit ihm und seiner Familie Landpartien zu unternehmen. Er war mit einer Bürgerlichen verheiratet, mit der Tochter eines Postrats. Charlotte hatte ihm vier reizende Kinder geschenkt, zwei Knaben und zwei Mädchen. Breitling genoss das Leben, und wenn er denn finanziell dazu in der Lage gewesen wäre, hätte er auch liebend gern auf seinen Dienst verzichtet, aber von seinem Vater, einem Gutsverwalter aus Mecklenburg, hatte er nichts als Schulden geerbt und von seiner Mutter auch nur ein paar vergleichsweise wertlose Schmuckstücke. Man wohnte mehr oder minder standesgemäß in einem der neuen Mietshäuser am Kaiserplatz.

Der Fall Perwenitz war ihm nur übertragen worden, weil sich Fokko von Falkenrehde, den Ernst Gennat viel lieber mit dieser Aufgabe betraut hätte, krank gemeldet hatte. Der Arzt hatte eine heftige Sommergrippe diagnostiziert und ihm Bettruhe verordnet.

»Markwitz, wen von den Zeugen wollen wir uns denn zuerst …?«, fragte Breitling, unorganisiert wie immer. »Diesen Blume oder diese Fußwerk?«

»Sie meinen Wilhelm Blümel oder Lucie von Wußwergk«, korrigierte Markwitz seinen Vorgesetzten, dabei bemüht, seine erste Fremdsprache, das Hochdeutsche, richtig zu gebrauchen. »Fangen wir mal mit dem Helden an.« Stolz über seine sprachlichen Fähigkeiten, gönnte er sich schnell einen kleinen Rückfall. »Woll'n wa ma sehn, sajte der Blinde, ob der Lahme jehn kann.«

Blümel wurde von einem Wachtmeister höflich und mit sichtbarer Hochachtung in Breitlings Bureau geführt, hatte er doch unter Einsatz seines Lebens einen Mörder zur Strecke gebracht. Fast jedenfalls. Denn der Täter hatte doch noch entkommen können. Auf alle Fälle war durch Blümels beherztes Eingreifen ein zweiter Mord verhindert worden.

Blümels Gesicht war furchtbar zerschunden, und wegen des Streifschusses in die rechte Wade konnte er nur humpeln. Die Zeitungen sangen allesamt Loblieder auf ihn, und der Herr Polizeipräsident hatte schon verfügt, ihn so bald wie möglich mit einer Verdienstmedaille zu ehren.

»Nun erzählen Sie mal, was Sie …« Breitling hatte es sich angewöhnt, seine Sätze nicht mehr zu Ende zu bringen. Die Kommunikation funktionierte ja auch so, wie sich immer wieder zeigte.

Blümel tat es mit einer etwas dünnen Stimme, was Markwitz auf den Schock zurückführte, den er bei der Begegnung mit dem Täter erlitten hatte.

»Gut, Herr Blümel ...« Markwitz nahm die Sache lieber selber in die Hand, denn Breitling ... Die Kollegen lästerten schon, er würde es nicht einmal schaffen, Brutus des Mordes an Julius Cäsar zu überführen. »Wie sah denn der Mann aus, der Perwenitz erschossen hat.«

»Ja, nun, etwa wie ... Er hatte so eine gewisse Ähnlichkeit mit dem Zaren.« Nikolaus II. hatte im Mai 1913 Berlin besucht, und so schien das gar nicht so weit hergeholt.

»Der wird's ja kaum gewesen sein«, sagte von Breitling.

Markwitz widersprach da nicht und notierte: Oberlippen- und Kinnbart. »Det erinnert mich irjendwie an den Geldbriefträgermörder aus der Spandauer Straße ... Der is ooch so beschrieben worden.«

»Nee, der hatte keinen Kinnbart«, sagte Blümel.

»Ah, ja, danke ...« Markwitz überlegte, wie spaßig es Seine Majestät finden würde, wenn man das Portrait des Zaren benutzte, um nach einem Mörder zu fahnden, wandte sich dann aber wieder Blümel zu. »Sie sind sich sicha, det Se ihn bei 'na Jejenüabstellung wiedaakenn'n würd'n?«

Waldemar von Breitling runzelte die Stirn. »Bitte, Herr Markwitz, hier im Polizeipräsidium ist Deutsch die Amtssprache.«

Blümel hob die Hand, um sich wie in der Schule zu melden. »Wenn ich bitte noch ...«

»Ja, schießen Sie los«, sagte von Breitling.

»Schießen …« Blümel musste schlucken. »Ja …
Ich möchte Sie herzlich bitten, die Frau von Wußwergk nicht mehr zu befragen … Sie ist zwar hier,
aber es geht ihr furchtbar schlecht, ihr Nervenfie-
ber ist wieder akut geworden, und da …«

Blümel zuckte zusammen, denn in diesem Augenblick betrat Ernst Gennat den Raum und musterte
ihn mit dem Blick des Allwissenden.

»Vater im Himmel, da hat es ein Mensch nicht
mehr ausgehalten; er sah keinen anderen Ausweg
mehr als den, der ihn abschnitt von allen Wegen
des Lebens. Das Dunkel, in das er starrte, gewann
solche Macht, wurde so mächtig in ihm, dass er
sich schließlich selbst in dieses Dunkel stürzte. –
Herr, unser Vater, du weißt es: Wir quälen uns mit
Vorwürfen, mit Fragen, ob und wie wir diesen Tod
hätten verhindern können. Wir fühlen uns schuldig, weil wir meinen, wir seien Lucie von Wußwergk so viel schuldig geblieben. Und sicher ist es
so, dass wir mehr hätten tun können, mehr hätten
tun sollen. – Herr, unser Vater, lass du uns nicht
bei diesen Selbstvorwürfen, bei diesen Selbstankla-
gen stehenbleiben. Gib du, Herr, dass uns dieser
Tod vor allem auch hellsichtiger macht für die Not
der Menschen um uns. – Herr, vergib du uns, den
Lebenden, und vergib du auch der, die wir deiner
Gnade anempfehlen.«

Wilhelm Blümel saß in der Kapelle des Südwestfriedhofs Stahnsdorf und bedauerte, die Trauerrede nicht selber zu halten. Er hätte es um vieles besser gemacht als der Pfarrer, den irgendein entfernter Verwandter Lucies ausgesucht hatte. Das mit dem Dunkel, in das sie sich selber gestürzt hatte, war allerdings, fand er, kein schlechtes Bild. Lucie von Wußwergk war kurz vor Mitternacht auf den Dachboden des Mietshauses am Viktoria-Luise-Platz gestiegen, hatte sich durch die Luke gezwängt und in die Tiefe gestürzt.

Warum? Er wusste es nicht und konnte nur murmeln, was bei Jeremia geschrieben stand: »Es ist das Herz ein trotzig und verzagt Ding; wer kann es ergründen?« Zu vermuten war, dass sie mit dem ermordeten Perwenitz krumme Geschäfte gemacht hatte und fürchtete, verhaftet zu werden. Die Ermittlungen liefen noch. Bei Perwenitz wie bei ihr hatten sie die Wohnung auf den Kopf gestellt und in großen Pappkartons alles abtransportiert, was es an schriftlichen Aufzeichnungen gab, um es in Ruhe durchzusehen. *Hat sie mein Geständnis, dass ich den Geldbriefträger und die Wasserfuhr erschossen habe, irgendwo aufgeschrieben oder hat sie nicht?* Das war die Frage, die Blümel nicht mehr aus dem Kopf ging. Hatte sie es getan, kam er unter die Guillotine. Zumindest die nächsten beiden Wochen hatte er zu zittern. Aber nicht nur deswegen schlief er denkbar schlecht, auch den Mann, der Perwenitz ermordet hatte, musste er fürchten, denn nur er hatte ihm voll ins Gesicht gesehen und konnte ihn mit Sicherheit identifizieren.

»Einerseits suhle ich mich in meinem Selbstmitleid«, schrieb er in sein Tagebuch, »denn gleich zwei Damoklesschwerter hängen ja über meinem Kopf, andererseits bin ich begeistert über das Stück *Das Leben des Wilhelm Blümel*. Es ist aufregend, es ist einzigartig, alle Welt wird mich dermaleinst darum beneiden. Und auch als Schauspieler bin ich in der Rolle des Wilhelm Blümel allererste Klasse.«

Das Lessing-Theater war im Jahre 1888 mit Lessings *Nathan der Weise* eröffnet worden. Das Haus, im Stil der Neorenaissance erbaut, stand am Friedrich-Karl-Ufer 1 und brauchte sich hinter dem in unmittelbarer Nähe gelegenen Reichstag keinesfalls zu verstecken.

»Vornehm und eigenartig wirken Aeußeres wie Inneres des Theaters durch kokette Eleganz, man freut sich, wie harmonisch hier alles zusammenpasst, es scheint, dass dies auch in gewissem Sinne das Publikum beeinflusst, welches an den Premierenabenden gewähltere Toilette anlegt, wie man es – leider! – sonst gewohnt ist. An dieser Stätte trat uns 1889 Hermann Sudermann zum ersten Male mit seinem Schauspiele ›Die Ehre‹ als Dramatiker entgegen, einen so rauschenden Triumph feiernd, wie er selten vordem einem Bühnendichter beschieden gewesen; auch in diesem Falle wieder bewahrheitete es sich, dass nichts fragwürdiger ist als Prophezeiungen im Theaterleben, denn am Abend der ersten Vorstellung fürchteten die in dem Stück beschäftigten Schauspieler einen ›glänzenden Durchfall‹ und bedauerten von vornherein sich wie den Dichter. Und gerade dies mit Zagen angenommene und mit Bangen aufgeführte Schauspiel lenkte die Augen des Auslandes auf unsere jüngste Literaturströmung und erwarb sich selbst in Paris, das sich bisher völlig ablehnend gegen unsere deutschen Bühnenwerke verhalten, nachhaltige Anerkennung.«

So stand es in der »Agenda Rudolph Hertzog 1904« zu lesen, und an Sudermann dachten auch die Akteure, die sich Ende August 1916 daran machten, Wilhelm Blümels Stück *Glanz und Elend* in Szene zu setzen.

Albert Lortzing, am 23. Oktober 1801 in Berlin geboren, stand schon als Zwölfjähriger auf der Bühne. Sein Vater, ein Lederhändler, war der Leidenschaft zum Theater verfallen, gründete mit seiner Frau die Theatergesellschaft Urania und zog mit seiner Kleinfamilie von Bühne zu Bühne. Albert Lortzing wurde bald zum Publikumsliebling in den Rollenfächern Naturbursche, jugendlicher Liebhaber und Bonvivant, bekam aber auch Engagements als Tenor. 1824 heiratete er die Schauspielerin Rosina Regine Ahles, mit der er elf Kinder hatte. Ihr Lebensmittelpunkt wurde zunächst Detmold, wo er auch seine Karriere als Komponist begann. Über Leipzig kam er nach Wien, verlor aber dort sein Engagement durch sein vehementes Eintreten für die Märzrevolution. Insbesondere seine Opern *Zar und Zimmermann*, *Der Wildschütz*, *Undine* und *Der Waffenschmied* hatten ihn weltberühmt gemacht, doch nicht genügend Geld eingebracht, sodass er, um mit seiner großen Familie zu überleben, wieder als Schauspieler auftreten musste – und dies in Orten wie Gera und Lüneburg. 1850 kehrte er nach Berlin zurück, um als Kapellmeister am neu eröffneten Friedrich-Wilhelmstädtischen Theater zu arbeiten. Völlig verarmt starb er am 21. Januar 1851 und wurde auf dem Sophien-Friedhof in Berlin-Mitte beigesetzt. Seine Kollegen vom Theater hatten seinen Sarg mit den Farben Schwarz-Rot-Gold ausgekleidet, einer Zusammenstellung, die nach 1848 streng verboten war.

An dieser Frage entzündeten sich auch 1916 die Geister, als der Regisseur diese Szene proben wollte.

»Wir haben Krieg!«, rief der Theaterdirektor. »Wir kämpfen gegen die Engländer, die Franzosen und die Russen und nicht gegeneinander. Mir reicht schon, was dieser Liebknecht da an Unheil anrichtet, ich will hier in meinem Theater kein Geschrei, wenn die Leute die Fahne von 1848 sehen.«

»Bei Blümel im Stück steht es aber so«, beharrte der Regisseur. »Und so ist es ja auch authentisch.«

»Dann streichen wir eben die ganze Szene!«

»Wenn Sie die streichen lassen, schmeiße ich alles hin!«, schrie der Darsteller des Komponisten.

»Meinetwegen können wir auch das ganze Stück in der Versenkung verschwinden lassen!«, schrie der Theaterdirektor zurück.

Wilhelm Blümel konnte langsam aufatmen. Es war September geworden, und er lebte noch immer – als freier Mann. Die Kriminalpolizei hatte sich bisher nicht bei ihm blicken lassen, was nichts anderes heißen konnte, dass Lucie von Wußwergk ihr Geheimnis, ihr Wissen um seine Mordtaten, mit ins Grab genommen hatte. Dafür liebte er sie unendlich. So langsam die Mühlen der Polizei und der Justiz auch arbeiteten, diese Gefahr schien vorüber zu sein. Und die andere auch. Der Mann, der Perwenitz erschossen hatte, war offenbar nicht mehr in Berlin, und vielleicht hatten die gar nicht einmal so unrecht, die meinten, Perwenitz sei in irgendwelche dunklen Spionageangelegenheiten verwickelt gewesen und von einem Agenten der Entente getötet worden.

Lucie fehlte ihm, nicht zuletzt auch deswegen, weil er in den letzten Wochen fast ausschließlich von ihrem Geld gelebt hatte. Ein Testament war in ihrem Nachlass nicht zu finden gewesen, vielleicht auch unterschlagen worden, und so hatte alles dieser Kretin aus Grünau geerbt, ihr Cousin. Was blieb nun Wilhelm Blümel anderes übrig als ... Jedem Lebewesen wohnte nun einmal die Tendenz inne, Verhalten zu wiederholen, für das es belohnt worden war.

So überlegte er, wo überall es in Berlin Hauptpostämter gab, denn Geldbriefträger wurden nur von diesen aus zu den Kunden geschickt. Das in der Spandauer Straße schied allerdings aus, denn auch für ihn galt: Der Mensch versuche die Götter nicht. Dass ihn Ernst Gennat nicht durchschaut hatte, war Glück genug gewesen. Diese Szene im Polizeipräsidium ließ ihn aber doch sehr an der Gottähnlichkeit dieses Menschen zweifeln. Auch er und seine Mordkommission kochten nur mit Wasser und verfügten über keine Gaben, die übernatürlich waren. Dies zu wissen, bedeutete freie Fahrt für ihn. Keiner konnte ihm etwas anhaben.

Wo gab es Hauptpostämter? Er wagte nicht nachzufragen, denn vielleicht gab es da doch einen, der hellseherische Fähigkeiten besaß. In der Oranienburger Straße glaubte er eines gesehen zu haben, in der Charlottenstraße und in der Französischen Straße. Dazu ganz sicher an den großen Bahnhöfen, dem Stettiner, dem Potsdamer, dem Anhalter. Aber ob sie von dort aus auch Geldbriefträger in Marsch setzten, war fraglich. Schließlich entschied er sich für das Postamt 8 in der Französischen Straße, denn dort befanden sich, bis hin zu den Linden, viele Geschäftshäuser. Zuerst musste er die Touren der Geldbriefträger auskundschaften und irgendwie abschätzen, wer wohl die größte Summe bei sich führte.

8.

»Toilettenfrauen und Kriminalkommissaren jeht nie die Arbeit aus«, sagte Hermann Markwitz des Öfteren. »Jepinkelt wird imma und jemordet wird ooch imma.«

Da dem so war, insbesondere in einer Zeit, in der das alte Wertsystem in Deutschland langsam aber sicher seine Kraft einbüßte, hatte Fokko von Falkenrehde mit so vielen anderen Fällen zu tun, dass er den Doppelmord in der Spandauer Straße fast schon vergessen hatte, als er am 5. September einen anonymen Brief auf seinem Schreibtisch fand. Fünf Zeilen, bestehend aus Wortfetzen und Einzelbuchstaben, die jemand aus mehreren Zeitungen ausgeschnitten und auf ein weißes Blatt geklebt hatte. Offenbar war in den Zeitungen vorher Fisch eingewickelt gewesen, denn nach solchem roch es ziemlich kräftig.

Werthe Mordkomission!
Der Mann welcher in die Spandauer den GeldbriefTRÄGER erschoszen hat ist ein Friedrich Zwirner wohnHaft Lange Str. 86. Auch die A. Wasserfuhr hat er aus Eifersuch Arbeiten tut in die Volksküche Treschko Fassen Sie ihm!
Hochachtungsvoll ...

Falkenrehde musste unwillkürlich schmunzeln, als er das überflog. Die Frage war, ob sich da jemand bewusst dumm gestellt hatte oder wirklich nicht anders konnte. Er fragte sein Gegenüber nach dessen Meinung.

Markwitz musste nicht lange überlegen. »Det sieht mir janz nach echter Rache aus. Eene Frau, die nich anders kann.«

»Was habe ich mal gelernt: Anonyme Briefe gehören in den Papierkorb.« Falkenrehde nahm das Blatt und tat so, als wolle er es wegwerfen.

»Nee, lassen Se ma!«, rief Markwitz. »Lieber 'n Wurm im Kohl als jar keen Fleisch.«

»Da mögen Sie recht haben.« Falkenrehde erinnerte sich wieder an seine alte These von der Eifersuchtstat. »Immerhin deckt sich das mit der Beobachtung dieses Jungen da …« Er kam auch wieder auf dessen Spitznamen. »Nuckel. Der will ja einen Liebhaber der Wasserfuhr gesehen haben.«

Jetzt begann auch Markwitz zu kombinieren. Vielleicht sei alles ganz anders gewesen, als Gennat und die Kollegen die Sache sahen, nämlich dass der Unbekannte erst den Geldbriefträger und dann die zufällig auf dem Plan erscheinende Wirtin erschossen habe, um den Raubmord zu verdecken. »Det kann doch ooch sein, det dieser Zwirner in seine Eifersucht die Wasserfuhr erschossen hat – und der Geldbriefträger zufällig dazugekommen is und ooch dran glauben musste.«

148

»Gut, Markwitz, gut!« Falkenrehde klatschte in die Hände. »Das hatte ich noch gar nicht ins Kalkül gezogen.«

»Jedenfalls sollten wa diesem Zwirner mal uff'n Zahn fühl'n.«

»Fahren wir also zuerst einmal zu seiner Arbeitsstelle, in diese Volksküche ...« Er stutzte. »Wo soll das sein: Treschko ...? Soll damit Treptow gemeint sein?«

»Nee, det is zu weit herjeholt. Ick ruf mal bei Magistratens an.« Nach einigen Telefonaten bekam er heraus, dass die ehemalige Markthalle XIII in der Tresckowstraße gemeint war, wo am 10. Juli 1916 die erste Großküche der neugegründeten städtischen Volksspeisung ihren Betrieb aufgenommen hatte.

Die Tresckowstraße zog sich in leichtem Bogen von der Danziger Straße zur Prenzlauer Allee, und sie hatten es nicht weit, wenn sie vom Alexanderplatz zur Danziger Straße fuhren. Der dortige Hochbahnhof war gerade drei Jahre alt und ziemlich schmucklos geraten. Falkenrehde fühlte sich wie in einer Fabrikhalle.

Sie konnten ihr Ziel nicht verfehlen, denn die Schlange derer, die auf eine Schüssel Eintopf für 35 Pfennige warteten, reichte bis weit auf die Straße. Zuerst hatten sie sich gefragt, was denn dieser Menschenauflauf zu bedeuten habe.

»Da komm wa unmöglich durch«, sagte Markwitz.

Falkenrehde seufzte. »Man müsste Rugbyspieler sein oder wenigstens oben auf einem Gaul sitzen.«

»Heh, nich vordrängeln, Männeken!«

Ihr erster zaghafter Versuch, in die Nähe der Essenkübel zu gelangen, fand ein schnelles Ende, als die Burschen am Rande der Schlange ihre Ellenbogen einsetzten. Jetzt zu rufen, man sei von der Polizei, hätte wahrscheinlich Prügel bedeutet.

»Was tun?«, fragte Falkenrehde.

»Na, ooch anstellen und Essen fassen. Det Nützliche mit dem Anjenehmen vabinden.«

So kamen sie nicht nur zu der Auskunft, dass Friedrich Zwirner, den gab es dort wirklich, seit zwei Tagen nicht am Arbeitsplatz erschienen sei, sondern auch zu einer tüchtigen Portion Erbseneintopf.

Der jedoch hatte bei Markwitz schon Folgen, als sie auf der Stadtbahn Richtung Schlesischer Bahnhof fuhren.

»Bloß jut, det ick nich aus Sachsen komme«, sagte er zu Falkenrehde.

»Wieso?«

»Na: Jefährlich is der Furz der Sachsen, denn der kann im Darme wachsen, und beendet seinen Marsch mit 'nem lauten Knalle aus'm ... Brauchen wa keene Schusswaffe mehr.«

Dass sie die bei sich hatten, war einigermaßen beruhigend, als sie ausgestiegen waren und die Madai- Richtung Köppenstraße gingen, um von dort in die Lange Straße zu gelangen, denn es schien zumindest Falkenrehde so, als würden alle Männer, die ihm entgegenkamen, nur das eine im Sinne haben, ihn zu berauben. Diese Welt war der genaue Gegenentwurf zu seinem Lichterfelde. Er glaubte, in einen Sumpf geraten zu sein, nichts als Verbrechen und Prostitution. Alles, was männlich war, schien vom Stehlen und der Hehlerei zu leben oder dem Beruf des Zuhälters nachzugehen, und alles, was weiblich war, auf den nächsten Freier zu warten. Ohne Mitleid liefen die Menschen aneinander vorüber. Das Proletariat kämpfte noch um seine Existenz, das Lumpenproletariat hingegen schien längst verloren zu sein.

»Die, die keine Arbeit und kein Heim mehr haben, verrecken wie die Hunde«, murmelte Falkenrehde. »Ich glaube nicht, dass das die beste aller möglichen Welten ist.«

»Mir müssen Se nich agitieren«, sagte Markwitz. »Ick wähle Liebknecht nich.«

Falkenrehde verzichtete auf eine Erwiderung. Er wusste genau, dass Menschen wie Markwitz von der Angst erfüllt waren, vom Proletariat verdrängt zu werden, wenn man dem die Chance gab, durch bessere Bildung aufzusteigen.

Auch in seiner Wohnung war Friedrich Zwirner nicht anzutreffen, und die beiden Nachbarinnen hatten keine Ahnung, wo er steckte.

»Sichalich wieda bei eine von seine Weibsbilda. Ja,

an die hat er 'n Riesenvabrauch. Sieht ja ooch jut aus, der Kerl. Den stößt keene ohne zwingenden Jrund vonne Bettkante.«

Falkenrehde hörte das gerne, verifizierte es doch seine Theorie immer mehr. Nur musste man Zwirner erst einmal haben.

Sie machten sich auf den Weg zur Andreaswache, aber die dort versammelten Kollegen von der Schutzpolizei konnten ihnen auch nicht weiterhelfen.

»Höchstens, dass Sie mal im ›Hackepeter‹ nach ihm fragen, Fruchtstraße 75, da wissen die immer alles. Das ist auch Heinrich Zille sein Lieblingslokal, der hat ja mal hier um die Ecke gewohnt, Kleine Andreasstraße 17.«

Sie bedankten sich, konnten aber am angegeben Ort weder Friedrich Zwirner noch Heinrich Zille finden.

9.

Friedrich Zwirner war ein Filou, ein Gigolo, ein Mann, von dem die Frauen träumten. Bei diesen Voraussetzungen hatte er schnell begriffen, dass es Unsinn gewesen wäre, als Ladenschwengel durchs Leben zu gehen. Wenn er dennoch ab und an als Kaufmannsgehilfe arbeitete und den Kundinnen Erbsen und Linsen in die graubraunen Papiertüten füllte, dann nur, wenn gerade keine ›Braut‹ greifbar war. Aber auch, um in die Kasse zu greifen und seinen kärglichen Lohn etwas aufzubessern. Das hatte zur Folge, dass er sich sehr schnell wieder einen anderen Arbeitgeber suchen musste, nachweisen aber konnte ihm keiner seine kleinen Diebstähle, dazu war er viel zu klug.

Da er ziemlich abgebrannt war, hatte er für ein paar Tage in der Volksküche Essen ausgegeben, bald aber eingesehen, dass diese Tätigkeit für einen Mann wie ihn nicht angemessen war. Vielleicht hätte er doch länger bei Herings-Else bleiben sollen. Sie besaß ein gutgehendes Fischgeschäft in der Frankfurter Allee. Eigentlich gehörte es ihrem Mann, aber der war im Januar 1915 an der Ostfront gefallen. Else hatte unbedingt heiraten wollen. »In't Jeschäft jehört nu ma 'n Mann, und du bist doch jelernter Koofmichel.« Erst hatte er getan, als würde er sich gern ins gemachte Nest legen, dann aber hatte ihn an Else mancherlei gestört, zum Beispiel, dass sie ständig nach altem Fisch roch und so übergewichtig war, dass er sich beim Geschlechtsakt wie eine Sardine fühlte, die einen Wal begatten sollte. Letzte Woche hatte er sich aus dem Staube gemacht.

Jetzt tat es ihm irgendwie leid und er presste sein Gesicht gegen ihre Schaufensterscheibe, um zu sehen, ob sie im Laden stand. Als sie ihn erblickte, hob sie das Messer, mit dem sie gerade einen Bückling filettiert hatte und kam zur Tür gestürzt. Zwirner lief davon.

Er hatte Hunger und Durst, und das führte ihn in die Fruchtstraße. Im »Hackepeter« konnte er anschreiben lassen. Doch der Wirt machte mit der Hand eine wegwischende Bewegung, die nichts anderes bedeuten konnte als: Schnell wieder raus hier!

»Warum denn das?«, fragte Zwirner.

»Een Kriminaler hat sich nach dir akundigt, und ick will mit die keenen Ärjer.«

Zwirner guckte verwundert. »Wie, die suchen nach mir?«

»Ja, und nu ab quer durch de Mitte!«

Zwirner schlenderte in Richtung Schlesischer Bahnhof und fragte sich, warum die Polizei hinter ihm her war. Hatte doch einer der Ladenbesitzer, die von ihm bestohlen worden waren, Anzeige erstattet? Oder waren sie hinter ihm her, weil er nicht zur Musterung erschienen war? Möglich schon, aber viel wahrscheinlicher erschien ihm, dass Herings-Else ihn angezeigt hatte. Wegen eines nicht eingelösten Heiratsversprechens.

Während er noch grübelte, legte sich von hinten eine schwere Hand auf seine Schulter und zugleich durfte er auf die Marke eines Kriminalpolizisten starren.

»Sie sind Friedrich Zwirner?«

»Ja, warum?«

»Ich muss sich höflich ersuchen, mich zum Alexanderplatz zu begleiten. Meine Kollegen dort haben ein paar Fragen an Sie.«

Zwirner hielt das ganze für einen Scherz. »Von welcher Abteilung sind Sie denn?«

»Vom Mordbereitschaftsdienst.«

Zwirner zuckte zusammen. »Das ist doch Unsinn: Else wollte mich umbringen, nicht ich sie.«

»Tut mir leid, ich kann Ihnen da keine Auskunft geben. Sie werden mit einem unserer Kommissare reden.«

Zwirner lachte. »Gleich mit Gennat, was?«

»Nein, mit Herrn von Falkenrehde.«

Dem saß er dann auch eine halbe Stunde später gegenüber. Der Mann war ihm nicht unsympathisch, aber trotzdem.

»Sie können sich denken, warum Sie hier sind?«, fragte Falkenrehde.

»Nein … Oder doch: Diese Else hat mich angezeigt, die vom Fisch-Geschäft in der Frankfurter Allee, Else Lachner.«

Falkenrehde schien ein Lächeln nur schwer unterdrücken zu können. »Wer auch immer …«

Zwirner beschloss, in die Offensive zugehen. »Die wird ganz frech behaupten, dass ich ihr die Ehe versprochen habe, aber glauben Sie der kein Wort, Herr Kommissar.«

»Die Ehe versprochen …«, wiederholte Falkenrehde. »Nein, darum geht es hier nicht, Herr Zwirner, hier geht es um die Witwe Amanda Wasserfuhr und nicht die Fischfrau Else Lachner.«

Zwirner traf es wie eine Kugel, fast hätte er aufgeschrien. Das also war Elses Rache. Er brachte kein Wort hervor.

»Sie geben also zu, Frau Wasserfuhr gekannt zu haben?«, fragte Falkenrehde.

»Wieso, ich habe doch kein Wort gesagt.«

»Man sieht es Ihnen an …«

In diesem Augenblick schaute Ernst Gennat herein, sah, dass Falkenrehde gerade bei einer Vernehmung war und winkte ihm zu. »Wenn Sie nicht weiterkommen, borge ich Ihnen ein Stück Torte von mir.«

»Danke, aber hier geht es eher um Bratkartoffeln, um Bratkartoffelverhältnisse …«

»Ja, die haben mir alle immer gerne auf den Tisch gestellt.« Zwirner war froh, dass der Ton wieder etwas lockerer wurde. »Auch die Manda …«

»Amanda Wasserfuhr?«

»Ja.« Zwirner hielt es für sinnlos, seine Liebesbeziehung zu ihr abzuleugnen, denn die Nachbarn hatten ihn ganz sicher gesehen, vor allem dieser klein gewachsene Junge mit seiner krankhaften Neugier, dieser Nuckel, und würden ihn bei einer Gegenüberstellung ganz sicher wiedererkennen. Vielleicht fand man auch noch seine Fingerabdrücke in ihrer Wohnung.

Falkenrehde blätterte in seinen Akten. »Eines ist mir nicht klar, Herr Zwirner, dass Sie nicht zu uns gekommen sind, als Frau Wasserfuhr erschossen worden ist, mit dem Geldbriefträger Albert Werner zusammen ... Oder haben Sie davon nichts gelesen?«

»Doch ...« Seine Antwort kam sehr vorsichtig, weil er nicht recht wusste, worauf der Kommissar hinauswollte.

»Und da haben Sie sich nicht als Zeuge zur Verfügung stellen wollen?« Falkenrehde tat so, als könnte er das nicht fassen.

»Nein, was hätte ich denn sagen sollen, ich wusste doch von nichts.«

»Sie hätten uns sagen können, ob Frau Wasserfuhr ein Verhältnis mit dem Geldbriefträger hatte.«

Zwirner war sich nicht klar, welche nun die bessere Antwort war, und entschied sich schließlich dafür, dies zu verneinen.

»Ach, kommen Sie!« Falkenrehde beugte sich zu ihm hinüber und gab sich als Freund. »Es muss eine wunderschöne und begehrenswerte Frau gewesen sein, klar, dass Sie da eifersüchtig geworden sind ...«

Jetzt erst begriff Zwirner voll und ganz, warum sie ihn ins Polizeipräsidium gebracht hatten: Er stand im Verdacht, den Geldbriefträger und Amanda Wasserfuhr erschossen zu haben, und sein Gegenüber konnte sich nur noch nicht entscheiden, welches Motiv er dabei gehabt hatte.

»Na ...?«, fragte Falkenrehde, als ihm das Schweigen doch zu lange dauerte.

»Darf ich in meine Zelle zurück und einmal in Ruhe über alles nachdenken?«

»Gut. In zwei Stunden sehen wir uns wieder.«

Allein mit sich und seinen wirbelnden Gedanken und ungestümen Gefühlen lag Friedrich Zwirner nun auf seiner Pritsche und starrte gegen die Decke. Irgendwie erinnerte ihn seine karge Zelle an eine Kasernenstube, und diese Assoziation war es dann auch, die das auslöste, was er seine Erleuchtung nennen sollte: Mensch, gib doch zu, dass du beide erschossen hast, dann kommst du in die Untersuchungshaft, und später im Prozess widerrufst du alles. Dann verurteilen sie dich zwar zu anderthalb Jahren Gefängnis wegen Vortäuschung einer Straftat, aber du musst nicht an die Front und stirbst nicht im Schützengraben.

Er sprang auf. Das war es, das war die Rettung. Fast hätte er die Fahne gezogen, um den Schließer herbeizuholen, doch er bremste sich noch rechtzeitig. Sollte der Coup gelingen, musste er dem Kommissar bis zum Letzten Widerstand leisten und erst dann zusammenbrechen.

Als er nach einer Stunde geholt wurde, gab er sich alle Mühe, verstockt zu erscheinen.

10.

Richard Grienerick war als Leutnant der Reserve dem Feldartillerie-Regiment 116 zugeteilt worden und lag mit einigen anderen Kameraden in einem Unterstand vorn bei der Infanterie. Man befand sich am rechten Ufer der Somme im Abschnitt von Combles, der schon seit Wochen unter starkem Feuer gelegen hatte, sodass die ganze Gegend in ein Trichterfeld verwandelt worden war und einer Mondlandschaft glich.

Zwei Ausgänge hatte ihr Unterstand. Dazwischen lag ein Gang von 1,20 m Breite, in dem ein kleiner Tisch stand. An ihm saßen beim Schein einer rußenden Kerze der Bataillonsführer und sein Adjutant über ihren Karten und Stellungsplänen. Neben ihnen hatte Grienerick seinen Arbeitsplatz. Seine Aufgabe war es, mit drei Leuten die Telefonverbindungen zu den Artilleriebeobachtungen herzustellen und aufrechtzuerhalten. Drei Infanteristen und drei Artilleristen hockten auf dem Boden und bedienten ihre Telefonapparate. Auf den Treppen des Stollens hockte noch ein halbes Dutzend Meldegänger. Grienerick hatte mit dem Rest des Humors, der ihm noch verblieben war, das Schild »Wegen Überfüllung geschlossen« an die Wand geheftet. Wer schlafen wollte, fand nirgends einen Platz, auf dem er sich hätte ausstrecken können. Nur der Kommandeur verfügte über ein kistenähnliches Bett, dort aber lag der schwer gasvergiftete Bataillonsarzt. Man hoffte, ihn in der Nacht, wenn das feindliche Artilleriefeuer eingestellt werden würde, nach rückwärts bringen zu können.

Es war Mittag geworden. Grienerick stellte sich vor, wie die Kollegen im Polizeipräsidium jetzt plaudernd in die Kantine gingen und meckerten, dass es wieder nur Kohlrüben gab. Oder Graupen, Kälberzähne. Oder Lungenhaschee, Bismarcks letzten Husten, wie man lästerte.

Warum durften die das Leben genießen, während er hier in jeder Sekunde verrecken konnte. Alle vier bis fünf Minuten schickte ein 38cm-Geschütz der Engländer seine tödlichen Grüße herüber. Der Boden erzitterte, wenn die Riesengeschosse mit furchtbarer Wucht in die Erde fuhren. Mit höllischem Krachen schoss eine riesige schwarze Rauch- und Staubwolke gegen den Himmel, mitunter gefolgt vom Prasseln des einstürzenden Mauerwerks, wenn im Dorf ein Haus getroffen worden war. Die Druckwelle ließ in ihrem Stollen das Licht erlöschen und riss die Mützen, Mäntel und Waffen mitsamt den Nägeln von den Wänden. Über der hölzernen Decke ihres Stollens lag eine sieben Meter dicke Schicht aus Erde und Mauersteinen, bei einem Volltreffer aber hatten sie dennoch keine Chance.

Grienerick zählte die Sekunden, die Minuten. Möglicherweise waren es die letzten seines Lebens.

»Vier-acht, vier-neun, vier-zehn ...« Er dachte an Bettina. Sie war Fokkos Verlobte, aber er liebte sie inniger als der Freund, und er in seiner Lage nahm sich auch das Recht heraus, sich vorzustellen, wie er mit ihr ...

Wieder bebte die Erde, ein neuer Donnerschlag schien das Trommelfell zu zerfetzen. Schulz und Sendrowski stolperten keuchend die Treppen herunter. Bart- und Kopfhaare waren ihnen weggesengt, Sendrowskis Mantel glimmte noch. »A-a-alles tot!«, würgten sie hervor. Die beiden kamen aus der Telefonzentrale des Bataillons, die in einem ebenfalls sieben Meter tiefen Stollen unter einem Haus gegenüber untergebracht gewesen war. 23 Mann lagen unter den Trümmern begraben, nur Schulz und Sendrowski, die zufällig oben an der Treppe gestanden hatten, waren noch einmal davongekommen. Die Stichflamme des explodierenden Geschosses hatte ihnen Kopf und Gesicht versengt. Grienerick schickte einen Rettungstrupp aus, doch der konnte nur einen Militärstiefel und den Rest eines verkohlten Beines bergen.

»Wir haben Kohlenoxydgas im Stollen«, wurde gemeldet. »Da ist nichts zu machen.«

Einer der Männer, der einen Freund unter den Verschütteten hatte und besonders weit vorgedrungen war, hustete sich die Lungen aus dem Hals. Die 23 Mann im Stollen waren verloren.

Grienerick stellte sich vor, wie deren Mütter, Väter,

Frauen, Kinder, Brüder, Schwestern und Freunde gerade in Berlin, Hamburg, Königsberg, Köln oder München saßen und schimpften, wie furchtbar der Kaffeeersatz doch heute wieder schmeckte.

Der Tag verging so langsam, dass in Grienericks Erinnerung sogar die Unterrichtsstunden des alten Falkenrehde, die sich ewig gedehnt hatten, zu ungemein kurzweiligen Veranstaltungen gerieten.

Wie sie alle vor sich hinstierten und auf den wieder anschwellenden Gefechtslärm lauschten, erinnerten die Kameraden Grienerick an Kühe auf der Weide. Irgendwie, das stimmte ja, waren sie alle zu Tieren herabgesunken. Der Rettungsmann, der sich mit dem Gas vergiftet hatte, röchelte qualvoll, Schulz und Sendrowski hatten starke Schmerzen und wimmerten vor sich hin. Gefechtsordonnanzen kamen mit angstverzerrten Gesichtern herein, überbrachten atemlos ihre Meldungen aus der vordersten Linie und wurden mit neuen Befehlen hinausgeschickt.

Grienerick fluchte. Seine Telefone waren alle tot. »Na, besser die Telefone als wir«, sagte einer seiner Leute. Was blieb ihm übrig, als seine drei Telefonisten als Meldegänger zu verwenden. Einer von ihnen fiel mit einer Gasvergiftung aus.

Gegen Abend steigerte sich das feindliche Artilleriefeuer aller Kaliber zum Trommelfeuer. Das ließ darauf schließen, dass die Engländer wieder angreifen wollten. Wie fast jeden Tag am Morgen und am Abend. Da die Telefonverbindungen zu den rück-

wärtigen Stellungen ausgefallen waren, blieb Grienerick nichts weiter übrig, als mit einer Leuchtpistole
und roten wie grünen Leuchtkugeln den Stollen-
gang hinaufzusteigen. Oben war die Hölle los. Mit
betäubendem Krachen schlugen überall die Granaten ein, hüllten die stürzenden Häusermauern in ihre
schwarzen Rauchwolken, bohrten sich in die Trümmer und wühlten in den Schutthaufen, Steine und
Eisen emporreißend. Mit scharfem Krachen und heller Flamme zersprangen die Schrapnells, und klirrend
zerbarsten die Dachziegel unter ihrem Bleihagel. Die
Balken begannen zu brennen, Leuchtkugeln stiegen
auf. In gespenstischen Umrissen hoben sich Häuser-
trümmer vom Himmel ab. Englisches Maschineng-
wehrfeuer setzte ein. Grienerick feuerte seine roten
Signalpatronen ab.

Die deutschen Feldgeschütze, Haubitzen und
Mörser, begannen nun zu hämmern. Grienerick
hörte über sich das Pfeifen, Schleifen und Gurgeln
der Geschosse, die in Richtung der Engländer flogen.
Ihr Angriff wurde auch heute wieder abgewiesen.

Am nächsten Morgen begleitete Grienerick den
Bataillonskommandeur zu den vordersten Gräben.
Mühsam kletterten sie über die Trümmer der Häuser und die Trichter, die die Granaten in die Straßen
gerissen hatten. Dann wieder mussten sie ihre Gas-
masken aufsetzen und keuchten durch die Giftnebel
der englischen Gasgeschosse. Ab und an peitschte
eine Reihe von Maschinengewehrschüssen über die

verwüstete Dorfstraße. Mit eigentümlichem Gezwitscher zerschnitten die kleinen Geschosse die Luft und bohrten sich mit hartem Schlag in zersplitterndes Holz oder prallten grell aufsingend von den Mauerresten ab.

Dann hatten sie den Graben erreicht, sofern man einen solchen in der zerwühlten und zerrissenen Erde noch erkennen konnte. In kleinen, mit dem Handspaten ausgehobenen Löchern kauerten die Kameraden, graue Bündel, total mit Lehm verschmiert, mit rußigen Händen und Gesichtern von Greisen. An einigen Stellen lagen Tote in langen Reihen mit Zeltbahnen bedeckt über der Deckung. Dumpf schlugen immer wieder feindliche Infanteriegeschosse in ihre verstümmelten Leiber.

Ein Mann, furchtbar schreiend, wurde unter den Trümmern eines verschütteten Unterstandes hervorgezogen. Ein anderer saß in einer Dreckpfütze und sang.

Grienerick formulierte es in Gedanken für seinen nächsten Brief an Fokko und Bettina: »Der Wahnsinn hatte ihn gepackt, und ich hielt das für die einzige vernünftige Reaktion auf das, was hier geschah.«

Der Mann erzählte, manisch und überdreht, wie er den Teufel gesehen und mit ihm getanzt habe.

Ein anderer trat auf Grienerick zu und fragte ihn stammelnd und am ganzen Leibe zitternd, wann er abgelöst werde.

»Bald. Wenn Generalleutnant Balck es befiehlt.«

Sie kehrten zu ihrer Stellung zurück und genossen die wenigen Minuten, in denen es ruhig war.

Vor Einsetzen des Infanteriefeuers gelang es einer Trägertruppe, sich in Grienericks Stollen vorzuarbeiten. Sie hatten für ihn ein Feldpostpaket und einen Brief mitgebracht. Von Fokko. Er umarmte die Kameraden.

Das Paket war von Kempinski gepackt und enthielt Kekse, Schokolade, Tee, Kaffee, Ananas in Dosen, Kronen-Hummer, Lachsschinken, Schinken in Burgunder und Gänseleberpastete. Dazu eine Flasche Burgunder, bruchsicher verpackt.

Grienerick weinte, als er das sah, und teilte alles mit seinen Kameraden.

Im Brief schrieb ihm Fokko von Falkenrehde, dass der Doppelmord in der Spandauer Straße aufgeklärt sei. Ein Handlungsgehilfe mit Namen Friedrich Zwirner habe die Taten zugegeben.

»Ich warte auf den Tag, an dem wir beide gemeinsam unsere Mörder zur Strecke bringen können.«

Unsere Mörder ... Grienerick kannte den Freund zu gut, um nicht zu bemerken, wie doppelsinnig er das meinte.

11.

Wilhelm Blümel genoss sein Rumpelstilzchen-Gefühl. Ach, wie gut, dass niemand weiß ... Da sah er seinem Milchmann ins Gesicht, saß er in der U-Bahn Dutzenden von Leuten gegenüber, küsste er bei einer Familienfeier einer alten Dame die Hand, fragte einen Schutzmann nach dem Weg – und keiner wusste, dass er der Geldbriefträgermörder war. Die ganze bürgerliche Welt an der Nase herumzuführen, war ein Riesenspaß und irgendwie fühlte er sich als Anarchist. Bei Diderot hatte er in Rameaus Neffe zwei schöne Sätze gefunden und auswendig gelernt: »Man spuckt auf einen kleinen Schelm, aber man kann einem großen Verbrecher eine Art Achtung nicht verweigern. Sein Mut setzt Euch in Erstaunen, seine Grausamkeit macht Euch zittern, man ehrt überall die Einheit des Charakters.« Wurde er ein großer Verbrecher und zugleich ein großer Bühnendichter, dann multiplizierte sich dies zu einer solchen Größe, dass andere Bücher und Stücke über ihn schrieben und er garantiert in Meyers Konversations-Lexikon Aufnahme fand.

Er konnte gar nicht mehr anders, als sein Leben als ein grandioses Theaterstück zu sehen. Den einzelnen Akten hatte er folgende Überschriften gegeben:

1. Akt: Spandauer Straße 33 oder Die perfekte Inszenierung eines Doppelmordes.

2. Akt: Lucie von Wußwergk oder Eine heiße Liebe und die Gefahr, sich zu verbrennen.

3. Akt: Unter den Linden oder Der zweite Geldbriefträger muss dran glauben.

4. Akt: Die Premiere im Lessing-Theater oder Das Genie Wilhelm Blümel wird gefeiert.

5. Akt: Wilhelm Blümel auf dem Wege zur Unsterblichkeit oder Ein stilvoller Abgang.

In seiner Planung bestand der 3. Akt nur aus drei Aufzügen, nämlich Vorbereitung der Tat, Einquartierung im Hotel Bristol und Begehung der Tat, doch in Wirklichkeit sollten es fünf werden, aber wie hätte er das ahnen können.

3. Akt, 1. Aufzug

Schon Anfang September hatte er sich ja für das Postamt 8 in der Französischen Straße entschieden, doch erst am 2. Oktober war er in der Lage, dort umherzustreifen, denn starke Rückenschmerzen hatten ihn in der Zwischenzeit aufs Krankenlager geworfen. Was er der Witwe Wasserfuhr nur vorgespielt hatte, quälte ihn nun wirklich.

Heute aber ging es ihm so gut, dass er mit den Vorbereitungen zu seinem zweiten großen Coup beginnen wollte. Zuerst schrieb er eingedenk seiner Devise

»Mit Butter fängt man Geldbriefträger« einen Brief an seine Eltern in Bremen.

»Liebe Mutter, lieber Vater, bei Studenten heißt es immer: ›Wollt Ihr Euren Sohn erretten, schickt ihm Geld und Zigaretten!‹ Bei mir nun sind es nicht die Zigaretten, denn ich rauche ja nur höchst selten, sondern die Butter. Ohne meine dicke Butterstulle kann ich nicht leben! Bitte, bitte, wenn ihr wieder zu Tante Hertha nach Armsen aufs Dorf fahrt, bringt doch bitte ein paar Pfund Butter mit und schickt sie mir nach Berlin. Wir sind nämlich am Verhungern hier! Es dankt Euch herzlich Euer Euch liebender Sohn Wilhelm.«

Als das erledigt war und der Brief im Kasten lag, ging er am nächsten Morgen in aller Herrgottsfrühe zum Nollendorfplatz und fuhr mit der Stammlinie der U-Bahn zum Bahnhof Friedrichstraße, der späteren Station Stadtmitte. Das Gleisdreieck war ja noch vor Beginn des Krieges umgebaut worden, sodass es dort nicht noch einmal ein so tragisches Unglück wie das vom 26. September 1908 geben konnte. Direkt zur Französischen Straße fahren konnte man noch nicht, denn der Bau der Nordsüdbahn war 1914 eingestellt worden. Aber auch so waren nur wenige hundert Meter zu laufen.

Das Postamt, das er suchte, lag am westlichen Ende der Französischen Straße, fast schon an der Ecke Kanonierstraße. Wer in diese rechts einbog, war nach 250 Metern Unter den Linden angekommen und hatte es nicht mehr weit zu berühmten Hotels wie dem Adlon gleich am Pariser Platz, dem Bristol, Nr. 5, Westminster, Nr. 17/18, Du Nord, Nr. 32, oder De Rome, Nr. 39. Das war für Blümel von entscheidender Bedeutung, denn bei einer Privatvermieterin konnte er sich nicht mehr einquartieren, um dort einen Geldbriefträger in Empfang zu nehmen und auszurauben, weil die Polizei nach dem Doppelmord in der Spandauer Straße immer wieder davor warnte, jemanden aufzunehmen, ohne sich seine Papiere zeigen zu lassen, seine Daten zu notieren und sicher aufzubewahren. In Hotels war das anders, da brauchte man nur großkotzig aufzutreten. Außerdem gab es Unter den Linden und ihren Nebenstraßen viele Geschäfte und unzählige noble Wohnungen, sodass anzunehmen war, dass die Geldbriefträger einiges im Wertbeutel hatten.

Wilhelm Blümel musste damit rechnen, dass die Geldbriefträger nach der Ermordung ihres Kollegen Werner genau darauf achteten, ob sie beobachtet wurden. Sicherlich liefen sie so ängstlich und nach allen Seiten sichernd durch die Straßen wie Kaninchen über die offene Feldmark, die immer mit einem niederstoßenden Raubvogel rechnen mussten. Lange überlegte er. Am besten wäre es gewesen, er hätte sich gegenüber des Postamtes eine Baustelle eingerichtet und so getan, als wäre er von der Post oder der Bewag und hätte Kabel zu ziehen. Aber das war zu aufwändig, und wenn dann ein Schutzmann gekommen wäre und ihn nach seiner Legitimation gefragt hätte …? Am besten, er beschaffte sich eine Uniform, damit gewann man ehesten das Vertrauen der Leute, es musste ja nicht immer die eines Hauptmanns sein wie bei Wilhelm Voigt. Aber auch diese Idee verwarf er wieder. Er wollte nirgendwo Spuren hinterlassen. Und wenn er sich nun als Bettler auf der Französischen Straße niederließ? Hm … Wahrscheinlich wurde er schon bald von einem Blauen hochgerissen und nach seinen Namen gefragt. Beim ersten Mal war alles viel einfacher gewesen.

Es wurmte ihn, dass ihm als Theaterdichter nichts einfiel, was einen längeren Aufenthalt in der Nähe des Postamtes gerechtfertigt hätte. Andererseits konnte es ja durchaus ein Irrweg sein, denn trug er als Sandwichmann Reklame spazieren oder verkaufte er den Leuten Lose, blieb er ja den Leuten viel mehr im Gedächtnis haften, als wenn er nur wartend an der Ecke stand und eine rauchte.

Also tat er das. Und er brauchte gar nicht lange zu warten, denn kurz vor acht kamen drei Geldbriefträger schwatzend und lachend aus dem Nebeneingang des Postamtes, verabschiedeten sich voneinander und strebten auseinander. Der erste lief die Französische Straße in Richtung Gendarmenmarkt entlang, die beiden anderen wandten sich zur Kanonierstraße. An der Ecke angelangt, schlug der eine den Weg zur Leipziger Straße ein, der andere bog nach rechts ab und strebte den Linden entgegen. Ihm folgte Blü-

mel in sicherem Abstand von etwa fünfzig Metern.
Sein Geldbriefträger war lang und hager. Er lief zur
Behrenstraße hinauf, verschwand kurz im Haus Nr.
7, setzte dann seinen Weg fort, um eine Bestellung
in der Wilhelmstraße Nr. 71 erledigen, und nahm
schließlich Kurs auf die Linden, um im Hotel Bristol zu verschwinden. Bis zur Eröffnung des Adlon
und des Esplanade hatte es als das beste Hotel Berlins gegolten und machte mit seiner repräsentativen und von einer Kuppel gekrönten Fassade auch
wirklich was her.

Obwohl es Anfang Oktober eigentlich schon zu
kühl war, setzte sich Blümel für ein paar Minuten
auf eine der Bänke, die auf dem Mittelstreifen standen, und sah zum Bristol hinüber.

Gerade hielt eine Kraftdroschke vor dem Eingang
und ein in einen langen Mantel gehüllter Herr stieg
aus und gab dem Pagen in einer fremden Sprache, es
konnte Italienisch sein, den Befehl, seinen mächtigen Überseekoffer in Empfang zu nehmen. Wie ein
Feldherr, wie ein Halbgott überquerte er den Bür-
gersteig, die Domestiken waren Luft für ihn.

So musste man auftreten, um Erfolg zu haben,
dachte Blümel, so einen fragte keiner nach irgendei-
ner Legitimation. Wer hier im Bristol Einlass finden
wollte, der durfte nicht als mittelloser Bühnendichter
oder unbedarfter Butterhändler daherkommen, der
musste schon etwas Besseres sein. Er überlegte. Ein
Baron mit einem wohlklingenden Namen wäre gut

gewesen. Da fiel ihm ein, dass er ja bei seinem Aufenthalt in Heringsdorf schon einmal an einen Adligen gedacht hatte, an ... Er brauchte einige Sekunden, bis er darauf gekommen war: Hans von Sommerfeldt. Ja, klang gut. Und der Beruf? Nur Hausbesitzer ...? Nein, Reeder war besser. Von Schiffen verstand Blümel eine Menge. Zufrieden stand er auf und machte sich auf den Heimweg.

3. Akt, 2. Aufzug

Die Szene vor dem Bristol hatte ihm gezeigt, wie man es anstellen musste, wollte man Wirkung erzielen. Die Sprache war wichtig, herrisch musste sie sein, und von der Körperhaltung her hatte man ganz Leitwolf zu sein, immer darauf bedacht, den anderen Furcht einzuflößen. Und Insignien von Macht und Reichtum waren wichtig. Eine Uniform war immer gut, aber den Leuten in der Nachfolge des Hauptmanns von Köpenick einen italienischen General vorzuspielen, wagte er nicht, denn dazu war sein Italienisch zu schlecht. Aber wenigstens ein Überseekoffer und eine luxuriös wirkende Reisetasche musste er mit sich führen.

»Kaufen oder stehlen, das ist hier die Frage«, sagte er, als er zu Hause vor dem Spiegel stand. Geld hatte er noch, aber ging er in einen Laden, lief er Gefahr, später wiedererkannt zu werden, stahl er aber die nötigen Utensilien und wurde erwischt, dann war der 3. Akt schon zu Ende, bevor der Vorhang aufgegangen war.

Er blätterte das Berliner Tageblatt durch und fand auch eine Kleinanzeige, wo jemand einen Überseekoffer billig abzugeben hatte. Was aber, wenn er hinfuhr, ihn kaufte und eben dieses Stück dann nach der Beraubung des Geldbriefträgers im Bristol in der Zeitung abgebildet war? Dann würde dieser Jemand doch sofort zur Polizei laufen und der eine genaue Personenbeschreibung liefern.

»Dann musst du dich eben verkleiden!«

»Wenn ich mich verkleiden will, muss ich ja auch in ein Geschäft gehen und mir Bart und Perücke kaufen!«

Sein innerer Monolog brachte ihn auch nicht weiter. Es half alles nichts, ein gewisses Risiko einzugehen war unvermeidlich.

»Ich denke, der Herr hat das Stück deines Lebens schon längst geschrieben. Und wenn er will, dass es einen vierten und fünften Akt gibt, wird er nicht schon im dritten Akt alles scheitern lassen.«

Jetzt erst fiel Blümel auf, dass es ein gewaltiger Unterschied war, ob er selber das Stück *Das Leben des Wilhelm Blümel* schrieb oder sein himmlischer Herrgott. Wie auch immer, er brauchte den Überseekoffer. Die Frage war nur, ob er in ein Geschäft gehen oder auf die Anzeige zurückkommen sollte. Was war weniger gefährlich? Nach einigem Nachdenken entschied er sich für das gebrauchte Stück, denn Privatleute hatten nicht denselben geschulten Blick wie Verkäufer. Zudem war als Adresse die Fichtestraße angegeben, und da brauchte er nur in der Maaßenstraße, gleich am Nollendorfplatz, in die Straßenbahn zu steigen, in die 3, den Großen Ring. Er beschloss, sich als Pfarrer auszugeben, der nach Afrika gehen wollte, um in Deutsch-Südwest in einer Missionsstation zu arbeiten. Einen schwarzen Anzug hatte er. Gleich am nächsten Morgen startete er sein Unternehmen. Den Überseekoffer verkaufen wollte ihm ein pensionierter Oberlehrer, der aus Königsberg in seine Heimatstadt Berlin zurückgekehrt war, um hier seinen Lebensabend zu genießen.

»Obwohl ich ja so schlecht höre, junger Mann, und noch schlechter sehe. So büßt eben ein jeder für seine Sünden.«

Etwas Besseres konnte Blümel nicht passieren und so gab er sich besonders warmherzig. »Wie steht es bei Jesaja geschrieben: ›Ich vertilge deine Missetaten wie ein Wolke und deine Sünden wie den Nebel. Kehre dich zu mir; denn ich erlöse dich.‹ Also, nur Mut!«

»Danke, Herr Pfarrer.« Der Oberlehrer ging auf den Korridor und zog den Koffer hinter einem Vorhang hervor. »Er hat einen kleinen Defekt am Schloss, und darum lasse ich Ihnen das gute Stück für fünf Mark weniger.«

Blümel bezahlte den verlangten Preis und trug den Koffer auf die Straße hinunter. Dabei wurde ihm klar, dass er so nicht im Bristol absteigen konnte, denn der Koffer war viel zu leicht oder trug keinerlei Aufkleber, wie es bei einem weitgereisten Menschen selbstverständlich war. Was sollten die Pagen denken, wenn er sie den Koffer vom Bahnhof abholen ließ. Es war also alles sorgfältig zu bedenken. Um zu überlegen, setzte er sich auf den Koffer und blinzelte in die Oktobersonne. Auf der gegenüberliegenden Straßenseite war gerade ein Trupp Arbeiter damit beschäftigt, ein geborstenes Wasserrohr zu reparieren. Dazu mussten sie eine ziemliche Grube ausheben. Der Sand häufte sich auf dem Gehsteig zu einem Berg von gut anderthalb Metern Höhe. Es war nasser Sand, und der wog schwer. Das brachte Blümel auf die rettende Idee: Fülle dir etwas Sand in zehn, fünfzehn Tüten und pack sie in den Koffer. Tüten bekam man für ein paar Groschen beim Obsthändler an der Ecke und Bindfaden in einem Laden, in dem es Zeitungen, Zigaretten, Schreibwaren und allerlei Krimskrams zu kaufen gab. Den Arbeitern brauchte er nur Geld für je eine Flasche Bier in die Hand zu drücken, dann ließen sie ihn Sand in die Tüten füllen. Die Männer passten dann auch auf seinen Koffer auf, wenn er zur nahen Hasenheide ging, sich eine Kraftdroschke zu holen.

»Wozu brauch'n Se'n det Zeug?«

»Ich bin Biologe und will mir ein großes Terrarium einrichten.«

»Jeda hat so seine Macke, wa.«

Nein, so ging das nicht, denn während er den Sand in die Tüten füllen würde, kämen mindestens zwei Dutzend Leute vorbei, glotzten ihn an und stellten dusslige Fragen. So gut der Einfall war, er beließ es dabei, sich Bindfaden und ein paar Zeitungen zu kaufen. Daraus konnte er sich dann seine Tüten basteln.

Zufrieden schulterte Blümel seinen Überseekoffer und lief zur Hasenheide, um in eine Kraftdroschke zu steigen. Kaum hatte er den Chauffeur herangewinkt, kamen ihm aber Bedenken. Nannte er seine richtige Adresse, konnte sich der Mann womöglich daran erinnern, wenn die Kriminalbeamten später nach dem falschen Baron mit dem Überseekoffer fahndeten. Also sagte er so kurz angebunden, dass dem anderen jede Lust auf einen längeren Dialog vergehen musste:»Friedenau, Lauterstraße, am Rathaus.« Dort zogen sie, wie er sich erinnern konnte, neben dem gerade eingeweihten Rathaus einige Mietshäuser hoch.

Er hatte den richtigen Riecher gehabt, denn in der Lauterstraße gab es wirklich mehrere Häuser, die fast fertig waren, vor denen aber noch eine Menge Baumaterialien lagerte, darunter auch bergeweise Kies.

Als die Kraftdroschke abgefahren war, ging er auf einen Polier zu und drückte dem ein Geldstück in die Hand.

»Hier, für Sie … Wissen Sie, ich bin Professor der Biologie, Schildknecht mein Name, und brauche eine

Menge Sand für mein riesiges Terrarium zu Hause …
Ob ich mir den hier bei Ihnen abfüllen kann?«

»Ja, machen Se mal.«

Es dauerte eine gute Stunde, bis alles erledigt war,
aber da er hinter einem Bauwagen hockte, blieb
sein Tun weithin unbemerkt. Und wer ihn wirklich
sah, der ging weiter, ohne sich groß zu wundern. In
diesen düsteren Kriegstagen hatte man anderes im
Kopf, und der Winter stand vor der Tür.

Der Überseekoffer hatte also das Gewicht, das
man bei einem weitgereisten Baron zu erwarten
hatte, fünfzig Pfund mochten es sein. Er schleppte
das Monstrum zum Lauterplatz und wartete, bis
sich eine Kraftdroschke sehen ließ. Die waren
knapp in diesen Tagen, denn jedes Automobil
wurde an sich an der Front gebraucht. Endlich
hatte er Glück.

»Zum Stettiner Bahnhof.«

»Wo woll'n Se denn hin mit Ihre Kiste?«

»Ich bin Archäologe, Dr. Findeisen mein Name,
ich will nach Schweden, eine Siedlung der Wikin-
ger ausgraben.«

»Det die Leute in diese Zeiten nischt Besseret zu
tun ham …«

Am Stettiner Bahnhof angekommen, winkte er
einen Dienstmann herbei und ließ den Überseekoffer
auf einer Sackkarre zur Gepäckaufgabe schaffen.

»Wohin soll'n det jute Stück?«, fragte der Bahn-
beamte, der hinter der Durchreiche stand.

Blümel wusste es nicht. »Äh, nach ...« Sein Blick schweifte umher und blieb an einer Tafel hängen, auf der die Bahnhöfe an der Kremmener Bahn aufgelistet waren. Tegel, Hennigsdorf, Velten ... Velten war gut, das lag weit genug weg, aber auch wiederum nicht zu weit. Also gab er sein Gepäck nach Velten auf.

Erschöpft von allem setzte er sich nun erst einmal in den Wartesaal 2.Klasse und bestellte sich ein Bier und eine Portion Buletten mit Kartoffelsalat. Die Buletten schmeckten so, als hätte man Hund oder Katze verarbeitet, aber immerhin schienen sie neben viel Schrippen auch etwas Fleisch zu enthalten. So gestärkt, trat er dann die Reise nach Velten an.

Die Strecke Schönholz-Velten war im Jahre 1892 in Betrieb genommen worden und die Fahrt auf ihr war nicht übermäßig spannend, sah man davon ab, dass man bei Dalldorf einen Blick auf die Irrenanstalt erhaschen konnte und kurz vor Hennigsdorf die Havel zu überqueren war. 1 Uhr 35 nachmittags wurde der spezielle Vorortzug auf dem Stettiner Bahnhof abgelassen, um Velten um 2 Uhr 28 zu erreichen. Gehalten wurde in Gesundbrunnen, Pankow Nordbahn, Schönholz-Reinickendorf, Reinickendorf, Wittenau (Kremmener Bahn), Eichbornstraße, Tegel, Schulzendorf b. Tegel, Heiligensee und Henningsdorf (Kreis Oberhavelland).

Blümel schloss die Augen und dachte daran, wie

herrlich es gewesen wäre, wenn Lucie von Wußwergk neben ihm gesessen hätte. Aber die Drama-
turgie seines Stückes hatte es ja so verlangt.

Velten war ein angenehmer Ort und er beschloss,
eine Nacht in einem annehmbaren Hotel gleich am
Bahnhof zu verbringen. Den Koffer sofort nach dem
Abholen wieder aufzugeben, erschien ihm zu auf-
fällig. Als Dr. Friedrich Findeisen, Archäologe aus
Berlin, trug er sich ins Fremdenbuch ein und ließ
seinen Koffer vom Bahnhof holen.

»Meine Reisetasche hole ich mir selber.«

Die kaufte er sich dann in einem Geschäft am
Markt, und zwar eine aus Segeltuch, ebenso wie
eine schwarze Lackledertasche und einen Kneifer.
So konnte er sich durchaus als Baron von Sommerfeldt sehen lassen.

Velten war nicht zu verachten. Die Stadt war durch
ihre über dreißig Fabriken für Öfen und Kacheln
wohlhabend geworden. Es hieß, jeder zweite Berliner Kachelofen käme aus Velten. Blümel nutzte
den kleinen Rundgang, um ins Postamt zu gehen
und sich dort telefonisch im Hotel Bristol ein Zimmer reservieren zu lassen. Dies als Privatsekretär des
Barons. »Herr von Sommerfeldt wird am Montag bei
Ihnen eintreffen.« Anschließend suchte er sich aus
dem Telefonbuch die Telefonnummer einiger Lotte-
rieannahmen heraus und rief dort an, um sich Lotterielose ins Bristol schicken zu lassen. »Per Nachnahme, bitte.«

»Sie sehen so zufrieden aus«, sagte der Wirt, als er abends ins Hotel zurückkam.

Blümel nickte und antwortete mit einem Spruch aus dem ersten Brief des Paulus an Timotheus: »Das ist gewisslich wahr und ein teuer wertes Wort ...«

3. Akt, 3. Aufzug

Sich in Berlin bei einem Perückenmacher oder einem Theaterfundus einen schwarzen Vollbart zu beschaffen, wagte Wilhelm Blümel nicht, denn zu schnell hätte man sich nach der Tat an ihn erinnern können. Also fuhr er am nächsten Morgen von Velten aus nach Magdeburg, um sich dort einen zu kaufen. Zusätzlich erstand er zwei dicke Warzen, die er sich ins Gesicht kleben wollte. Dieser kleine Ausflug hatte zudem den Vorteil, dass ein paar mehr Aufkleber auf seinen Koffer kamen.

Wieder in Berlin hätte ihn fast der Schlag getroffen, stand doch gegen Mittag ein Geldbriefträger vor seiner Wohnungstür. Um ein Haar hätte er gerufen: »Lieber Mann, das steht nicht im Stück, Sie sollen ins Hotel Bristol kommen und nicht zu mir nach Hause!«

Gerade eben noch konnte er seine Impulse unterdrücken und registrieren, dass das Geld von Dürrlettel kam. Das Lessing-Theater war so großzügig gewesen, für sein Stück einen gewissen Vorschuss zu überweisen. Blümel freute sich und nahm es für einen Wink des Himmels, denn mit ein wenig Geld in der Tasche konnte er den Baron von Sommerfeldt viel überzeugender spielen, als wenn es ihm um jeden Pfennig Trinkgeld leid getan hätte. Auch das Butterpaket aus Bremen traf ein, sodass alles beisammen war, was er brauchte, um seinen zweiten großen Coup zu starten.

Am 9. Oktober verwandelte er sich mit Hilfe seines Magdeburger Vollbarts und der beiden Warzen in den Reeder Hans von Sommerfeldt. Alles klebte wunderbar. Auch der Kneifer saß fest auf der Nase. Was man so zum Reisen brauchte, verstaute er in seiner Segeltuchtasche. In die schwarze Lacktasche kamen das Schreibzeug, die Butter, mit der er den Geldbriefträger anlocken wollte, die Pistole und die Wäscheleine, um den Geldbriefträger in Schach zu halten und zu fesseln.

Er lauschte. Im Treppenhaus brauchte ihn niemand zu sehen. Alles war still.

»Na, dann!« Er gab sich einen Ruck und murmelte: »Und er trat in das Schiff und seine Jünger folgten ihm.«

Am Nollendorfplatz nahm er sich eine Kraftdroschke. Der Herr Baron konnte schließlich nicht mit der Straßenbahn ankommen.

Als er durch die Drehtür des Bristols schritt, wirkte er absolut authentisch. Schließlich war er der geborene Schauspieler, auch in dieser Hinsicht Shakespeare gleichend. Zum Genie konnte ein Bühnendichter nur aufsteigen, wenn er selber Darsteller war.

Bei der Eintragung ins Fremdenbuch geriet er ins Schwitzen, denn es war gar nicht so einfach, die eigene Handschrift zu verfälschen. Er hatte vergessen, das zu üben. Sein »Baron Hans von Sommerfeldt« sah dann auch ein wenig kindlich aus, zumal er das t hinter dem d zuerst vergessen und dann nachträglich angehängt hatte.

»Na, ja, degenerierter Adel«, murmelte er.

»Wie meinen der Herr?«, fragte der Mann an der Rezeption.

»Nichts. Lassen Sie bitte meinen Koffer vom Lehrter Bahnhof abholen.«

Man sah ihm den Widerwillen an, mit subalternen Menschen zu kommunizieren, als er den Zettel auf den Tresen warf. Wortlos nahm er seinen Zimmerschlüssel und fuhr mit dem Lift nach oben. Ohne sich groß zu entkleiden, warf er sich aufs Bett. Jetzt galt es zu warten. Bis der Geldbriefträger mit den Lotterielosen kam. Eine wohlige Leere füllte ihn aus. Er dämmerte dahin, dann schlief er ein. Irgendwann klopfte es. Er schreckte doch. Der Geldbriefträger! Das war aber schnell gegangen.

»Ja, herein!«

Es war jedoch nur der Page, der seinen Koffer brachte. Der Junge hatte strohblondes Haar, mochte gerade einmal 14 Jahre alt sein und schien vom Lande zu kommen, jedenfalls hatte er unheimlichen Respekt vor dem schwerreichen hanseatischen Reeder. Als er zu reden begann, bekam er einen knallroten Kopf und der Atem blieb ihm weg.

»Ich ... ich ...«, stammelte er. »Es tut mir leid, gnädiger Herr, aber ... Es war ... Ich bin auf dem glatten Boden ausgerutscht, als ich ... Da ist mir ein kleines Malheur passiert ...«

Blümel tat so, als würde er sich belästigt fühlen. »Verschonen Sie mich mit diesen Petitessen!«

»Es sind keine ...« Der Junge hatte das Wort noch nie gehört. »Es ist wegen Ihrem Koffer ... Da ist mir ein kleines Malheur passiert.«

»Haben Sie ihn vertauscht?«

»Nein, aber ... Es war ja nicht meine Schuld, dass er nicht verschlossen war ... Na, und da ist er plötzlich aufgegangen ...«

Blümel hatte das Gefühl, als sei ein Kolbenhieb auf ihn niedergesaust. So stand das nicht im Stück! Hilfe, was nun? Und, wie viele Schauspieler tat er sich schwer, wenn es ums Extemporieren ging. Nichts fiel ihm ein, kein flotter Spruch, keine Begründung. So ließ es den Pagen erst einmal weiterreden.

»... und da sind ein paar von Ihren Sandpäckchen rausgefallen. Ich habe aber alle wieder reingetan. Wollen sich der gnädige Herr bitte überzeugen, dass alle noch da sind.« Damit öffnete er den Überseekoffer.

Blümel tat so, als würde er die Säckchen zählen.

In der Zwischenzeit hatte sich der Page wieder gefangen und zeigte seine wahre Natur: keck und neugierig zu sein. »Entschuldigen Sie, Herr Baron, es geht mich ja nichts an, aber warum haben Sie denn so viel Sand bei sich im Koffer?«

Blümel hatte sich jetzt wieder voll im Griff und lachte laut und schallend. »Damit ich selber streuen kann, mein Junge, wenn es im Winter Glatteis gibt!« Jetzt hatte er auch eine Begründung gefunden, die für einen Jungen seines Alters überzeugend sein musste. Er legte dem Pagen die Hand auf die Schulter und gab sich ebenso väterlich wie überlegen. »Du weißt doch, dass ich Reeder bin, das heißt, ein Mann dem viele Schiffe gehören. Und eines davon hat mir wertvolle Mineralien aus Windhuk mit nach Hamburg gebracht, die hier in Berlin in der Friedrich Wilhelms Universität untersucht werden sollen. Was du als Laie für ordinären Sand hältst, ist für den Fachmann Gold wert. Ich muss also sorgfältig nachsehen, ob noch alles da ist.« Er zählte nach und war zufrieden. »Ja, alles noch vorhanden.« Lächelnd drückte er dem verdutzten Jungen ein großzügiges Trinkgeld in die Hand.

Als der Page wieder gegangen war, trat Blümel ans Fenster und sah grübelnd auf die Linden hinunter. Der Junge war naiv genug, seine Geschichte zu glauben, aber wenn er anderen davon erzählte und die dann zur Hotelleitung gingen …? Es war nicht strafbar, mit einem Koffer voller Sand durch

Deutschland zu ziehen, aber wenn die Direktion
doch misstrauisch wurde und in seiner Abwesen-
heit sein Gepäck durchsuchte …? Da war die Pistole, da war die Wäscheleine … Wer auch nur etwas
Erfahrung hatte, würde ihn sofort als Hochstapler
ausgemacht haben.

Er musste also weg von hier. Aber wenn er jetzt
alles überstürzte, erregte er erst recht Verdacht. Hatte
der Herr das Stück plötzlich umgeschrieben? Blümel
erschrak, denn wie stand es bei Jeremia: »Ist mein
Wort nicht wie Feuer, spricht der Herr, und wie ein
Hammer, der Felsen zerschmeißt.«

3. Akt, 4. Aufzug

Seit dem 11. Oktober residierte Wilhelm Blümel
als Rittergutsbesitzer Heinrich von Büchsenschütz
aus Soldin in der Neumark im Hotel Adlon, Unter
den Linden 1. Den Namen hatte er während seines
Aufenthalts in Velten in einer landwirtschaftlichen
Zeitung gelesen und schön gefunden. Als Bühnendichter war er ja ständig auf der Suche nach einpräg-
samen Namen.

Wieder hatte er sein Gepäck vom Bahnhof abholen
lassen, diesmal aber darauf geachtet, dass das leicht
defekte Schloss am Überseekoffer nicht wieder auf-
springen konnte. Kaum war er in seinem Zimmer
allein, bestellte er sich neue Lotterielose ins Hotel,
wieder per Nachnahme.

Nun hieß es abermals warten. Am besten, er arbeitete. Also setzte er sich an den Tisch, holte Papier und Kopierstift hervor und schrieb oben auf den noch gänzlich weißen Bogen: Gedanken zu *Adel vergeht*. N.N. beginnt als Schauspieler. Glänzende Karriere als Frauenheld und Liebhaber. Dann Soldat. Muss an die Front. Schwere Verletzung und Amputation eines Beines. Keine Rollen mehr. Kommt auf die Idee, einen Geldbriefträger zu berauben. Der schießt ihn aber nieder. Er überlebt. Nach dem Krankenhaus Gefängnis. Wieder in Freiheit, wird er … Ja, was? Blümel hatte keine Idee und machte sich erst einmal daran, einen Namen für seinen Helden zu finden. Raoul war gut. Was passte zu Raoul? Es musste etwas mit R sein. Rummelsburg, Radebeul, Raschkau, Radeland. Raoul von Radeland. Ja, das ging.

Es klopfte. Schnell ließ er seine Notizen verschwinden. Es war der Etagenkellner, der fragte, ob er etwas wünsche.

Blümel überlegte kurz. »Ja, eine kleine Flasche Sekt. Denn wie steht es im 63. Psalm: ›Das wäre meines Herzens Freude und Wonne.‹«

»Sehr wohl, der Herr.«

Nach etwa zehn Minuten war der Mann zurück. Es war seine Leidenschaft, mit den Gästen zu plaudern. Das ließ die Arbeitszeit schneller vergehen und man hatte zu Hause und im Freundeskreis immer etwas zu erzählen.

»Bitte sehr, der Herr.« Er legte sein kleines Handtuch um den Hals der Flasche und zog sie aus dem Sektkühler. »Darf ich …?«

»Nein, lassen Sie, ich mach das nachher schon selber …«

Der Etagenkellner lächelte vertraulich. »Ah, Sie erwarten eine Dame …?«

Fast wäre es Blümel herausgerutscht, dass es nur der Geldbriefträger war. »Nein, ich … Ich hoffe im Laufe des Tages auf einen weiteren Sieg unserer tapferen Soldaten anstoßen zu können. Mit mir selber.«

Der Mann wurde noch eine Idee vertrauensvoller und schleimiger. »Wenn Sie ausgehen wollen und … Ich habe da einige gute Adressen …«

Blümel schüttelte den Kopf. »Nein, nein, denn wie spricht der Prediger Salomo: ›Ein guter Ruf ist köstlicher denn großer Reichtum …‹«

Der Etagenkeller ließ sich dadurch nicht abschrecken. »Sie müssen nur nach Adolf Seelig fragen.«

»Ja, ja«, sagte Blümel. »Selig sind, die da geistlich arm sind …«

Der Etagenkellner wusste nicht recht, ob das eine Beleidigung war und entfernte sich mit einer tiefen Verbeugung.

Blümel warf sich aufs Bett. Er hasste das Warten und das Nichtstun. In sein Tagebuch schrieb er: »Ich lechzte nach Erregung, und beschwor mei-

nen himmlischen Herrgott, doch ein Feuer aus-
brechen zu lassen. Oder dass ein französisches
Geschoss nebenan ins Officierscasino krachte. Ja,
auch eine riesige Flutwelle, von den Briten erzeugt
und bis ans Brandenburger Tor schwappend, wäre
mir recht gewesen. Ein Duell, ein Feuergefecht, ein
Ringkampf auf Leben und Tod. Nicht der Gang zur
Guillotine war tödlich für mich, sondern der lediglich zur Toilette.«

Als Lektüre fand sich nur die Bibel. Er begann
darin zu blättern und fragte sich dabei, was wohl
aus ihm geworden wäre, hätte er sein Theologiestudium zu Ende gebracht. Wahrscheinlich ein elender
Landpfarrer in Fickmühlen, wo seine Mutter aufgewachsen war. Was er zufällig aufschlug, war das
Buch Josua, und das las sich teilweise wie ein Kriminalroman. Josuas lässt sich die fünf Könige bringen, darunter den der Amoniter, den von Hebron
und den von Jerusalem, die man in einer Höhle
gefangengenommen hatte, ruft das ganze Volk
Israel zusammen und spricht zu den obersten Soldaten: »Kommt herzu und setzt eure Füße auf die
Hälse dieser Könige. Und sie kamen herzu und setzten ihre Füße auf ihre Hälse. Und Josua sprach zu
ihnen: Fürchtet euch nicht und erschrecket nicht,
seid getrost und unverzagt; denn also wird der Herr
allen euren Feinden tun, wider die ihr streitet. Und
Josua schlug sie hernach und tötete sie und hing sie
an fünf Bäume ...«

In den nächsten Stunden bekam Blümel eine Art Zimmerkoller, alles war ihm zu eng, er musste hinaus in die Stadt. Einmal die Linden rauf und runter. Auf dem Hinweg blieb er auf der südlichen Straßenseite. Gleich neben dem Adlon lag das Kultusministerium. Wann war es soweit, dass man ihm hier einen Orden verlieh? Für seine Verdienste um das deutsche Theater. Folgte das Hotel Bristol. An dem ging er möglichst schnell vorbei. Ebenso an der Kaiserlich Russischen Botschaft, vor der zu viele Wachen versammelt waren. Soldaten mochte Blümel ebensowenig wie Schutzpolizisten. Das Erste, was ihn reizte, war die Kaiser-Galerie kurz vor der Friedrichstraße. Mit ihren Lichtreklamen lockten das Passage-Theater mit den Ki-Ko-Lichtspielen und das Linden-Cabarett. Blümel überlegte einen Augenblick. Sollte er hineingehen? Nein, unter seinem angeklebten Bart schwitzte er zu sehr, und womöglich löste sich der Klebstoff auf. Auch zu einem Essen im Schwedischen Restaurant konnte er sich nicht durchringen. Ebenfalls des Bartes wegen. Vollgekleckert machte er mit dem nur noch wenig Eindruck. Auch ins Panoptikum ging er nicht. Solange er nicht selber dort als Wachsfigur zu sehen war ... Lange stand er vor den Geschäftsräumen des Hofmalers Artur Fischer. Wenn er, Wilhelm Blümel, sich wie Sudermann von seinen Tantiemen eine Villa bauen ließ, dann wollte er dort Bilder von Fischer hängen haben.

Behren- Ecke Friedrichstraße trat er wieder ins Freie. Schräg gegenüber war eine Endhaltestelle der Straßenbahn, und er sah dem Personal eine Weile beim Rangieren zu. Er blieb dann auf der Behrenstraße, bis er die St. Hedwigs-Kirche erreicht hatte. Am Königlichen Opernhaus vorbei wollte er auf die Linden zurück.

Am Lindentunnel neben dem Prinzessinnen-Palais blieb er stehen, um zu sehen, wie weit die Bauarbeiten schon fortgeschritten waren. Damit die Oberleitung der Straßenbahn seine Prachtstraße nicht verschandelte, hatte der Kaiser ein Machtwort gesprochen (»Drunter durch, nicht drüber weg!«) und den Bau eines Tunnels gewünscht. Seitdem waren fünfzehn Jahre vergangen, nun aber sollte das Bauwerk vor Weihnachten feierlich eingeweiht werden.

Als Blümel weiterging, setzte sein Herz für Sekunden aus. Dürrlettel kam ihm entgegen. Wenn der ihn trotz seines Bartes erkannte, dann war das Spiel verloren.

»Was denn, Blümel, unterwegs zum Faschingsball? Das ist doch noch ein bisschen früh …«

Nein, Dürrlettel erkannte ihn nicht, er konnte weitermachen, wie es im Stück geschrieben stand. Also ging er bis zur Schlossbrücke, warf einen Blick auf die dunklen Wasser der Spree und kehrte auf der anderen Straßenseite zum Pariser Platz zurück, am Zeughaus und der Königlichen Friedrich Wilhelms

Universität vorbei. In nicht allzu langer Zeit, des war er sich gewiss, würden hier die Professoren am Katheder stehen und über ihn dozieren.

»Wilhelm Blümel ist deswegen der hervorragendste unserer deutschen Bühnendichter, weil er nicht nur geniale Theaterstücke geschrieben hat, sondern sein Leben auch so gelebt hat, als wäre es ein Stück von ihm. Dies hat er mit aller Konsequenz getan, bis hin zur Verifizierung seiner These, dass jemand nur authentisch über etwas schreiben kann, das er wirklich er- und durchlebt hat, und sei es ein Mord. Einen gewöhnlichen Menschen müssten wir dafür verurteilen, einem Übermenschen wie ihm aber danken wir dafür, dass er es getan hat, denn nur so können wir in das Dunkel und das Labyrinth der menschlichen Seele vordringen und Erkenntnisse gewinnen, zu denen ein normaler Sterblicher nie gelangen könnte. Er, Wilhelm Blümel, hat es für uns getan, also errichtet ihm ein Denkmal hier in der Mitte der Stadt. Er gehört wie kein Zweiter auf den Sockel.«

Wenigstens war Blümel nach seinem Ausflug müde genug, um gegen 23 Uhr zu Bett zu gehen. So richtig wohl fühlte er sich nicht und hätte viel lieber zu Hause geschlafen. Aber das stand nicht im Stück, und auf der Bühne wurde nur gespielt, was im Stück geschrieben stand. Demzufolge hatte der Geldbriefträger mit den Lotterielosen am nächsten Morgen hier im Zimmer zu stehen.

Und da stand er auch, kaum dass es elf geschlagen hatte.

»Das ist ja schön, dass Sie da sind, Herr Löcknitz!«, sagte Blümel, einen alten Trick anwendend. Jemand mit seinem Namen anzureden, sorgte immer für eine gewisse Vertrautheit.

»Ick heiße Kienbaum und nich Löcknitz«, kam auch prompt die Richtigstellung. »Die Löcknitz, die fließt zwar ooch bei mir in'ne Nähe, aba trotzdem heiße ick Kienbaum.«

»Oh, Entschuldigung, Herr Kienbaum, aber ... Gott, Sie sehen so elend aus!«, rief Blümel. »Ist Ihnen nicht wohl, soll ich ...?«

»Nee, nee, lassen Se mal, ick seh imma so aus, det is nur der ewije Hunga.«

»Na, dem Manne kann geholfen werden!«, rief Blümel und ging zu seinem Überseekoffer, um ein dick bestrichenes Butterbrot hervorzuholen. Die Butter stammte von seinen Eltern aus Bremen, das Brot hatte er aus dem Frühstücksraum des Adlon nach oben geschmuggelt. »Hier, dass Sie mir nicht zusammenklappen, denn ich erwarte morgen noch eine Geldsendung. Ganz dringend. Ob Sie mir die wohl gleich als Erstem ...? Und dann halte ich auch wieder ein zweites Frühstück für Sie parat. Bei mir auf dem Gut, da ... Unsere Butter ist die beste der ganzen Neumark.«

»Natürlich sind Sie morgen der Erste bei mir!«, versicherte ihm Kienbaum, schon kräftig kauend.

Als er alles aufgegessen und sich die Krümel von den Lippen gewischt hatte, händigte er Blümel die bestellten Lose aus und nahm das Geld entgegen. Blümel sah so viele Scheine in der Geldtasche, dass er für einen Augenblick daran dachte, auf der Stelle loszuschlagen. Er ließ es dann aber, weil Kienbaum die Tür nicht ganz geschlossen hatte und draußen auf dem Flur die Zimmermädchen standen und mit dem Etagenkellner Seelig flirteten.

»Bis morgen dann, Herr Kienbaum.«

»Ja, janz in die Frühe.«

Blümel eilte zum Postamt in der Spandauer Straße, um dem Rittergutsbesitzer Heinrich von Büchsenschütz im Hotel Adlon zweihundert Mark anzuweisen.

Er war mit sich und der Welt zufrieden. Alles war so perfekt eingefädelt, wie es nur einem Genie gelingen konnte.

3. Akt, 5. Aufzug

Oskar Kienbaum fiel es an diesem Morgen nicht schwer, großzügig zu sein. »Ick ess' nur 'n Stück trocknet Brot, den alten Kanten da, damit ick wat im Majen hab, allet andere is für euch, ick krieg ja nachher meine dicken Buttastullen.«

»Davon bringste aba ooch noch wat mit nach Hause!«, rief seine Frau, nicht ohne hinzuzufügen, dass sie dabei nicht an sich selber gedacht habe, sondern an die beiden Kinder. »Besonders Helmut, der braucht det.«

Kienbaum lachte. »Dem kann doch ja nischt Besseret passieren als detta krank wird.« Damit meinte er, dass man ihn als kranken Mann nicht an die Front schicken würde.

Helmut hatte keine Meinung dazu. »Was ist denen nun besser: hier in Berlin verhungern und erfrieren oder in Frankreich erschossen werden?«

»Erschossen werden«, sagte seine Schwester, die gerade aus dem Bett gekrabbelt war.

Kienbaum schüttelte den Kopf. »Nich alle werden aschossen, manche kommen ooch als Krüppel wieder. Mit nur eenem Been und eenem Arm und keen richtichet Jesicht mehr.«

Doris Kienbaum schlug mit der flachen Hand auf den Frühstückstisch. »Hörste wohl uff mit deine Schauermärchen!«

»Ick will ja nur, det der Junge nich aschossen wird!«, rief Kienbaum.

»Erschossen kannste auch als Geldbriefträger werden«, wandte Helmut Kienbaum ein. »Hier mitten in Berlin. Denk mal an deinen Kollegen da in der Spandauer Straße.«

Kienbaum winkte ab. »So schnell aschießt ma keena.« Dabei verwies er darauf, dass er nicht nur bei der Infanterie gedient, sondern erst neulich bei der Schießprüfung der Post mit weitem Abstand den ersten Platz belegt hatte. »Und du kennst doch meine

Devise: Lieba fremdet Blut am eijenen Messa. Zu Deutsch: Notwehr. Ehe jemand ooch nur uff mir anjelegt hat, kleckert ihm schon een Stück Jehirn uffs Chemisett.«

Als Erste verließen Kienbaum und sein Sohn das Mietshaus in der Böckhstraße, Mutter und Tochter waren später dran. Die beiden Männer gingen den Kottbusser Damm hinauf zur Hochbahn. Oskar Kienbaum fuhr bis zur Station Kaiserhof, um von dort zum Postamt in der Französischen Straße zu laufen, Helmut stieg schon Friedrichstraße aus und ging zur Oranienburger Straße, von wo es ohne nochmaliges Umsteigen mit der Straßenbahn Linie 18 nach Siemensstadt ging.

Die Kolleginnen und Kollegen sahen alle griesgrämig aus. Jetzt, wo der dritte Kriegswinter vor der Tür stand, war auch denen das Lachen vergangen, die 1914 am lautesten gejubelt hatten. Mit Ausnahmen. Und eine dieser Ausnahmen war Richard Rödel, Kienbaums Vorgesetzter.

»Von 14 englischen *tanks* haben wir an der Somme fünf abgeschossen!«, jubelte er. »Das sind sage und schreibe fünfundvierzig Prozent.«

Kienbaum versagte sich die kleine Korrektur, dass es nur 35,7 Prozent waren und brummte nur: »Dummheit is ooch 'ne Jabe Jottes, aber man soll ihr nich missbrauchen.«

»Was war denn das?«, fragte Rödel. »Ein Gewitter?«

»Nee, nur mein Magen, der Hunga!« Kienbaum
hatte an die dicken Butterstullen im Adlon gedacht.
Er eilte zum Kassenraum, um sich das Geld zu holen,
das er heute an den Mann zu bringen hatte. Es waren
rund 280.000 Mark.

»Schön uffpassen«, sagte der Kassierer. »Heute
ist Freitag, der 13.«

»Mein Glückstag!«, rief Kienbaum. »Wat det
Essen betrifft.«

Im Schwarm der Kollegen lief er zur Straße hinunter. Nach ein paar Metern verteilte man sich in alle
Himmelsrichtungen und wünschte sich das Beste.

»… 'ne Witwe, die getröstet werden will.«

»… 'n Lotteriejewinner, der 'n fettet Trinkjeld
jibt.«

»Ick habe meine Buttastullen!«, rief Kienbaum.

So groß sein Hunger auch war, beim Portier des
Adlon stehenzubleiben und ein wenig zu plaudern,
ließ sich nicht vermeiden, schließlich kannte er
Wutike schon seit einer Ewigkeit.

»Welche Suite wünschen der Herr Generalpost-
direktor?«, fragte Wutike.

»Ham Se wat von Beethoven?«

Der Portier konnte ihm nicht folgen. »Wieso?«

»Na, 'ne Suite is doch wat Musikalischet«, antwortete Kienbaum. »Hat Marianne doch jrade inne
Schule jehabt.«

»Eine Suite ist eine Zimmerflucht bei uns im Hotel.
Welche darf ich Ihnen denn anbieten?«

»Ick will keene Suite, ick will det janze Hotel koofen.« Kienbaum klopfte auf seine Geldtasche. »Ick hab heute 'ne Menge dabei.«

»Wie ich die Preise kenne, mein Herr, dürfte das höchstens für das Bahnhofshotel in Kyritz an der Knatter reichen.«

»Jut, danke für den Ratschlag.« Kienbaum sah auf seine Taschenuhr. »Ick muss hoch zum Herrn Ritterjutsbesitzer von und zu Büchsenschütz.«

»Soll ich den Herrn nicht lieber herunter kommen lassen?«, fragte der Portier und griff schon zum Telefonhörer.

Kienbaum winkte ab. »Nich doch, herunterjekommen sind in diese lausije Zeiten schon ville zu viele.«

»Sie wissen doch: Vorsicht ist die Mutter der Porzellankiste.«

»Ick war doch schon bei dem im Zimma, und ick jeh wieda hin – wejen die Buttastull'n. Fingerdick druff. Eene für mich und die andern für meine Familie. Die jiepert schon druff.«

Kienbaum legte den Zeigefinger an den Schirm seiner Mütze, dann machte er sich auf den Weg in die erste Etage.

12.

Fokko von Falkenrehde war dabei, die Akte ›Doppelmord in der Spandauer Straße‹ zu vervollständigen und dem Oberstaatsanwalt zu schicken. Alles war geklärt. Friedrich Zwirner hatte nicht nur ein umfassendes Geständnis abgelegt, sondern auch am Tatort jede Einzelheit erläutert. Die Tatwaffe hatte er an der Brommybrücke in die Spree geworfen.

»Na, nu sind Se froh und jlücklich«, sagte Markwitz.

»Ach, wissen Sie ...«

Falkenrehde war zwar viel dafür gelobt worden, dass er dem Geldbriefträgermörder ein umfassendes Geständnis entlockt und damit einen gefährlichen Menschen aus dem Verkehr gezogen hatte, aber recht eigentlich hatte er seinen Erfolg ja nur einem anonymen Brief zu verdanken. Viel lieber wäre ihm gewesen, er hätte Friedrich Zwirner kraft seines Verstandes und seiner Intuition gefasst und hinter Gitter gebracht. Nun ja, aber auch so konnte er hoch zufrieden sein. Ein Mensch konnte noch so tüchtig sein, ohne ein gehöriges Maß an Fortune kam er nicht nach oben.

In einer gewissen Hochstimmung rief er Bettina an, um sich mit ihr zu verabreden. Mal wieder so richtig ausgehen und danach ... Er raspelte so viel

Süßholz, dass Markwitz schon die Augen verdrehte und zu lästern anfing.

»Soll ick nich lieba schon mal die Feuerwehr rufen?«

»Wieso?«

»Na, Se wissen doch: Die Liebe is een Feuerzeug, / det Herz, det is der Zunder, / und fällt een kleenet Fünkchen rin, / so brennt der janze Plunder!«

In diesem Augenblick klopfte es, und auf Falkenrehdes lautes »Ja, bitte!« ging die Tür auf und es traten drei Menschen ein, wie er sie ansonsten nur in Volksstücken à la Wallner-Theater zu sehen bekam. An der Spitze eine robuste Berlinerin, die sich als »Else Lachner, genannt Herings-Else« vorstellte, dann zwei Provinzler, sie ein Landei, er ein vierschrötiger Kerl, die von der Lachner präsentiert wurden.

»Det is der Otto Trebbin aus Storkow mit seine Frau Helene, genannt Lenchen. Die betreiben da 'ne Jastwirtschaft. Unten jibt et wat zu trinken und zu essen, oben ham se 'n paar Jästezimmer.«

Falkenrehde versuchte die Frau zu bremsen. »Ja, ich verstehe ... Und warum sind Sie nun hier?«

»Lassen Se mir doch ma ausreden!«

»Bitte, tun Sie das. Aber ich darf Sie darauf hinweisen, dass wir keine Anzeigen entgegennehmen, was Beleidigungen und Zechprellerei betrifft, wir sind hier die Mordkommission.«

»Weeß ick doch!«, rief Else Lachner. »Mein' Se, ick hätte mir nich akundigt? Ich kann doch wohl 'n Rotbarsch vom Räucheraal unterscheiden.«

Falkenrehde wurde langsam ungeduldig. »Worum geht es denn nun, gute Frau?«

»Um meinen früheren Valobten.«

»Ist er ermordet worden?«

»Nee, janz im Jejenteil.«

»Wie?« Falkenrehde konnte nicht mehr ganz folgen.

Else Lachner half ihm auf die Sprünge. »Er is nich amordet worden, sondern er hat selba zwee'e, det heißt ...«

»Um wen geht es denn, bitte?«

»Um meinen Friedrich, Friedrich Zwirner ...«

Falkenrehde fuhr hoch. »Ja, und was ist mit dem?«

»Er war et nich, Herr Kommissar, ick war et!«

»Wie, Sie haben den Geldbriefträger und die Witwe Wasserfuhr ...?«

»Nee, det nich, ick habe nur den Brief jeschriem und ihm anjeschwärzt.«

Falkenrehde sank in sich zusammen. »Den anonymen Brief ...?«

»Ja, so isset. Aus Rache. Aba nu hat mir det Mitleid übamannt, wo er ja nu uffjehängt wird.« Sie wurde immer aufgeregter. »Und nu bin ick hier, damit et keenen Justizmord jeben tut. Denn, der Friedrich, der kann et ja nich jewesen sein, denn an dem Morjen, wo det in die Spandauer Straße passiert is, da wara in Storkow bei die beeden hier, die können det uff ihren Eid nehmen.«

Falkenrehde war zu keiner Erwiderung mehr fähig, und so musste Markwitz die entscheidende Frage stellen.

»Aba der Zwirner hat doch 'n umfassendet Jeständnis abjelegt?«

»Det hatta sich allet nur ausjedacht, um nich in'n Krieg zu müssen. Lieba zwee Jahre im Knast als 'n janzet Leben lang tot.«

Richard Rödel war seit dreißig Jahren bei der Reichspost und seit kurzem stolzer Hauptsekretär mit sieben Untergebenen, durchwegs Geldbriefträgern. So streng er auch zu ihnen war und jede Nachlässigkeit im Dienst mit aller Schärfe bestrafte, so sehr war er auch bemüht, sich wie ein Vater um sie zu kümmern. Um 15 Uhr hatten alle, die am Morgen ausgezogen waren, bei ihm im Zimmer zum Appell zu erscheinen.

»Ich zähle nur sechs!«, rief er. »Wer fehlt, der melde sich gefälligst!« Ein kleiner Scherz musste sein.

»Hier!«, rief einer mit dem Versuch, Kienbaums Stimme nachzuahmen.

»Warum fehlen Sie, Kienbaum?«

»Mich hat wieder mal einer zu einem kleinen Schnäpschen einjeladen, mit 'ner dicken Bulette dazu.«

»Den Kienbaum werde ich mir mal vorknöpfen«, sagte Rödel. Es war allseits bekannt, dass Kienbaum sich gern einmal von einem Kunden einladen ließ. Nun schön, es waren Notzeiten, und Buletten und Korn stärkten die Abwehrkräfte eines Mannes, aber trotzdem ...»Sagen Sie ihm, er soll sofort bei mir erscheinen, wenn er hier auftaucht. Besondere Vorkommnisse ...? Keine. Gut. Dann an die Abrechnungen, meine Herren!«

Rödel entließ seine Untergebenen huldvoll und setzte sich wieder an seinen Schreibtisch. Ein Mann sollte abgegeben werden, und so war es vonnöten, neue Bestellwege auszuarbeiten. In der nächsten Stunde war er vollauf mit seinen Planungen beschäftigt, dann fiel ihm Kienbaum wieder ein. Er sprang auf und eilte in den Raum, in dem die anderen Geldbriefträger saßen und auf den Feierabend warteten.

»Ist er immer noch nicht da?«

»Nein ...« Die anderen duckten sich regelrecht.

»Er heißt zwar Oskar, aber so etwas von Frechheit!«, rief Rödel.

»Entschuldigung, Herr ...« Es war der kleine Paschirbe, der sich da meldete.

»Was ist?«

Paschirbe wand sich ein wenig. »Na, ja, was da so passiert ist ... In Wilmersdorf ... und vorher in der Spandauer Straße ...«

»Der Mann sitzt doch längst hinter Gittern!«

»Ja, aber, es können doch auch andere auf die Idee kommen ...«

Rödel sah ein, dass das ein Argument war und gleichzeitig besann er sich auf seine Rolle als gütiger Vater der Seinen. »Wir müssen ihn suchen gehen, Paschirbe. Erstellen Sie schnell eine Liste seiner heutigen Bestellungen.«

Das war in zehn Minuten erledigt, und die beiden zogen los. Die erste Anlaufstelle war die Norddeutsche Grundkreditbank in der Wilhelmstraße 71. Ja, selbstverständlich sei Herr Kienbaum dagewesen. Die nächste auf der Liste war das Hotel Bristol Unter den Linden. Auch da nickten mehrere Bedienstete an der Rezeption, es könne nicht den geringsten Zweifel geben, dass der Geldbriefträger am Morgen im Hotel gewesen sei.

»Wenn ihn einer hätte ausrauben wollen, dann doch hier, wo er noch 'ne volle Tasche gehabt hat«, sagte Paschirbe.

Rödel gab ihm recht. »Das verstehe ich auch nicht. Also, dann ins Adlon.«

Ein bisschen befangen, denn so viel Pomp war er nicht gewohnt, wiederholte Rödel auch hier mit immer gleichen Worte seine Frage, ob jemand am Morgen, so um halb neun herum, den Geldbriefträger Oskar Kienbaum im Foyer gesehen habe.

»Ja, natürlich!«, rief der Portier. »Ich habe ja sogar noch mit ihm geplaudert.«

Das reichte für Rödel und Paschirbe und sie zogen

weiter zum Juwelier Breitbart in der Linden-Galerie.

Der reagierte sehr verärgert. »Nein, hier war er nicht, und ich warte dringend auf eine Überweisung aus Königsberg.«

»Also muss er hier irgendwo zwischen dem Adlon und der Linden-Galerie verlorengegangen sein«, lautete Rödels Schlussfolgerung. »Aber eine Kneipe gibt es hier nicht.«

»Er war kein Trinker«, stellte Paschirbe fest. »Obwohl er auch kein Kind von Traurigkeit war ...«

Rödel horchte auf. »Sie meinen eine lustige Witwe, wie im Januar in der Spandauer Straße ...?«

Paschirbe lachte. »Auf Frauen war er nicht wild, eher auf was zu essen.«

»Mag ja sein, aber hier auf der Liste ist doch zwischen dem Adlon und dem Juwelier keine andere Bestellung vermerkt ...?« Rödel senkte seine Stimme. »Könnte denn Ihr Kollege Kienbaum auch ohne dienstlichen Auftrag einfach so einmal zu einer Frau ...? Und dann bei ihr eingeschlafen sein ...?«

»In diesen Zeiten ist alles möglich«, sagte Paschirbe.

Also sprachen sie, mit Ausnahme der Russischen Botschaft, in allen Häusern vor, die zwischen dem Adlon und der Linden-Galerie gelegen waren, klingelten, klopften, fragten und riefen, wenn niemand erschien, laut den Namen Kienbaum. Nichts. Keine Spur.

Da hatte Paschirbe eine Idee. »Mensch, vielleicht ist er längst zu Hause!«

Rödel sah ihn ungläubig an. »Ohne abzurechnen, ohne seine Geldtasche ins Postamt zu bringen ...?«

»Vielleicht ist ihm übel geworden und er musste ganz plötzlich vom Dienst abtreten.«

»Das könnte schon sein. Ein Unfall, vielleicht liegt er irgendwo in einem Krankenhaus. Lassen Sie uns nachfragen.«

Sie gingen ins Postamt zurück, und Rödel rief alle Krankenhäuser an, die im Umkreis von zehn Kilometern gelegen waren. Ohne Erfolg.

»Wird er doch zu Hause sein«, sagte Paschirbe.

»Das wäre unverantwortlich.«

»Wir sollten aber dort nachfragen, ehe wir die Polizei anrufen. Denn wenn wir alle wild machen, und er sitzt zu Hause am Küchentisch, lacht ganz Berlin über die Post.«

Rödel nickte. Sich derart lächerlich zu machen, ließ die Chancen auf eine Beförderung erheblich sinken. Paschirbe nun in eine Kraftdroschke zu setzen und in die Böckhstraße zu den Kienbaums zu schicken, überstieg seine Kompetenzen, und eine Genehmigung einzuholen, hätte aber zuviel Zeit gekostet, also fragte er bei den Beamten seiner und anderer Arbeitsgruppen herum, wer wohl in der Nähe des

Kottbusser Damms wohnte und auf dem Nachhauseweg nach Oskar Kienbaum fragen könne. Alle wohnten ganz woanders.

Da übernahm der kleine Paschirbe den Auftrag, obwohl er in Charlottenburg zu Hause war, wollte er auch das Fahrgeld nicht haben.

»Kameradschaft wird auch bei der Post groß geschrieben«, sagte er mit Blick auf Rödel. »Und nicht nur im Schützengraben.«

Eine knappe Stunde später rief er aus einer Kneipe an und meldete, dass Oskar Kienbaum noch nicht nach Hause gekommen sei. »Und seiner Frau hatte er auch nicht gesagt, dass er noch was anderes vorhatte.«

Rödel bedankte sich und ließ sich beim Amtsleiter melden. Nachdem er zehn Minuten im Vorzimmer gewartet hatte, konnte er vortragen, was anlag.

»Warum sagen Sie das denn nicht eher?«, rief der Amtsleiter. »Da müssen wir natürlich sofort die Kriminalpolizei einschalten!«

Falkenrehde schlenderte in der Minute, da das Telefon am Alexanderplatz klingelte und man die Kriminalpolizei um Mithilfe bei der Suche nach Oskar Kienbaum bat, mit Bettina die Linden entlang. Für einen Oktobertag war es noch herbstlich mild, und ihm schien es, als würde die Natur Gelegenheit geben, noch ein wenig Wärme zu speichern, ehe der nächste Kältewinter kam. Er befand sich in einer selten gekannten Hochstimmung, denn er hatte einen Feldpostbrief von Richard Grienerick bekommen. Der Freund und Kollege hatte Combles überlebt.

Bettina war trotzdem bedrückt. »Irgendwie habe ich ein schlechtes Gefühl ... Wir lieben uns, und im selben Augenblick stirbt er womöglich.«

»Irgendwo stirbt immer einer, wenn man gerade die lustvollsten Augenblicke seines Seins erlebt«, sagte Falkenrehde.

Bettina verzog das Gesicht. Sie hasste Plattitüden, auch wenn sie Wahrheiten zum Ausdruck brachten. »Aber nicht ein Freund, ein Mann, ein Sohn, ein Geliebter.«

»Manchmal weiß man es gar nicht.« Falkenrehde misstraute allen Menschen, die behaupteten, sie hätten es gefühlt, als jemand gefallen war, der ihnen sehr nahe gestanden hatte.

Bettina dagegen glaubte an solche Vorahnungen. »Liebt man einen anderen Menschen wirklich, ist man eins mit ihm, dann fühlt man es, wenn er aus dem Leben scheidet.«

Falkenrehde konnte gegen den Impuls nicht an, spöttisch zu reagieren. »Dann bin ich ja gespannt, ob du es bemerkst, wenn ich mal erschossen werden sollte.«

»Du bist kein Soldat«, entgegnete sie, und es klang etwas abwertend.

»Entschuldige, ich war mal einer!«, fuhr er auf. »Und auch Kriminalbeamte werden gelegentlich erschossen. Aber ...« Nun war ihm die Sache plötzlich doch sehr ernst. »Sag mal, was hast du eigentlich in der Sekunde gemacht, als mir die Kugel in die Lunge gefahren ist ...?«

»Du bist ja nicht gestorben!«, rief sie.

»Aber ich war ganz dicht davor.« Auch er war so laut geworden, dass die Leute schon stehen blieben und sich nach ihnen umdrehten. »Was hast du in dieser Sekunde gemacht, gefühlt, gedacht?« Er nannte ihr Tag und Stunde.

Bettina dachte nach. »Willst du wirklich die Wahrheit wissen?«

»Ja.«

»Ich habe Tennis gespielt.«

»Mit wem?«

Sie blieb stehen und sah zu Boden. »Mit Richard.«

»Und da hast du gemerkt, dass ich ...?«

»Ja, ich bin plötzlich zusammengebrochen.«

Falkenrehde nahm sie in den Arm. Dass sie wirklich kollabiert war, hatte er gehört. Aber nur, weil sie trotz der großen Hitze auf dem Platz nichts getrunken hatte.

Im Polizeipräsidium am Alexanderplatz war man müde und schrieb nur auf, dass Kienbaum in einigen Hotels Unter den Linden zuletzt gesehen worden sei. Auch brauchte man einige Zeit, um zu nachtschlafender Zeit zwei Kollegen aufzutreiben, die dienstbereit waren, und so wurde es zwei Uhr morgens, bis sich Hermann Markwitz und ein junger Kriminalanwärter in Marsch setzten, um nachzuforschen, wo der Geldbriefträger Oskar Kienbaum abgeblieben war.

»Der wird mit dem vielen Geld durchgebrannt sein«, sagte der junge Kriminalanwärter und ließ seiner Fantasie freien Lauf. »Irgendwo ein Lotterleben führen.«

Markwitz reagierte drastisch. »Ja, in Paris wirta int ›Moulin Rouge‹ jehn und in London uff'n Tower klettern. Mensch, Junge, wird ham Krieg in Europa! Da kommste nich weit. Da tippe ick eha schon uff die andere Möglichkeit, schließlich sind wa die Mordbereitschaft.«

Der junge Kriminalanwärter wagte zu widersprechen. »Aber das ist doch unmöglich, dass sich der Mann, der den Doppelmord in der Spandauer Straße begangen hat, in ein so nobles Hotel einmieten kann, ohne dass das jemandem auffällt.«

Markwitz lachte. »Wer weeß, bei ›Jack the Ripper‹ soll et ja ooch een Mann aus die höchsten Kreise jewesen sein.«

Sie begannen mit dem Hotel Bristol. Als sie das Foyer betraten, kam ihnen der Direktor entgegen, erkannte sie auf den ersten Blick als Kriminalbeamte und machte aufgeregte Handbewegungen, die sie zu dezentem Vorgehen auffordern sollten.

»Meine Herren, ich bitte Sie um äußerste Diskretion.«

Markwitz sah ihn verwundert an. »Ick wollte jrade dreimal in die Decke schießen, damit alle aus ihre Zimma kommen und ick sehen kann, ob der Jeldbriefträger dabei is.«

»Sie belieben zu scherzen ...?«

Am liebsten hätte Markwitz diesem aufgeblasenen Fatzke einen seiner Lieblingssprüche an den Kopf geschleudert: »Wenn de lang wärst, wie de doof bist, könnste kniend aus der Dachrinne saufen!« Er ließ es aber lieber, denn Dienstaufsichtsbeschwerden waren immer sehr zeitaufwändig. »Nun ...« Er brauchte einige Zeit, um die nötige Kreide zu fressen. »Nun, werter Herr Direktor ...« Als Zeichen seiner Missachtung sprach er hochdeutsch. »Es besteht Anlass zu der Annahme, dass der Geldbriefträger Oskar Kienbaum in einem Ihrer Zimmer ermordet worden ist.«

»Völlig unmöglich, ich kenne doch meine Gäste!«

»Kein Mensch kennt sich doch selber«, sagte der junge Kriminalanwärter altklug.

»Wir sind im Moment schwach belegt, sodass ich jeden einzelnen ... Nein, ein Mörder ist unter unseren Gästen nicht, dafür lege ich meine Hand ins Feuer.«

»Dabei hat sich schon mancher verbrannt«, wusste der junge Kriminalanwärter zu berichten.

Markwitz überlegte, was wohl die angemessenste Vorgehensweise sein würde und brabbelte dabei irgendetwas vor sich hin. »Wo wir sind, ist vorn. Wenn wir hinten sind, ist hinten vorn.«

»Wie bitte?« Der Direktor konnte ihm nicht folgen.

»Ich meine, wir sollten jetzt nacheinander alle Zimmer inspizieren.«

Der Direktor rang die Hände. »Um Gottes willen, nein, bitte nicht vor dem Morgengrauen! Unsere Gäste würden so sehr verärgert sein, dass sie fürderhin unser Haus zu meiden suchten.«

Markwitz war beeindruckt. Von der Schönheit der deutschen Sprache wie den Argumenten des Mannes. Niemand von den Reichen und Mächtigen, die hier übernachteten, ließ sich gern im Nachthemd sehen oder gar im Bett mit seiner Mätresse erwischen, und würden sie ihre Razzia durchführen, wurde der Polizeipräsident am nächsten Tag mit wütenden Beschwerden eingedeckt. Stand er, Markwitz, dann zur Beförderung, würde man sich dann an den Ärger erinnern, den er seinen Oberen mit seinem unüberlegten Vorgehen bereitet hatte. Also entsprach er der Bitte des Direktors und gab sich mit einem Kompromiss zufrieden.

»Gut, belassen wir es vorerst dabei, die leer stehenden Zimmer, die Baderäume, die WCs und die Abstellkammern zu durchsuchen.«

Fokko von Falkenrehde fuhr heute ganz besonders früh zum Dienst. Er war schon um vier Uhr aufgewacht und fragte sich, ob dies schon das erste Anzeichen der Gesundheitsstörung war, die sein Vater als präsenile Bettflucht bezeichnete. Nein, es war die Sorge um die Zukunft. Was würde werden, wenn Deutschland den Krieg verlor? Was würde werden, wenn das Kaiserreich ein schnelles Ende nahm? Eine Revolution würde es geben, da war er sich sicher, und die wollte er ja auch von ganzem Herzen, aber dann, was kam dann? Eine Demokratie nach Art der Vereinigten Staaten von Amerika, die Diktatur des Proletariats nach Marx'schem Muster oder ein Staat mit einem erzkonservativen General an der Spitze? Wie auch immer, es würde nicht ohne Blutvergießen abgehen und viele Tränen geben, bis sich die neue Ordnung etabliert hatte. Hatte es bei diesen Zukunftsaussichten überhaupt einen Sinn, zu heiraten und Kinder in die Welt zu setzen? Vielleicht war es am besten, die Koffer zu packen und auszuwandern.

Bei dieser düsteren Stimmung gab es nur noch einen Antrieb, die Worte Fontanes, die bei seinem Vater über dem Schreibtisch hingen, zu beherzigen: »In der Arbeit wohnt der Friede, in der Mühe wohnt die Ruh.«

Die Arbeit kam in Gestalt von Hermann Markwitz geradewegs auf ihn zugestürzt, als er das Polizeipräsidium betreten wollte.

»Ick geb den Staffelstab jleich hier uff da Straße weita an Sie!« Er informierte ihn in knappen Worten über das, was im Hotel Bristol in der Sache Kienbaum noch zu tun war.

Im selben Augenblick kam Ernst Gennat die Treppe herunter, an seiner Seite ein hoher Herr der Staatsanwaltschaft. Die Hoteldirektion hatte inzwischen fernmündlich Kontakt zu einigen bedeutenden Persönlichkeiten aufgenommen und gebeten, die Sache ohne großes Aufheben zu erledigen.

»Sie haben Ihre Pflicht getan, Markwitz, Sie können nach Hause gehen und sich ins Bett legen, Falkenrehde und ich fahren jetzt ins Bristol und machen da weiter, wo sie aufgehört haben.«

Der Dienstwagen, das berühmte ›Mordauto‹, kam vorgefahren und sie stiegen ein.

»Aber, bitte, weitab vom Hotel Bristol halten«, sagte der Herr von der Staatsanwaltschaft.

Der Direktor, völlig übernächtigt und nahe daran zu kollabieren, kam auf Gennat zu.

»Ich freue mich, dass Sie die Suche nach diesem ominösen Postbeamten persönlich in die Hand genommen haben, Herr Kommissar, und hoffe sehr, dass Sie meine Gäste ausnehmend distinguiert behandeln werden.«

»Keine Sorge, ich habe meine Samthandschuhe eingepackt. Wenn ich denn bitte die Gästeliste haben dürfte, um einen nach dem anderen abzuhaken, das heißt, wir werden uns jetzt ein Zimmer nach dem anderen ansehen …«

Der Direktor presste sich die Hand auf den schmerzenden Magen. »Schon die bloße Vermutung, einer unserer Gäste könnte in seinem Zimmer einen Geldbriefträger ermordet haben ist derart ehrenrührig, dass ich eigentlich geneigt bin, Anzeige wegen Beleidigung gegen Sie zu erstatten.«

»Machen Sie das«, sagte Gennat. »Der Herr Oberregierungsrat Hanke von der Staatsanwaltschaft steht neben mir.«

»Es hilft nichts, wir müssen«, sagte Hanke.

Als sie mit der ersten Etage durch waren, ohne etwas Verdächtiges gefunden zu haben, kam ein Geldbriefträger auf sie zugestürzt.

»Da ist ja der Mann, den Sie suchen!«, rief der Direktor. »Und zwar höchst lebendig.«

»Sind Sie der Kienbaum?«, fragte Falkenrehde.

»Nein, der kleine Paschirbe. Es hat sich bei uns im Postamt herumgesprochen, dass Sie hier im Bristol nach Oskar Kienbaum suchen, und da wollte ich nur schnell sagen, dass das ein Irrtum ist.«

Gennat sah ihn böse an. »Wie, Kienbaum ist gar nicht verschwunden?«

»Nein, im Adlon ist der Kienbaum zuletzt gewesen, nicht im Bristol, da war er vorher. Im Adlon hat ihn der Friseur gesehen.«

»Herzlichen Dank!« Falkenrehde drückte dem kleinen Paschirbe anerkennend die Hand. »Ab und zu gibt es doch noch Leute, die mitdenken.«

Sie begaben sich nun zu dritt ins Hotel Adlon, wo Gennat dem Portier ein paar Worte zuflüsterte. Wenig später stand Lorenz Adlon vor ihnen, auch er wenig begeistert von allem. Gennat und er waren alte Bekannte, also war die Atmosphäre entspannter als im Bristol. Lorenz Adlon gab Weisung, den Friseur in sein Bureau kommen zu lassen.

»Dahin möchte ich Sie jetzt alle bitten. Ein kleines Frühstück vorher wäre doch angenehm …?«

Gennat strahlte. »Für mich bitte ein schönes Stück Torte, bei meinen Begleitern weiß ich aber nicht so recht … Wer weiß, was wir heute noch zu sehen bekommen, und bei manchen Menschen ist es gut, wenn ihnen nichts hochkommen kann.«

Doch weder Falkenrehde noch der Mann von der Staatsanwaltschaft wollten in diesen Hungerjahren auf ein Lachsbrötchen verzichten.

Schnell war alles serviert und noch schneller verputzt. Gerade hatten sie sich die Lippen noch einmal geleckt, da erschien der Friseur. Der Mann war die lebende Ölkanne, dabei aber durchaus gebildet, und Falkenrehde konnte sich vorstellen, dass er überall reichlich Trinkgeld bekam.

»Wie wir gehört haben, sollen Sie den Geldbriefträger Oskar Kienbaum gestern Vormittag hier im Hotel gesehen haben …?« begann Gennat.

»Sehr wohl, der Herr …«

Der Friseur verbeugte sich, und Falkenrehde hatte den Eindruck, er würde in der nächsten Sekunde den Rasierpinsel schwingen, um Gennat einzuseifen.

»Und wo?«

»In der ersten Etage, da hat er das Apartment des Herrn Baron von Büchsenschütz betreten.«

Lorenz Adlon bedankte sich für diese Angabe und ließ das zuständige Zimmermädchen rufen. Das erschien auch auf der Stelle und war zunächst so aufgeregt, dass es nur, rot anlaufend, stammeln konnte, sie stamme aus einer ehrbaren Familie und habe noch nie etwas gestohlen. Man machte ihr klar, dass man sie nicht wegen eines Diebstahls gerufen habe, sondern wegen eines verschwundenen Geldbriefträgers. Ob sie ihn bei Herrn Baron von Büchsenschütz gesehen habe?

»Nnnnein ... Da ist ja alles abgeschlossen ... seit gestern Vormittag, da komm ich nicht rein. Die Schlüssel hat der Herr Baron mitgenommen. Nur vom Schlafzimmer nicht, aber da ist kein Geldbriefträger drin ...«

»Und Herr Baron von Büchsenschütz hat die Nacht nicht bei uns verbracht?«, fragte Lorenz Adlon.

»Nnnnein ... Er ist gestern Vormittag weg und dann nicht mehr ... nicht mehr hier gewesen.«

Man machte sich auf den Weg zur besagten Zimmerflucht in der ersten Etage. Im unverschlossenen Schlafzimmer stand noch alles Gepäck.

»Dann ist Herr von Büchsenschütz noch gar nicht abgereist«, sagte Lorenz Adlon. »Und man hat mir gerade an der Rezeption Mitteilung gemacht, dass seine Rechnung noch nicht bezahlt worden ist.«

Falkenrehde wollte schon damit herausplatzen, dass Büchsenschütz und der Geldbriefträger vielleicht durchgebrannt seien, um anderswo ungestört ihrer Liebe zu leben, unterließ diese lästerliche Bemerkung aber lieber.

Lorenz Adlon war ungehalten, dass keine Zweitschlüssel aufzutreiben waren und ließ den Hausschlosser holen, der keine Mühe hatte, die Zwischentüren zu den anderen Zimmern mit einem Dietrich zu öffnen.

»Bitte sehr, der Salon ...« Die erste Tür flog auf.

Falkenrehdes Adrenalinspiegel stieg derart, dass er tief durchatmen musste, um sein Herz zu beruhigen. Aber zunächst war gar nichts zu sehen, denn der sogenannte Salon lag im Dunkeln. Die Gardinen waren zugezogen und die Jalousien heruntergelassen. Falkenrehde tastete nach dem Lichtschalter und drehte ihn herum.

»Da!«, rief Gennat und zeigte auf den Sessel, der vor dem Sofatisch stand. Ein großes weißes Badetuch verdeckte etwas Längliches. Vorsichtig zog der Kommissar das Tuch zur Seite. »Das muss er sein – Kienbaum!«

Der Geldbriefträger war an Händen und Füßen gefesselt, und zudem steckte ihm ein zusammengedrehtes weißes Taschentuch als Knebel im Mund. Der Strick, mit dem er erwürgt worden war, war noch um seinen Hals geschlungen. Die Mütze saß fest auf Kienbaums Kopf. Es war ein Bild, das Falkenrehde noch jahrelang verfolgen sollte.

»Wie in der Spandauer Straße«, sagte Ernst Gennat.

»Nicht ganz ...« Falkenrehde fiel es nicht eben leicht, Gennat zu widersprechen, aber es gab doch einen ganz entscheidenden Unterschied zwischen den beiden Taten. »Der Geldbriefträger in der Spandauer Straße ist erschossen worden, der hier aber erwürgt.«

»Richtig.« Gennat war nachdenklich geworden. »Ist das nun ein gänzlich anderer *modus operandi* oder nicht? Das wird die Wissenschaft noch klären, auf alle Fälle aber gibt es einen schönen Beitrag für ein forensisches Journal.«

Falkenrehde ging zum Tisch hinüber. Dort lag die Geldtasche. Weit aufgerissen wie das Maul eines Tieres. Rings um sie herum waren zerfetzte Briefumschläge verstreut.

Im Bad war nichts zu entdecken, was sie weitergebracht hätte. In der Wanne stand das Wasser bis zum Rand. Obenauf schwammen mehrere Klappstullen.

»Dass hier ein Mord passiert ist, Herr Adlon, wird man Ihnen nicht anlasten können«, frozzelte Gennat. »Aber dass der Abfluss verstopft ist ...«

In Windeseile hatte sich der Mord im Adlon in der Stadt herumgesprochen, und als Ernst Gennat wieder nach unten in die Empfangshalle kam, wurde er von den Zeitungsleuten geradezu überfallen.

»Was wissen Sie, Herr Kommissar?«

Ernst Gennat lachte. »Ich sage nur: Sokrates?«

»Ist das der Täter?«

»Nein, eher ein Opfer – jedenfalls der im alten Athen. Wenn ich sage: Bei mir Sokrates, dann soll das heißen, ich weiß nur, dass ich nichts weiß. Das ist aber übertrieben, denn ... Herr Kollege ...« Er wandte sich zu Falkenrehde um.

Der referierte, dass es sich bei dem erdrosselten Geldbriefträger um einen gewissen Oskar Kienbaum handle. »... hier vom Postamt 8 um die Ecke. Das steht hundertprozentig fest, der mutmaßliche Täter hingegen ist noch unbekannt ...«

»Wir kennen ihn schon!«, rief der Reporter vom Berliner Tageblatt. »Es ist der Rittergutsbesitzer Baron Heinrich von Büchsenschütz aus Soldin in der Neumark. Der hatte die Suite gemietet.« Das hatte ihm für ein paar Münzen ein Page gesteckt. »Und ich habe schon nachfragen lassen ...«

Ernst Gennat liebte es nicht, dass Fragen wie diese in aller Öffentlichkeit diskutiert wurden. »Wir auch, mein Lieber, nur ...« Büchsenschütz war vor ein paar Tagen nach Berlin gefahren und hatte sich seither nicht mehr gemeldet.

»Was halten Sie von der These, dass wir es hier mit einem Hochstapler zu tun haben?«, fragte ein anderer Zeitungsmann.

»Das werden wir sehen.«

»Wie hoch ist denn die Belohnung für Hinweise, die zur Ergreifung des Täters führen?«

Gennat dachte kurz nach. »Ich würde annehmen, zehntausend Mark und ferner zehn Prozent des Gutes, wenn man es wieder herbeischaffen kann.«

»Will die Polizei nicht endlich etwas unternehmen?«, rief ein Dritter. »Wie viele Geldbriefträger sollen denn noch ermordet werden?«

»Ja, wenn wir den Krieg gewonnen haben, holen wir die erbeuteten Panzerwagen der Engländer nach Berlin und lassen die Geldbriefträger damit ihre Bestellungen ausführen.«

Während sich Gennat mit den Journalisten herumschlug, trat von hinten ein Page an Falkenrehde heran.

»Sind Sie auch ein Kriminaler?«, fragte der Jungen mit scheuem Blick.

»Ja, bitte …?«

»Ich bin nicht vom hier, sondern vom Bristol nebenan, will aber eine Aussage machen …«

»Komm, gehen wir ein bisschen weiter nach hinten, hier stören wir nur.«

Der Page erzählte ihm, dass in der Woche zuvor ein sehr verdächtiger Mann im Bristol gewesen sei. »Der hat seine Rechnung nicht bezahlt und einen großen Überseekoffer bei sich gehabt, in dem aber nur Tüten mit Sand drin … drin gewesen sind.«

Falkenrehde registrierte das mit einem gewissen Schmunzeln. Nun war auch klar, warum hier im Adlon der Ausguss verstopft war: Der Mann hatte versucht, den Sand durch den Abfluss in die Berliner Kanalisation zu spülen. Um das zu verifizieren, ging er mit dem Pagen noch in die erste Etage hinauf und zeigte ihm das Gepäck, das der Geldbriefträgermörder zurückgelassen hatte.

»Ja, das ist er mit Gewissheit!«, rief der Junge.

Als er wieder gegangen war, fragte Falkenrehde die Kollegen von der Spurensicherung, ob man schon etwas gefunden habe. Ja, wenn auch nur einen einzigen Fingerabdruck, und zwar auf dem Teller, der noch auf dem Tisch stand.

Falkenrehde machte sich daran, mit den Hotelbediensteten zu reden, die mit dem Baron von Büchsenschütz – oder wer immer es war – gesprochen hatten. Der Portier und die Zimmermädchen hätten alle schwören können, dass der Herr Baron echt gewesen war.

»Das war ein echter Rittergutsbesitzer, det sieht man solchen Leuten doch an. Da können Sie sich voll und ganz auf meine Menschenkenntnis verlassen, Herr von Falkenrehde.«

»Der hatte det jewisse Etwas, so kann sich keena vastellen, Herr Kommissar!«

Falkenrehde hatte da so seine Zweifel. Es hatte immer wieder geniale Hochstapler gegeben.

Als nächsten nahm er sich den Etagenkellner

Adolf Seelig vor. »Sie haben ihm doch öfter etwas aufs Zimmer gebracht ...?«

»Ja, Herr Kommissar, aber nur zu trinken, zu essen hatte er genügend von zu Hause mitgebracht. Sie wissen doch: An der Quelle saß der Knabe.«

»Vor allen Dingen Butterstullen hat er bei sich gehabt«, sagte Falkenrehde. »Klappstullen.«

»Woher wissen Sie'n das?«

Falkenrehde kam ihm mit einer Gegenfrage. »Wozu ist man Kriminaler? Aber sagen Sie mal, Herr Seelig, ist Ihnen bei Ihren Gesprächen mit dem Herrn Baron etwas aufgefallen?«

»Was soll mir aufgefallen sein?«

»Irgendetwas, das uns helfen könnte, ihn zu identifizieren ...«

Seelig überlegte ein Weilchen. »Nee, an sich nichts.«

»Hat er nach irgendetwas gerochen?«

Der Kellner lachte. »Nach Pferd oder Kuhstall? Nein, und wenn, dürfte ich nicht drüber reden.«

»In diesem Falle wird es Ihnen Herr Adlon sicherlich gestatten.« Falkenrehde kam nun mit einer ganzen Liste von Fragen. »Hat er bestimmte körperliche Auffälligkeiten erkennen lassen – gehinkt oder vielleicht verkrüppelte Finger gehabt?«

»Nein, nicht dass ich wüsste ...«

»Hat er schlechte Zähne gehabt, hat er aus dem Mund gerochen ...?«

»Nein ...«

Falkenrehde war langsam am Verzweifeln. »Wie hat er denn gesprochen?«

»Na, deutsch.«

»Hochdeutsch oder in einem Dialekt: ostpreußisch oder bayerisch?«

»Ganz reines Hochdeutsch, so wie einer aus Hannover.«

»Aha.« Falkenrehde machte sich die erste Notiz. Ein Norddeutscher also. Und in der Neumark sprach man eher platt oder wie die Leute in Pommern. »Was hat er denn so gesagt?«

»Was man so sagt ... Über Berlin, über den Krieg, über das Wetter ...«

»Und da ist Ihnen nichts aufgefallen?«

»Nee ...«

»Denken Sie daran, Herr Seelig, dass für Hinweise, die zur Ergreifung des Täters führen, eine hohe Belohnung ausgesetzt ist.«

Daraufhin konnte sich Adolf Seelig daran erinnern, dass der angebliche Herr von Büchsenschütz ab und an wie ein Pfarrer gesprochen habe.

»So mit Sprüchen aus der Bibel.«

»Zum Beispiel?«

»Na ...« Der Etagenkellner musste einen Augenblick überlegen. »Na, zum Beispiel: ›Ein guter Ruf ist köstlicher denn großer Reichtum ...‹, spricht der Prediger Salomo‹. Oder ... Was war da noch ...?« Er überlegte einen Augenblick. »Aus irgendeinem Psalm: ›Das wäre meines Herzens Freude und

Wonne.‹ Als ich ihm eine Flasche Sekt bringen sollte. Und zum Dank hat er mich dann auch noch vergackeiert …«

»Wie das?«, fragte Falkenrehde.

»Eine Frechheit war das, aber als kleiner Mann man ist man ja machtlos …« Er brauchte ein Weilchen, ehe er es über die Lippen brachte. »Auch aus der Bibel … ›Selig sind, die da geistlich arm sind‹ …«

»Das kann man doch von Ihnen nun ganz gewiss nicht sagen!«, rief Falkenrehde. »Ganz im Gegenteil.«

13.

»Freunde kann man sich aussuchen, Verwandte nicht.« Und weil dem so war, musste Fokko von Falkenrehde mit Bettina auch ihre Mutter in Kauf nehmen – und mit der ihren schöngeistigen Salon. Einmal alle Vierteljahre lud sie illustre Männer ein, um vor ihrem Freundeskreis kleine Vorträge zu halten und anschließend mit ihren Gästen tiefgründig zu diskutieren. Diesmal hatte sie den Philosophen Bruno Bauch, geboren 1877 im schlesischen Groß-Nossen, in ihre Villa in der Finckensteinallee gebeten.

Der Mann, ordentlicher Professor an der Universität Jena, war eine imposante Erscheinung, das musste Falkenrehde neidlos anerkennen.

Bettinas Mutter fühlte sich ungemein bedeutsam, als sie ihn vorstellte. Er werde allgemein den Neukantianern der Südwestdeutschen Schule zugerechnet, deren Hauptvertreter Wilhelm Windelband und Heinrich Rickert seine Lehrer gewesen seien.

»Das Thema seiner Habilitationsschrift war das Verhältnis von Luther und Kant ...«

»Wie ...?«, brummte Falkenrehde. »Die hatten ein Verhältnis miteinander ...?«

»Pssst!« Bettina wie auch seine eigene Mutter zischten empört.

»… die Herausgeber der ›Kant Studien‹ boten ihm die Mitarbeit an der Redaktion an, und es ist Professor Bauch immer darum gegangen, den Kantischen Geist über den Kantischen Buchstaben zu stellen.«

An dieser Stelle gab es Falkenrehde auf, noch folgen zu wollen, und als Bauch zum Thema ›Wahrheit, Wert und Wirklichkeit‹ kam, ging das alles so über ihn hinweg, wie es über einen Fünfjährigen hinweggegangen wäre.

Nur ab und an riss er sich zusammen und machte sich, um in Bettinas Gunst nicht weiter zu sinken, ausführliche Notizen.

Als Bauch mit den Worten schloss: »Und es bleibt dabei, dass das bloße Leben nicht schon ein Wert, nicht einmal ein Gut ist«, machte Falkenrehde nicht nur drei Kreuze, sondern freute sich direkt darauf, die Jagd nach dem Geldbriefträgermörder fortzusetzen.

Die Mordkommission war in der Fahndung nach dem Geldbriefträgermörder keinen Schritt vorangekommen und wusste nicht einmal zu sagen, ob die Morde in der Spandauer Straße und im Adlon von ein und demselben Mann begangen worden waren. Die einen gingen von zwei Tätern aus, weil die Opfer einmal erschossen und einmal erwürgt worden waren, die anderen meinten, auch in der Spandauer Straße habe der Geldbriefträger ja nur gefesselt werden sollen, und erst das unerwartete

Erscheinen der Wasserfuhr habe den Mörder zur Pistole greifen lassen.

»Und wat meinen Sie?«, fragte Hermann Markwitz.

Falkenrehde gähnte und massierte seine Schläfen, um für eine bessere Durchblutung des Gehirns zu sorgen. »Ich meine gar nichts mehr, ich bin noch umnebelt von so viel Philosophie.«

Markwitz nickte. »Det kann ick vastehn, ick habe 'ne Cousine namens Sophie. Die dicke Sophie. Viel Sophie ham wir imma jesagt. Und eines Tages fiel Sophie, aber für ein gefallenes Mädchen hat se sich janz jut entwickelt.«

Falkenrehde stöhnte. »Mir liegt der Bauch noch immer im Magen.« Dabei holte er einen kleinen Zettel aus der Tasche, auf dem er sich den Kernsatz des gestrigen Abends notiert hatte. »... die Tatsache, dass es Wissenschaft, dass es Kunst, Sittlichkeit, Religion, Recht usw. gibt, zeigt, dass nicht allein das Leben, insbesondere das Geistesleben, sondern auch die Wirklichkeit überhaupt auf der einen Seite und das Reich der Werte auf der anderen Seite nicht wie schlechthin getrennte Welten auseinanderfallen und auseinanderklaffen können ...«

Markwitz nickte. »Ja, ja: Alle Pilze sind essbar – manche allerdings nur einmal.«

Falkenrehde konnte sich nun endlich aufraffen. »Was gibt es denn Neues im Falle Adlon?«

»Nich ville.« Nur, dass der Fingerabdruck auf dem Teller in der Suite nicht vom Mörder des Geldbriefträgers stammte, sondern vom Zimmerkellner Adolf Seelig.

»Der kann es aber nicht gewesen sein?«, fragte Falkenrehde.

Markwitz lachte. »Det wär ja 'n Ding. Aba diesen Büchsenschütz, oder wie der Kerl ooch imma heißen mag, hat et ja wirklich jejeben.«

»So ist es.« Allmählich konnte Falkenrehde wieder klarer denken. »Apropos: Seelig. Der hat ausgesagt, dass der mysteriöse Herr Büchsenschütz ein bisschen wie ein Pfarrer gesprochen hat. Fragen Sie doch mal bei den Kollegen nach, ob irgendwem mal ein Gauner untergekommen ist, der früher Pfarrer oder Priester war.«

»Zu Befehl.« Markwitz stand auf und verneigte sich. »Jedermann sei untertan der Obrigkeit, die Gewalt über ihn ... Ick jehe also.«

Falkenrehde ging zu Gennat, um zu erfahren, was man bis jetzt an Erkenntnissen zusammengetragen hatte. Die Beute musste an die 280.000 Mark betragen haben, wie man anhand der Eintragungen im Postamt inzwischen ermittelt hatte.

»Nicht schlecht«, sagte Falkenrehde. »Davon kann man schon eine Weile ziemlich luxuriös leben.«

Gennat nickte. »Und es lässt uns hoffen, dass die nächste Tat nicht so bald folgen wird.«

»Schade eigentlich«, sagte Falkenrehde. »Denn jede neue Tat erhöht unsere Chancen, den Mann endlich dingfest zu machen.«

Gennat konterte: »Sie sind mir ja ein echter Zyniker ...«

»... und Pragmatiker. Kienbaum hat ja neben den Geldscheinen auch Schmucksachen und Wertpapiere bei sich gehabt. Lohnt es sich, bei den Händlern, Hehlern und Banken anzurufen und denen zu sagen, dass sie Obacht geben sollen?«

»Nein, ich glaube nicht, dass der Kerl so dumm ist, das alles sofort zu verkaufen. Muss er ja auch nicht, bei dem Bargeld, das er erbeutet hat. Die Wertpapiere kann er sowieso alle verbrennen, die sind schon gesperrt.«

Falkenrehde nickte. »Und dass es in Soldin wirklich einen Heinrich von Büchsenschütz gibt, das steht absolut fest?«

»Ja, da ist das Melderegister ganz eindeutig. Versuchen Sie doch einmal im Laufe des Tages, Kontakt mit ihm aufzunehmen.« Gennat schrieb ihm die Telefonnummer auf. »Bis jetzt ist bei ihm noch keiner ans Telefon gegangen.«

Falkenrehde ging in sein Bureau zurück und ließ sich mit dem Soldiner Rathaus verbinden. »Ja, den Bürgermeister bitte.«

Nach zehn Minuten klappte es. Der Neumärker war jedoch nicht sonderlich gesprächig. Ja, ein Heinrich von Büchsenschütz habe eine Wohnung, die auch zugleich sein Bureau sei, am Neuenburger Tor, mehr wisse man aber auch nicht, da werde sich der Herr Kommissar schon selber nach Soldin bemühen müssen.

Falkenrehde machte sich auf den Weg zu Eike von Breitling, um sich die Dienstreise nach Soldin genehmigen zu lassen. Unterwegs traf er Markwitz, der ihn nur bedauern konnte.

»Nirgendswo ham se 'n frommen Menschen im Visier, tut ma leid.«

Falkenrehde nahm es wortlos zur Kenntnis. Ebenso wie er Breitlings Ausführungen kommentierte, dass er grundsätzlich etwas dagegen habe, die Ausflüge seiner Beamten zu finanzieren. Außerdem müsse man die knappen Plätze in der Bahn für die Soldaten freihalten. Erst Gennat schaffte es, die Erlaubnis zu erwirken. Allerdings nur für ihn, nicht auch für Markwitz. Und ohne Übernachtung in einem Hotel.

Nach Soldin war es wirklich nur ein besserer Tagesausflug. Bei Küstrin ging es über die Oder, dann Richtung Norden via Neudamm und Wusterwitz nach Soldin, der mittelalterlichen Hauptstadt der Neumark.

Als Falkenrehde ausgestiegen war und ein wenig ratlos auf dem Bahnhofsvorplatz stand, kam er sich vor wie in einer anderen Welt. Unmöglich, dass er von Lichterfelde bis hier knappe fünf Stunden gebraucht hatte.

Er mochte es nicht, jemanden zu fragen und marschierte auf gut Glück dorthin, wo er Türme in den Himmel ragen sah. So viel wusste er von Soldin, dass hier Mitte des 13. Jahrhunderts der Templerorden Land erworben und die Dominikaner wie die Prämonstratenser die Christianisierung der Menschen besorgt hatten. Der Handel und das Tuchmachergewerbe hatten dem Städtchen zu bescheidenem Wohlstand verholfen.

Er ließ sich Zeit, besichtigte den Marktplatz mit der Domkirche, das Rathaus, das an ein märkisches Herrenhaus erinnerte, und das ehemalige Dominikanerkloster. Schließlich war er am Neuenburger Tor angekommen und dachte, in Bernau, Gransee oder Templin zu sein.

Nachdem er an einige der kleinen Häuser herangetreten und die Namensschilder studiert hatte, ohne den Namen von Büchsenschütz zu finden, trat er doch auf einen der Einheimischen zu, der gerade das Tor passieren wollte.

»Entschuldigen Sie, bitte, kennen Sie sich hier aus?«

Der Mann lächelte. »Ich glaube schon, ich bin der Apotheker hier.«

»Angenehm.« Falkenrehde deutete eine leichte Verbeugung an. »Ich komme aus Berlin und suche einen Herrn von Büchsenschütz.«

»Ah, wieder einer der Gläubiger …«

»Ob ich gläubig bin, weiß ich nicht … Ich entnehme aber Ihren Worten, dass der Herr von Büchsenschütz tief verschuldet ist?«

»Sein Gut wird in den nächsten Tagen unter den Hammer kommen.«

Falkenrehde hatte Mühe, einen Ausruf des Jubels zu unterdrücken. Das passte ja wunderbar: Insolventer Rittergutsbesitzer sucht sich durch die Beraubung eines Geldbriefträgers zu sanieren.

»Wo kann ich denn Herrn von Büchsenschütz finden?«

Der Apotheke drehte sich um und zeigte stadtauswärts. »Dort im Krankenhaus.«

»Oh ... Wie lange liegt er denn dort schon?«

»Na ...« Der Apotheker kratzte sich am Kopf. »Drei Monate vielleicht ... Nachdem er von der Kur an der Ostsee zurückgekommen ist.«

»Und sein Zustand lässt es nicht zu, einmal ein paar Tage zu verreisen?«

»Nein, ganz sicher nicht.«

Falkenrehde stöhnte auf. Diese Hoffnung war gestorben. Trotzdem besuchte er Büchsenschütz und sprach mit ihm. Ob er sich vorstellen könnte, dass sich jemand aus seiner Umgebung seines guten Namens bedient haben könnte, um sich in noble Berliner Hotels einzumieten?

»Nein.« Viel konnte Büchsenschütz nicht sprechen, der nächste Hustenanfall nahte bereits. »Die Lunge ... Wenn Sie wissen, was ich meine ...«

»Ja, ich weiß das.«

14.

Wilhelm Blümel trat an seinen Abreißkalender, löste
das für Sonnabend, den 21. Oktober 1916, bestimmte
Blatt behutsam ab und las wie jeden Tag den Sinn-
spruch auf der Rückseite. Diesmal war es ein Fon-
tane-Zitat: »…wie viel hat das Leben, aber für wie
wenige nur.« Für ihn hatte es nicht nur viel, sondern
sehr viel. Nicht allein, dass er sich einen wohlhaben-
den Mann nennen konnte, auch der Lorbeerkranz,
den die Welt den großen Dichtern flocht, wartete auf
ihn, denn heute war der Tag gekommen, an dem sein
Lortzing-Stück Glanz und Elend Premiere haben
sollte.

Nun, das Stück *Das Leben des Wilhelm Blümel*
wäre noch besser gewesen, aber dessen Ende war
ja noch lange nicht geschrieben. Vielleicht sollte er
ihm den Titel *Ich bin vor vielen wie ein Wunder*
geben, das war eine Zeile aus dem 71. Psalm und
traf es gut. Wenige Zeilen dahinter stand auch »Du
machst mich sehr groß«, und das hatte der Herr ja
wirklich getan. Und er hatte auch dafür gesorgt,
dass man am Alexanderplatz die Suche nach Kienbaums Mörder als völlig aussichtslos eingestellt
hatte.

Er, Blümel, hatte natürlich das Seine dazu getan
und alle Spuren verwischt. Die Zimmerschlüssel
des Adlons und seinen Spazierstock hatte er gleich

234

nach der Tat nebenan im Tiergarten in einen Teich geworfen. Danach war er nach Hause gefahren und hatte das Geld überall in seiner Wohnung versteckt. Die Wertpapiere hatte er nicht verkauft, weil ihm schnell klar geworden war, dass ihm das gefährlich werden konnte, sondern allesamt in seinem Kachelofen verbrannt. Auch mit den Schmuckstücken hatte er sich nicht zu einem Juwelier oder einem Hehler gewagt, sondern sie an der Schillingbrücke in die Spree geworfen.

Er hütete sich auch, plötzlich mit dem Geld nur so um sich zu werfen und damit Verdacht zu erregen. Richtig ausgeben konnte er es erst, wenn sein Theaterstück ein voller Erfolg geworden war und ihm jeder abnahm, dass er es dicke hatte. Aber auch da wollte er jeden Pfennig sparen, denn sein großer Traum war es, neben einer Villa à la Sudermann ein eigenes Theater zu besitzen, ein Theater, das nur seine Stücke spielte, das Blümel-Theater. Dazu war es sicher vonnöten, einen weiteren Geldbriefträger auszurauben, aber bei seinem Geschick und seinem Glück war das sicher kein großes Problem.

Noch drei Stunden, dann ging der Vorhang auf. Das Lampenfieber packte ihn nun richtig. Um sich abzulenken, beschloss er, vom Nollendorfplatz zum Friedrich Karl-Ufer zu laufen, obwohl er sich nun mehrere Kraftdroschken auf einmal leisten konnte. Man musste sich sowieso beeilen, denn die Behörden hatten angekündigt, vom 1. November an das

»Benutzen von Kraftdroschken für Vergnügungs-fahrten« zu untersagen.

Das Friedrich Karl-Ufer lag nördlich des Bogens, den die Spree am Reichstag machte, und zog sich vom Lehrter Bahnhof im Westen bis zum Lessing-Theater im Westen, vorbei am Humboldt-Hafen. Blümel lief zur Genthiner Straße, dann weiter am Schöneberger Ufer entlang, überquerte den Landwehrkanal und erreichte über die Bendlerstraße den Tiergarten. Nach einem kleinen Schlenker war er an der Großen Quer-Allee angekommen, die er bis zu den Zelten hinaufging, um dann rechts abzubiegen und am Kroll'schen Etablissement vorbei zum Königsplatz zu gelangen. Ein kurzes Stück ging es nun die Roonstraße entlang und dann auf der Kronprinzenbrücke über die Spree hinweg. Das Lessing-Theater grüßte herüber wie das Schloss eines der kleinen thüringisch-sächsischen Landesfürsten. Die ersten Besucher passierten schon die Eingangskontrollen. Ihm wurde abwechselnd heiß und kalt, als er sich klarmachte, dass sie seinetwegen gekommen waren. Morgen würde ihn ganz Deutschland kennen und in ein paar Jahren, wenn er das Gesamtkunstwerk Wilhelm Blümel vollendet hatte, die ganze Welt.

Dürrlettel kam auf ihn zu und umarmte ihn. »Da sind Sie endlich, mein Lieber! Wie geht es Ihnen – so kurz vor dem Höhepunkt Ihres Lebens?«

»Der Druck, der auf mir lastet, ist fast so groß wie ...« Fast hätte er gesagt: Wie in den Minuten, bevor ich den Geldbriefträgern Albert Werner und Oskar Kienbaum gegenübergetreten bin, um ihnen die Schlinge um den Hals zu legen.»…ach, ich bin ganz außer mir vor Freude, dass es soweit gekommen ist: Ein Stück von mir auf der Bühne! Mein größter Traum geht in Erfüllung.«

»Machen Sie sich auf einiges gefasst«, warnte ihn Dürrlettel. »Stück und Inszenierung sind zwar ausgezeichnet, aber ein richtiger Kritiker hat immer was zu meckern.«

Blümel reagierte mit einem Vers aus dem 71. Psalm. »Schämen müssen sich und umkommen, die meiner Seele zuwider sind; mit Schande und Hohn müssen sie überschüttet werden, die mein Unglück suchen.«

Fokko von Falkenrehde musste von Bettina wie von seiner Mutter fast mit Gewalt ins Theater geschleppt werden, denn er fühlte sich nicht sonderlich wohl an diesem Tag, und außerdem interessierte ihn das Leben Albert Lortzings nicht sonderlich. Er liebte Stücke, die im militärischen Milieu oder an Fürstenhöfen spielten, wobei *Der Prinz von Homburg* und *Wallenstein* ganz obenan standen, gefolgt von *Don Carlos* und *Macbeth*. Aber Albert Lortzing, nein. Und wenn das Stück dann auch noch von einem Theaterdichter stammte, der keinen Namen hatte … »Ach, geht mir doch mit diesem Mist«, hatte er gemurmelt, doch die beiden Damen hatten keine Gnade gezeigt. Die Karten im Parkett, 3. Reihe rechts, waren gekauft, und man war den leitenden Herren des Theaters schuldig, dass man zu einer Premiere erschien. Schließlich kannte und schätzte man sich seit langem.

Also trottete er mit und ließ sich gottergeben in seinen Klappsitz fallen. Es gab Schlimmeres, als zweieinhalb Stunden lang das Leben Lortzings zu ertragen, zumal wenn er an Richard Grienerick dachte, der immer noch in Frankreich im Schützengraben lag und in jeder Sekunde von einer Granate getroffen werden konnte. Da war es wirklich angebracht, Gott zu danken, dass er hier im halbwegs warmen Lessing-Theater sitzen konnte, und er sprach tatsächlich ganz leise so etwas wie ein Gebet.

Dann ging der Vorhang auf, und in einem sehr schön eingerichteten bürgerlichen Wohnzimmer stritten sich Albert Lortzing, seine Frau Rosina und der Dichter Christian Dietrich Grabbe. Es ging um eine Aufführung am Detmolder Hoftheater. Für Grabbes Drama *Don Juan und Faust* wollte Lortzing die Bühnenmusik komponieren. Man wurde ziemlich laut, zumal Grabbe, der Alkoholiker war, wieder einmal zuviel getrunken hatte.

GRABBE (trinkt Branntwein aus der Flasche): Ich verfluche die Welt, ich verfluche mein Leben! Meinen *Herzog Theodor von Gothland* wollen sie nicht spielen, obwohl es eine geniale Tragödie ist, und mein Lustspiel *Scherz, Satire, Ironie und tiefe Bedeutung*, das noch genialer ist, will keiner auf die Bühne bringen, aber ausgerechnet *Don Juan und Faust* soll nun das Licht der Welt erblicken. Detmold, meine Heimatstadt, will mich damit trösten und ehren, aber bringen wird es mir keinen Heller.

LORTZING: Ein guter Ruf ist köstlicher denn großer Reichtum, das steht schon in der Bibel, und meine Musik wird dafür sorgen, dass zwei neue Sterne am Himmel aufgehen: Deiner und meiner.

GRABBE: Du wirst es nicht schaffen mit einer Komposition, die meinem Stücke angemessen ist, wenn du beides willst: den Don Juan spielen und die Musik komponieren. Damit tust du dich doch schwer und brauchst ewig.

LORTZING: Ich muss doch sehr bitten! Ich habe das Oratorium *Die Himmelfahrt Christi* in ein paar Wochen komponiert.

GRABBE: Und in Münster haben sie dir daraufhin bestätigt, als Compositeur durchaus keinen Ruf zu haben. Also konzentriere dich auf die Musik und lasse ab von der Schauspielerei.

ROSINA (hysterisch): Das wird er nicht! Er spielt den Don Juan, er ist der geborene Schauspieler.

GRABBE (mit einem weiteren Schluck aus der Flasche): Das sagst du doch nur, Rosinchen, weil sie dich ohne Albert nicht die Donna Anna spielen lassen.

ROSINA: Und wenn es so wäre?

GRABBE: Ihr ekelt mich an! Hinweg aus meinem Detmold!

LORTZING: Keine Angst, wir werden bald nach Leipzig gehen.

GRABBE: Das wäre meines Herzens Freude und Wonne …

Falkenrehde hörte das, ohne ihm irgendeine Beachtung zu schenken oder gar Bedeutung beizumessen. Erst als er Bettina in der Pause fragte, ob sie ein Glas Sekt trinken möchte und sie ihm mit der Wendung »Das wäre meines Herzens Freude und Wonne …« antwortete, fügten sich in seinem Gehirn einige Synapsen zusammen und er konnte sich dunkel daran erinnern, es schon einmal gehört zu haben, ohne aber darauf zu kommen, wann und wo. Es war ja auch nicht wichtig.

15.

Für jeden Kriminalbeamten war es eine Frage der Ehre, einen Mörder zu fassen und den Mitmenschen die Angst zu nehmen, sie könnten sein nächstes Opfer werden, und auf der anderen Seite eine schmerzliche Niederlage, einen Fall als ungelöst zu den Akten zu legen. Doch was sollte Falkenrehde machen, wenn von oben die Weisung kam, nach dem Berliner Geldbriefträgermörder nicht länger zu fahnden.

Eike von Breitling ließ sich nicht umstimmen. »Was nicht ist, ist nicht. Räumen Sie also alles, was sich über das Verbrechen in der Spandauer Straße und im Adlon angesammelt hat, in den Schrank ›Ungelöste Fälle‹, vergessen Sie aber nicht, alles aufzulisten, was wir inzwischen zusammengetragen haben.«

Also machte sich Falkenrehde an die Arbeit. Er hasste jede Art von Statistik, Registratur und Archivierung, aber an Markwitz konnte er nichts delegieren, da der sich vorsorglich eine ausgewachsene Influenza zugelegt hatte.

Da Bettina nicht zu Hause war und Privatgespräche außerdem verboten waren, unterbrach er seine Tätigkeit immer wieder, um zu essen, Zeitung zu lesen oder den Kopf auf die Tischplatte zu legen und ein kleines Nickerchen zu machen. Er war ja heute allein im Raum.

Als die Tür aufgerissen wurde, ohne dass jemand angeklopft hätte, war er einem Herzschlag nahe.

»Ah, den Seinen gibt's der Herr im Schlafe!«, rief Eike von Breitling. »Ich werde Ihr Erfolgsrezept in Ihrer dienstlichen Beurteilung angemessen berücksichtigen.«

Falkenrehde murmelte zwar das Götz-Zitat, war aber doch ein wenig erschrocken, denn irgendwann einmal wäre er auch ganz gern befördert worden, und mit einer miesen Beurteilung hatte er nicht einmal eine Chance, wenn seine Leute an die Macht gekommen waren, dazu waren die Apparate zu versteinert.

Und dann, als er immer noch furchtbar verschlafen war und die Augen nicht recht aufbekommen konnte, gab es ihm der Herr denn wirklich, indem er Falkenrehdes Blick in eine ganz bestimmte Richtung lenkte, nämlich auf ein herausgerissenes Blatt aus seinem Tagebuch. Dort hatte er hingekritzelt, was ihm der Etagenkellner Adolf Seelig über den mutmaßlichen Mörder erzählt hatte:

Spricht reines Hochdeutsch wie einer aus Hannover.

Spricht ab und an wie ein Pfarrer, zitiert aus der Bibel. Beispiele: ›Ein guter Ruf ist köstlicher denn großer Reichtum ...‹ (Prediger Salomo). Oder: ›Das wäre meines Herzens Freude und Wonne ...‹

Da zündete es bei ihm: Das waren doch dieselben Wendungen, die Lortzing und Grabbe im Lessing-Theater gebraucht hatten.

»Reiner Zufall!«, rief es in ihm.

»Soviel Zufall gibt es nicht!«, kam die Gegenstimme.

»Da muss es einen inneren Zusammenhang geben.«

Aber welchen? Die Schauspieler sprachen das, was ihnen der Autor in den Mund legte. Und was sollte ein harmloser Bühnendichter mit den Geldbriefträgermorden zu tun haben.

Falkenrehde fasste sich an den Kopf. »Du spinnst ja, Fokko!« Und dann dachte er das, was Markwitz gesagt hätte: »Ach du meine Jüte – drei Bonbons in eene Tüte!«

Und er vergaß das Ganze schnell wieder, bis er am Nachmittag die Theaterkritik las. *Glanz und Elend* von Wilhelm Blümel wurde hoch gelobt und man brachte auch ein Portrait des »aufgehenden Sterns am deutschen Theaterhimmel«. Falkenrehde überflog den Text.

Das Licht der Welt erblickt am 2. März 1874 in Oldenburg in Oldenburg … Vater Handelsvertreter für Landmaschinen … In Bremen aufs Gymnasium gegangen … Statist am Theater … In Tübingen Theologie studiert …

Falkenrehde sprang auf. Das konnte doch nicht wahr sein? *Spricht reines Hochdeutsch wie einer aus Han-*

nover ... Ob nun Hannover oder Oldenburg, alles eine Ecke! *Spricht ab und an wie ein Pfarrer ...* Kein Wunder, wenn einer Theologie studiert hat.

Falkenrehde hielt es nicht mehr in seinem Zimmer, er stürzte zu Ernst Gennat, um dem von seiner Entdeckung zu berichten und zu hören, wie der das alles einschätzte.

Gennat sah ihn lange an. »Sie meinen also, dass dieser Blümel die Geldbriefträgermorde so inszeniert hat, als wären sie ein Stück von ihm?«

»Soweit wäre ich nicht gegangen, und über sein Motiv nachzudenken, bin ich noch gar nicht gekommen. Ich habe nur an einen simplen Raubmord gedacht. Ein armer Poet, ein armer Schlucker, der auch einmal so leben möchte wie Sudermann und die anderen Heroen. Wer auch immer der Täter ist: Er ist als Hochstapler aufgetreten und hat in der Spandauer Straße wie im Adlon großes schauspielerisches Talent an den Tag gelegt, und er muss ein gewisses Gefühl dafür besitzen, wie man etwas in Szene setzen kann: Den Geldbriefträger erst mit den Butterstullen anlocken und sein Vertrauen gewinnen, dann urplötzlich, wenn der nichts ahnend im Sessel sitzt, zuschlagen und ... Das setzt räumliches Denken und ein hohes Maß an Fantasie voraus, er muss kreativ sein und alles in Gedanken durchspielen können – eben wie ein Theaterdichter.«

Ernst Gennat nickte. »Sie haben mich irgendwie überzeugt, da Intuition in unserem Beruf die halbe

Miete ist, aber Ihre Vermutungen, Ihre fantasievollen Indizien reichen noch lange nicht aus, den Mann auch nur zu verhören. Hat er für beide Tatzeiten ein Alibi, liefern wir der Journaille die Lachnummer des Jahres.«

»Ob ich ihn vielleicht doch ein wenig unter die Lupe nehmen könnte?«, fragte Falkenrehde ganz vorsichtig.

Gennat überlegte. »Kennt er Sie?«

»Nein, nicht das ich wüsste.«

»Sie ihn aber?«

»Ja, vom Theater her. Als er nach der Premiere auf die Bühne gekommen ist und sich verbeugt hat. Außerdem ist eine Fotografie von ihm in der Zeitung.«

»Ah, ja …« Gennat überlegte.

»Breitling wird mich für unzurechnungsfähig erklären und in die Klapsmühle einweisen lassen, wenn ich ihm damit komme, Blümel mal für ein paar Tage zu beschatten …«

»Tun Sie das trotzdem«, sagte Gennat. »Ich nehme das auf meine Kappe.«

Die Gegend um den Nollendorfplatz war Falkenrehde ziemlich fremd. Wer in Lichterfelde aufgewachsen war, der war immer mit der Eisenbahn in die Innenstadt gekommen und die hatte diese Gegend links liegengelassen. Immerhin wusste er, dass es hier einen U-Bahnhof gab, wo man von der Stammlinie in die Schöneberger Linie umsteigen konnte. Er kam mit der Hochbahn vom Alexanderplatz und brauchte, als er auf der Straße stand, eine Weile, um sich zu orientieren. Dann ging er unter dem Magistratsregenschirm, wie die Berliner den Weg unter dem stählernen Hochbahnviadukt nannten, ein Stück zurück, um dann links in die Zietenstraße einzubiegen. Hinter den Mauern der Zwölf Apostel-Kirche fasste er Posten und begann, die Haustür zu beobachten, aus der Wilhelm Blümel kommen musste. Aber wann? Eine Stunde verging, eine zweite. Falkenrehde hatte nie gedacht, dass Warten so qualvoll sein konnte. Beim Arzt im Warmen war es schon schlimm genug, aber hier, Ende Oktober im Kalten und im Stehen … Er verfluchte sich und seine Idee, diesem Theaterdichter auf den Zahn zu fühlen. Das war doch hirnrissig! Markwitz hätte gesagt: »Hier riecht det so nach Obst – hat vielleicht eena 'ne weiche Birne?«

Nach einer weiteren halben Stunde hielt er es nicht mehr aus, sondern ging in ein Lokal, um sich hinzusetzen, etwas zu trinken und die Toilette aufzusuchen. Nein, so ging das nicht, so war das absoluter Unsinn. Was er sich vorgestellt hatte, dass Blümel aus dem Haus kam und zum nächstgelegenen Postamt lief, um dort einem Geldbriefträger aufzulauern, war einfach kindisch. Zerknirscht und ohne Blümel zu Gesicht bekommen zu haben, fuhr er zum Alexanderplatz zurück und sprach mit Ernst Gennat.

»Tja«, sagte der und dachte nach. »Wer den Zufall planen will, hat immer Pech. Und wir können diesen Blümel nicht Tag und Nacht beschatten, dazu reichen weder unsere menschlichen Ressourcen noch die Verdachtsmomente gegen ihn. Also bleibt nur eines …?« Er sah Falkenrehde an, als würde es um eine Examensfrage gehen.

»Wir schreiben ganz offiziell alle Postämter an und bitten sie, ihre Geldbriefträger aufzufordern, uns sofort davon in Kenntnis zu setzen, wenn ihnen ein Kunde plötzlich sehr vertraulich kommt.«

»Sehr gut, Herr von Falkenrehde, so machen wir's!«

16.

Die meisten Berlinerinnen und Berliner hassten den November und beklagten das fürchterliche Grau und den ewigen Nieselregen, Fokko von Falkenrehde hingegen war das Wetter ziemlich egal.

»Solange ich nicht im Schützengraben liegen muss, im Schlamm ...«

Hermann Markwitz war dagegen deutlich depressiver gestimmt. Das lag daran, dass er gerade von einer Beerdigung gekommen war. Am 11. November war der Balkan-Express in eine Gruppe von Eisenbahnarbeiterinnen gerast, die dort mit der Ausbesserung der Gleise beschäftigt gewesen waren, und hatte achtzehn Frauen getötet, darunter eine seiner Cousinen.

»Und sie is so jerne Eisenbahn jefahrn ...«

Falkenrehde erinnerte sich an das große Eisenbahnunglück in Steglitz. »1883 muss das gewesen sein, ich war gerade fünf Jahre alt geworden. Bei mir zu Hause hat man bei jedem Geburtstag davon gesprochen, weil mein Großvater auch im Schützenhaus war, wo es ein großes Vogelschießen gegeben hatte. Der erste Sonntag im September ist es gewesen, ein herrlicher Sommertag noch. Kurz vor zehn Uhr abends sollte ein Personenzug nach Berlin abgehen. Der stand auch schon abfahrbereit auf seinem Gleis. Über dreihundert Menschen drängelten sich an der Bahnsteigsperre, doch die Beamten wollten und konnten sie noch nicht durchlassen, weil vorher noch der Fernzug nach Magdeburg passieren musste. Doch ein paar Hitzköpfe schoben sie zur Seite, stießen die Sperren auf und rannten über die Fernbahngleise zum Personenzug. ›Der Zug kommt!‹ schrien welche. Aber zu spät. Der Fernzug raste mit voller Geschwindigkeit in die Menschenmenge. Siebzig Tote und Verletzte wurden gezählt.«

»Ach, ja …«, Markwitz stöhnte auf. »Det waren noch herrliche Zeiten, als et an eenem Tach nur siebzig Tote und Valetzte jejeben hat …«

Das bezog sich auf die Schlacht an der Somme, die gerade zu Ende gegangen war. In den Zeitungen war von 57.400 Verlusten die Rede, davon 20.000 Gefallene. In der über fünf Monate tobenden Schlacht hatte eine halbe Million Menschen ihr Leben verloren.

»Und da machen wir uns nun verrückt, wenn es darum geht, den zu finden, der ein Menschenleben auf dem Gewissen hat«, sagte Falkenrehde. Das bezog sich auf die Leichenteile, die man in der Nähe des Luisenstädtischen Kanals gefunden hatte. »Wir sollten …« Er brach ab, denn etwas schüchtern wurde draußen an die Tür geklopft. »Ja, bitte …«

Herein trat ein Geldbriefträger, der sich, salutierend wie ein Rekrut als Otto Töpchin vorstellte. »Ich sollte mich melden …«

»Sich melden …?« Falkenrehde konnte nicht so schnell umschalten. »Bei mir? Warum denn das?«

»Na, wegen der Kollegen, die … Wenn sich einer an mich heranmachen sollte, dann …«

»Ach Gott, ja!« Jetzt erst fiel Falkenrehde alles wieder ein. Blümel, das Schreiben an die Postämter. »Nehmen Sie, bitte, Platz, Herr Töpchin, ich bin gespannt, was Sie …« Er holte dem Geldbriefträger einen Stuhl. »Dann schießen Sie mal los …«

»Ich bin froh, dass ich nicht schießen muss.« Töpchin klopfte mit der flachen Hand auf die mitgeführte Dienstwaffe. »Damit nicht – und erst recht nicht an der Front.«

»Entschuldigung.« Falkenrehde war erschrocken, dass er als Pazifist auch nicht anders redete als die meisten anderen. »Nun … Was war?«

Otto Töpchin war eine behäbige märkische Natur. Seine Vorfahren waren allesamt hinter dem Pflug hergegangen und seine Brüder taten es heute noch, nur er war aus der Art geschlagen. Er musste sich erst einmal sammeln. »Die Leipziger Straße, das ist mein Revier, sozusagen, und ich komme da in den kleinen Tabakwarenladen, gleich neben Kempinski … Der hat gerade erst aufgemacht …«

»Aha!« Falkenrehde hatte diesen Ausruf nicht unterdrücken können, so unprofessionell es war, seine Gefühle zu zeigen. Das war dasselbe Muster wie in der Spandauer Straße und im Adlon: Jemand mietet sich unter falschem Namen ein und knüpft dann Kontakte zu einem Geldbriefträger. »Und … Wie heißt der Inhaber?«

»Rudschinski, Alfred Rudschinski. Ich habe ihm schon zweimal hundert Mark auszahlen müssen. Und wenn ich ganz früh zu ihm komme, weil er dringend auf eine größere Summe wartet, dann will er mir ein Päckchen Butter dafür schenken.«

Wieder hätte Falkenrehde am liebsten »Aha!« gerufen, denn sogleich waren ihm die Butterstullen eingefallen, die sie im Adlon in der Badewanne gefunden hatten. Diesmal beherrschte er sich aber und fragte den Geldbriefträger, wie denn der Rudschinski aussehen würde.

»Wie …« Töpchin kam auf keine prominente Persönlichkeit, die ihm ähnlich sah. »Na, er trägt eine Augenklappe und hat mehrere Narben im Gesicht. Er war in Frankreich an der Front und ist schwer verwundet gewesen.«

Falkenrehde war ein wenig enttäuscht, aber es war ja auch nicht zu erwarten gewesen, dass Blümel als Blümel auftrat, wenn er denn wirklich der Geldbriefträgermörder war.

»Was soll ich nun machen?«, fragte Töpchin.

Falkenrehde überlegte einen Augenblick. »Wenn Sie hier bitte einen Augenblick warten würden, ich bin gleich wieder zurück.« Er eilte zu Ernst Gennat, um dessen Meinung zu hören. Schnell hatte er vorgetragen, was der Geldbriefträger ihm berichtet hatte.

Gennat ließ sich nicht stören und aß erst den Rest seiner Torte auf, ehe er antwortete. »Ihr Riecher scheint mir so gut zu sein wie Lackmuspapier, also bleiben Sie mal dran. Das Leben von Töpchin können wir aber auf keinen Fall aufs Spiel setzen. Ich denke da eher daran, dass Sie ...«

Falkenrehde erschrak ein wenig. »Ich soll als Töpchin ...?«

Gennat lachte. »Nein, Sie beide unterscheiden sich doch mehr als eine Nudel von einer Kartoffel – Pardon!«

»Aber wenn ich statt Töpchin als Geldbriefträger bei Rudschinski auftauche, wird er doch hellhörig werden!«, rief Falkenrehde.

»Wir müssen natürlich sehen, dass Töpchin auf eine Art und Weise abtritt, die plausibel erscheint«, sagte Gennat.

»Ihn also pro forma sterben lassen?«, fragte Falkenrehde.

Gennat überlegte. »Es reicht schon, wenn er bei Rudschinski im Laden kollabiert und Sie dann am nächsten Tag erscheinen.«

»Hoffentlich verfügt er über so viel schauspielerisches Talent.« Falkenrehde fürchtete, dass Töpchin das nicht an den Tag legen konnte.

»Er muss. Und außerdem kann ja Markwitz mal

in den Laden gehen und sich diesen Rudschinski ansehen. Wenn der Rudschinski wirklich mit dem Blümel identisch ist, dann wird es ja zur großen Attacke auf Sie als Geldbriefträger kommen, und in diesem Fall ist dann Gold wert, wenn wir die Räumlichkeiten kennen.«

»Das ist eine gute Idee.«

Falkenrehde bedankte sich und ging zu Töpchin zurück, um den zu fragen, ob er bereit sei mitzuspielen.

Töpchin überlegte nicht lange. »Klar, wenn wir damit den Mörder meiner beiden Kollegen fassen können ... Und andere vor demselben Schicksal bewahren ...«

»Gut.«

Falkenrehde fuhr nun mit Töpchin in dessen Postamt, um mit dem Amtsleiter alles durchzusprechen. Der gab nicht nur sein Plazet, sondern vermittelte ihm auch das Einmaleins des Geldbriefträgerberufs und sorgte dafür, dass er eine einigermaßen passende Uniform bekam. Die Mütze war sogar wie für seinen Kopf gemacht.

Wieder im Bureau am Alexanderplatz war Markwitz ganz aufgeregt. »Beinahe hätten wa 'n jroßen Kunstfehler bejangen ...!«

»Wieso denn das?«

»Na, wenn dieser Rudschinski wirklich der Blümel is und ich da aufjetaucht wäre – der Blümel weeß doch, det ick 'n Kriminaler bin.«

Falkenrehde staunte. »Wieso denn das?«

»Na, der Blümel ist doch als Zeuge bei mir anjetreten als et um den Mord am Viktoria-Luise-Platz jejangen is, Perwenitz ...«

»Mensch, gut, dass Sie daran gedacht haben. Dann schicken wir den Kollegen Dettmann zum Rekognoszieren hin.«

Dettmann wurde geholt und eingeweiht. Mit der Fotografie von Wilhelm Blümel, aus der Zeitung ausgeschnitten, zog er los. Nach zwei Stunden war er zurück und konnte Falkenrehde keine große Hoffnung machen.

»Von der Figur her könnte er es sein, aber sonst ... Das Gesicht ist ganz anders und er spricht mit einem kleinen französischen Akzent. Ich habe ihn ganz dezent danach gefragt, und er sagt, dass er aus Lothringen stammt, wohin er mit seinen Eltern gekommen ist. Ursprünglich kommen sie aus der Provinz Posen.«

»Hört sich ja alles ganz echt an«, sagte Falkenrehde.

Dettmann nickte. »Ich würde ihn auch für echt halten.«

Falkenrehde kam sich vor wie beim Skat, einen Trumpf hatte er nur noch, eine Hoffnung. »Ist Ihnen aufgefallen, dass er mal eine Wendung aus der Bibel benutzt hat?«

Der Kollege überlegte einen Augenblick. »Ja, richtig, einmal, da ging es um seine Verwundungen, da hat er gesagt: ›Ich vergesse, was dahinten ist, und strecke mich nach dem, das da vorne ist ...‹ Das klingt irgendwie nach Paulus, ich bin ja auch mal konfirmiert worden.«

Falkenrehde sah sich bestätigt und fieberte dem nächsten Morgen entgegen. Um neun Uhr kam der Anruf Töpchins. Er habe bei Rudschinski im Laden einen Schwächeanfall simuliert und glaube, dass ihm das auch gut gelungen sei.

»Und zum Schluss habe ich gesagt, dass ich gleich zum Arzt gehen werde, um mich krankschreiben zu lassen. Ich wollte auch nicht zu dick auftragen, damit er nicht misstrauisch wird.«

Falkenrehde war voll des Lobes. »Das haben Sie ganz wunderbar gemacht, Herr Töpchin. Sollten wir wirklich auf der richtigen Spur sein, haben Sie Anspruch auf einen Teil der ausgesetzten Belohnung.«

Er machte sich auf in ›sein‹ Postamt, um sich von Töpchin in alle Geheimnisse des Geschäfts einweihen zu lassen.

Falkenrehde war der Ansicht gewesen, dass ihn nach seiner Zeit im Schützengraben und der Kugel in der Lunge nichts mehr erschüttern konnte, doch in der Nacht vor seinem ersten Auftritt als Geldbriefträger Karl Podratz hatte er einen Albtraum ganz besonderer Art: Er stand auf der Bühne des Lessing-Theaters und Albert Lortzing kam auf ihn zu, riss eine Pistole aus dem Umhang und schoss auf ihn. Im Parkett lachte jemand, der aussah wie Wilhelm Blümel, und rief: »Nun haben Sie auch im andern Lungenflügel eine Kugel stecken! Aber keine Angst, das gehört zum Stück.«

Schweißgebadet fuhr er hoch und schaltete die Deckenbeleuchtung ein. Ein Blick auf die Standuhr zeigte ihm, dass es gerade zehn vor vier geworden war. Er eilte ins Bad. Das Wasser war so kalt, dass er nun erst richtig wach wurde.

»Vielleicht ist das dein letzter Morgen«, tönte es in seinem Kopf. »Zwei Geldbriefträger hat der Blümel schon erschossen, und aller guten Dinge sind drei.«

Da er kurz nach sechs im Postamt am westlichen Ende der Leipziger Straße erscheinen musste, um sich umzukleiden und noch einmal einweisen zu lassen, lohnte es sich gar nicht mehr, noch einmal ins Bett zu gehen. Also richtete er sich her, rasierte sich und schmierte sich sein Frühstücksbrot. Es war klitschig, aber dafür schmeckte die Himbeermarmelade aus dem Garten der Teschendorffs noch richtig nach Frucht. Von Bohnenkaffee durfte alltags nur geträumt werden, es gab lediglich Muckefuck.

Es schien in diesem Jahr früh Winter zu werden und so rannte er fast zum Bahnhof, damit ihm ein bisschen wärmer wurde. Allerdings ging das nur solange, bis seine lädierte Lunge zu schmerzen begann. Er musste stehen bleiben und japste so sehr, dass sich die Leute nach ihm umdrehten. Langsam ging es dann wieder, und er stand noch rechtzeitig auf dem Bahnhof. Am Potsdamer Platz stieg er aus und ging zur Leipziger Straße. Wenig später war er am Ziel.

Otto Töpchin selber sorgte sich um ihn. »Sie dürfen nicht so komisch laufen, Herr Kommissar.«

Falkenrehde konnte ihm nicht folgen. »Wieso laufe ich komisch, ich laufe doch so wie immer.«

»Ja, das ist es ja gerade: Sie schreiten mehr wie bei einer Prozession und auch noch so ausgeruht. Wir älteren Geldbriefträger aber haben alle Plattfüße vom vielen Laufen und watscheln wie 'ne Ente. Sie dürfen auch nicht so drahtig sein, sondern müde und abgeschlafft, halb verhungert.«

»Danke für Ihre Ratschläge.«

Zehn Minuten vor acht zog er los. Nur Otto Töpchin und der Amtsleiter waren eingeweiht, und die anderen Geldbriefträger wurden ziemlich aggressiv, weil er sich nicht richtig vorgestellt hatte und auch keine Anstalten machte, sie zu einer Einstandslage einzuladen.

»Ach, ja, Kollegen!«, rief Töpchin gerade noch rechtzeitig. »Ehe ich's vergesse: Der Neue hier ist der Karl Podratz, und am Sonnabend nach Feiertag lädt er uns alle zu einem kleinen Umtrunk ein.«

»Gern!«, rief Falkenrehde. Und wenn er den Mörder ihrer Kollegen bis dahin gestellt hatte, wollte er auch sehen, dass er über seinen Vater oder Bettinas Mutter einen kleinen Imbiss auftreiben konnte.

»Dann mal: Hals und Beinbruch, toi, toi, toi!«, rief Otto Töpchin und spuckte ihm kurz auf die Schulter. »Am liebsten hätte ich Sie ja begleitet, aber leider bin ich ja schwer krank.«

Falkenrehde zog also los, und so fröhlich wie bei einem Ausflug mit Bettina war er gewiss nicht. Zwar steckte statt der hunderttausend Mark, mit denen Töpchin ansonsten durch die Gegend lief, in dessen Geldtasche nur zerschnittenes und gebündeltes Zeitungspapier, aber das konnte Rudschinski beziehungsweise Blümel ja keinesfalls ahnen.

Falkenrehde war kein gelernter Schauspieler, und als Adliger und Angehöriger der höheren Stände hatte er es schwer, sich in die Person eines einfachen Postmenschen hineinzufinden. Er musste große Augen bekommen, wenn er ein dick bestrichenes Butterbrot sah, und vor allem musste er so berlinern wie Markwitz. Das war vielleicht noch das Leichteste, dessen Sätze hatte er im Ohr.

Sich solchermaßen selber Regieanweisungen gebend, erreichte er den Tabakwarenladen neben Kempinski. Ein Königreich für einen Schluck Rotwein, dachte er, aber so früh hatte man noch nicht geöffnet. Außerdem reagierte man nach einem Viertel Bordeaux nicht mehr ganz so schnell wie nach einem Glas Selterswasser.

Rudschinski hatte schon geöffnet. Falkenrehde lugte vorsichtig durch die Schaufensterscheibe. Der Mann, der da gerade Zigarrenkisten stapelte, konnte von der Figur her Wilhelm Blümel sein, aber das Gesicht ... Nein! Oder war er ein genialer Maskenbildner und hatte es wirklich verstanden, sich ein gänzlich anderes Aussehen zu geben?

Noch einmal tief durchatmen und prüfen, ob er schnell an seine Dreyse 07 kam, seine Schnellladepistole aus Sömmerda. Ja. Sie steckte griffbereit in der Geldtasche. Ansonsten half nur noch beten beziehungsweise der Ruf: Auf in den Kampf!

»Guten Morgen, Herr Rudschinski, ich bin dem Otto Töpchin seine Vertretung. Podratz meine Name, Karl Podratz.«

»Immer rein mit Ihnen!«, rief Rudschinski – oder wer immer er war. »Haben Sie denn endlich das Geld, auf das ich schon so lange warte, die fast tausend Mark von Kommerzienrat Trei ... nein, Treis-Karden?«

»Nein, tut mir leid.« Falkenrehde hatte genau hingehört und war sich sicher, dass Blümel erst Treibel hatte sagen wollen, dann aber wieder von Fontane abgekommen war.

»Haben Sie denn heute schon gefrühstückt, Herr Podratz?«

»Wie ...?« Fast hätte sich Falkenrehde umgedreht und nach einem Herrn Podratz gesucht. »Wie ...? Sie haben da ein Wort gesagt, das ich gar nicht mehr kenne. Frühstücken, schön wär's. Was man so runterschlingt, hätte man vor drei Jahren keinem Haustier zugemutet.«

»Na, warten Sie, kommen Sie mal ...« Rudschinski klinkte die Tür zum Hinterzimmer auf. »Nehmen Sie Platz, in dem Sessel da, mein Vater hat einen Bauernhof und er schickt mir regelmäßig Fresspakete ...«

Falkenrehde sah auf den Sessel. Der war so tief, dass einer, der dort drin saß, keine Chance hatte, wenn man ihm von hinten einen Strick um den Hals warf. Falkenrehde wünschte sich, er wäre vorher zu ihren Technikern gegangen und hätte sich eine spezielle Halskrause aus Stahl anfertigen lassen und die dann unsichtbar unter seinem Hemdkragen getragen. Hätte ... Markwitz hätte bei solchen Gelegenheiten gesagt: »Dein Kopp uff'n Blitzableiter, und det Jewitta macht 'n Umweg.« Wenn doch bloß Markwitz hinter einem der Vorhänge stecken würde. Aber er hatte ja alles allein machen wollen ...

»Tut mir leid, Herr Rudschinski, ich muss dringend weiter, der Herr Dr. Unger vom Kempinski nebenan, der erwartet mich, dem bin ich eben schon über den Weg gelaufen ...«

»Gut, aber morgen sollten Sie schon mehr Zeit für mich haben. Und gleich vor Ihren anderen Bestellungen bei mir vorbeischauen. Ich denke auch an ein bisschen Butter und ein bisschen Wurst für Sie.«

»Das ist reizend, Herr ...«

Falkenrehde bemühte sich, möglichst im Rückwärtsgang auf die Straße zu gelangen, denn wie sagte Markwitz immer: »Hinten haste keene Oogen.«

Auf dem Weg zu Kempinski fragte er, ob er alles richtig oder alles falsch gemacht hatte. Hätte er sich schon am ersten Morgen in den Sessel setzen und auf Rudschinskis Attacke warten sollen? Hatte der ihn durchschaut und machte sich vielleicht im Laufe des Tages aus dem Staub?

Falkenrehde eilte ins nächste Polizeirevier und ließ sich mit Ernst Gennat verbinden.

»Na, leben Sie noch, mein Lieber?«, war dessen erste Frage.

»Wenn Sie so fragen, muss ich ja daran zweifeln ...«

»Und?« Gennat war natürlich neugierig. »Was sagt Ihnen Ihr Gefühl: Ist er's oder ist er's nicht, ich meine der Rudschinski der Blümel und der Blümel der Geldbriefträgermörder?«

Falkenrehde war sich unschlüssig, ob er die Wahrheit sagen sollte. »Mein Gefühl kann ich wohl vergessen, das ist wie ein Seismograph, der nicht mal ein Erdbeben anzeigt, dessen Epizentrum genau unter ihm liegt. Ein komischer Kauz ist dieser Rudschinski schon, aber gleich ein Massenmörder ...? War denn in den Melderegistern was über einen Alfred Rudschinski zu finden?«

»Gott, Falkenrehde, wir haben Krieg und solche Anfragen dauern.«

»Kann sich denn Dettmann nicht irgendwo in der Leipziger Straße einquartieren und Rudschinski beobachten, ich meine, ob der vielleicht nach meinem Besuch Lunte gerochen hat und sich heute noch aus dem Staub machen wird.«

»Gut, ich werde das veranlassen.«

»Ich werde dann morgen früh zum zweiten Mal bei Rudschinski vorsprechen und sehen, ob er mich dann attackiert.«

Ihren Namen hatte die Leipziger Straße von der alten Heer- und Handelsstraße nach Sachsen, die hier verlaufen war, und ihre Vorgängerin war 1688 gebaut worden, als man die Friedrichstadt angelegt hatte. Sie galt als die Hauptgeschäftsstraße Berlins und war entsprechend belebt. Ihr prachtvollstes Bauwerk war das Ministerium für Post- und Fernmeldewesen Ecke Mauerstraße, die meistgenannte Adresse womöglich M. Kempinski & Co. im Haus mit der Nummer 25. Lesser Ury hatte es 1889 gemalt und das Gemälde *Berliner Straßenszene* genannt.

Dies alles ging dem Kriminalkommissar Fokko von Falkenrehde etwas wirr durch den Kopf, als er sich in Gestalt des Geldbriefträgers Karl Podratz dem Tabakwarenladen von Alfred Rudschinski näherte. Ein vorsichtiger Blick zeigte ihm, dass die Kollegen Markwitz und Dettmann unauffällig plaudernd in Bereitschaft standen.

Jetzt galt es! Noch einmal atmete Falkenrehde

tief durch, dann drückte er die Ladentür nach innen, um einzutreten, doch die war noch verschlossen und er wäre fast mit dem Kopf gegen die Scheibe geprallt. Er erschrak. Hatte der mutmaßliche Geldbriefträgermörder schon das Weite gesucht? Nein, da kam Rudschinski, da kam Blümel, wie auch immer, aus seinem Hinterzimmer nach vorn geeilt und drehte den steckenden Schlüssel herum.

»Das sind Sie ja, mein lieber Herr Podratz!«

Er war so überschwänglich, dass Falkenrehde fürchtete, auch noch umarmt zu werden.

»Ja, und ich habe auch das Geld bei mir, das Sie so dringend erwarten«, sagte Falkenrehde. »Ich bin auch fast gerannt vom Postamt hierher … und das macht durstig …«

»Dann kommen Sie nur herein, der Kaffee steht schon auf dem Tisch, echter Bohnenkaffee, und an Brot und Butter soll es auch nicht fehlen.«

Falkenrehde dachte, als er es hörte, an den Begriff der Henkersmahlzeit. War Rudschinski wirklich der Theaterdichter Wilhelm Blümel, dann musste dem zugestanden werden, einen Raubmord kunstvoll inszenieren zu können. Die Frage war nur, ob er die Szene genussvoll ausspielen oder blitzschnell und unerwartet zuschlagen würde. Falkenrehde nahm an, dass es ein paar Minuten dauern würde, bis … Erst würde ihn Rudschinski/Blümel im Sessel Platz nehmen lassen und auffordern zu essen und zu trinken und ihm dann, wenn er mitten beim Genießen war, die Schlinge um den Hals werfen.

Doch da sollte er sich geirrt haben, denn kaum war er eingetreten, riss Rudschinski/Blümel eine Pistole unter dem Tuch hervor, das auf der Sessellehne lag, und schrie ihn an.

»Das Geld her, aber dalli!«

Falkenrehde starrte nicht zum ersten Mal in den Lauf einer Waffe und nahm das so gelassen hin, als wäre sie ein schwarz gefärbtes Holzspielzeug. Das hatte er mit Seydlitz, dem großen preußischen Reitergeneral gemein, im Augenblick, da die Schlacht begann, übermenschliche Ruhe an den Tag zu legen.

»Ja, gleich, ich mache ja schon«, sagte er, während er seine Geldtasche öffnete. Unter den zerschnittenen Zeitungsseiten lag ja seine eigene Waffe.

In der nächsten Sekunde hielt er sie in der Hand.

Doch der andere war schneller und drückte schon ab.

17.

Wilhelm Blümel saß in seiner Zelle und schrieb an seinem wichtigsten Werk. Der Arbeitstitel war noch immer Das Leben des Wilhelm Blümel, denn Der Geldbriefträgermörder schien ihm zu sperrig. Bis zur Gerichtsverhandlung sollte alles fertig sein. Was ihm indes noch fehlte, war ein wirklich aufwühlender, ein dramatischer, ein wahrhaft heroischer Schluss.

Seine Festnahme als Tabakwarenhändler Adolf Rudschinski gab dramaturgisch nichts her, so oft er auch seine Notizen durchging.

Rudschinski/Blümel sieht, dass Falkenrehde keine Geldscheine aus seiner Werttasche zieht, sondern eine Pistole. Er ist schneller, drückt ab, verfehlt aber den angeblichen Geldbriefträger. Vielleicht war er doch zu verblüfft. Er hat nicht geahnt, geschweige denn gewusst, dass dieser Podratz ein verkleideter Kriminaler war. Kein Instinkt! Nun feuert Falkenrehde, Blümel wird in der rechten Schulter getroffen, sinkt mit einem Schmerzensschrei zu Boden, verliert für einen Augenblick das Bewusstsein. Als er die Augen wieder aufschlägt, halten ihn drei Kriminalbeamte in Schach. Der Sanitäter kommt. Blümel wird notdürftig versorgt und ins Krankenhaus geschafft.

Daraus hätte nicht einmal ein Shakespeare etwas machen können, das war einfach zu dünn. Er warf sich auf seine Pritsche, um auf den rettenden Einfall zu warten. Dabei nickte er.

Er schreckte hoch, Falkenrehde kam, ihn weiter zu befragen. Diese Menschen wollten, dass er seine Taten in allen Einzelheiten schilderte. Grässlich!

»Wir müssen noch einmal auf die Spandauer Straße zurückkommen«, sagte Falkenrehde. »Uns ist immer noch nicht so richtig klar, warum die Witwe Wasserfuhr zu früh zurückgekommen ist.«

Blümel lachte. »Weil es so im Stück stand.«

»In Ihrem Stück?«, fragte Falkenrehde, als sie im Verhörzimmer angekommen waren.

»Im Stück, das der Herrgott geschrieben hat, denn: ›Jedermanns Gänge kommen vom Herrn.‹ Salomo, 20. Kapitel.«

Falkenrehde musste unwillkürlich schmunzeln. »Sie so sprechen zu hören, ist meines Herzens Freude und Wonne.«

»Dass mich das verraten hat ...« Blümel hat mit allem gerechnet, nur damit nicht. Hinterher war er natürlich klüger. »Es ist mir selber gar nicht aufgefallen, dass das, was ich in meinem Theologiestudium gelernt habe, so tief in mir verankert ist, denn ...« Er musste eine kleine Pause machen, denn gerade waren zwei Handwerker dabei, das Gitter vor dem Fenster zu erneuern, und da sie im vierten Stock irgendwie unter Höhenangst litten, taten sie sich schwer damit, es aus dem Mauerwerk zu lösen. Endlich hatten sie es geschafft und zogen ab damit.

»Tut mir leid, es ist kein anderes ›Zimmer‹ frei«, sagte Falkenrehde.

Wilhelm Blümel starrte auf die Fensteröffnung, in deren Mitte die aufgehende Sonne hing als wäre sie ein japanischer Lampion. Das war das Zeichen des Herrn, auf das er solange gewartet hatte, das war der einzig mögliche Schluss seines Stückes.

Er sprang auf, stieß mit dem rechten Arm Falkenrehde so kraftvoll zur Seite, dass der rückwärts mit seinem Stuhl zu Boden stürzte, rannte zum Fenster und schwang sich auf das Fensterbrett.

»Nun, o Unsterblichkeit, bist du ganz mein!«

Mit dem Kleist'schen Ausruf stürzte er sich in die Tiefe.

ENDE

Anmerkung

Wäre dies ein Film, so müsste es im Vorspann heißen »Nach Motiven aus dem Leben von Wilhelm Blume (1874–1922)«. Diesen Mann, diesen Berliner Verbrecher, hat es wirklich gegeben, seine Taten haben sich aber im kollektiven Gedächtnis der Stadt nicht festgesetzt, in keiner Berlin-Chronik taucht er auf.

Dem Berlinkenner wird der Name Wilhelm Blume aber eine Menge sagen, allerdings assoziiert er damit nicht den Geldbriefträgermörder, sondern den Pädagogen und Schulreformer (1884–1970), der u. a. die Schulfarm Insel Scharfenberg gegründet hat (siehe auch die Wilhelm-Blume-Allee in Tegel).

Schon von daher schien es mir sinnvoll, meinen Täter Wilhelm Blümel zu nennen. Den Fall Wilhelm Blume 1:1 als *true crime* zu schreiben, wäre fast ein Plagiat gewesen, denn dazu steht bei Regina Stürickow in ihrer Sammlung historischer Berliner Kriminalfälle, die 1998 im ›Verlag das Neue Berlin‹ unter dem Titel *Der Kommissar vom Alexanderplatz* erschienen ist, zu viel, andererseits geben die vorhandenen Materialien für meine Begriffe zu wenig her, um ein Psychogramm Blumes wagen zu können.

Auf Blume bin ich erstmals im Jahre 2006 gestoßen, als ich *Das große Album des Verbrechens* von Norbert Borrmann durchgeblättert habe. Da hatte ich sofort die Idee, dieses Thema und diesen Mann sozusagen ›auszuschlachten‹, alles aber im Jahre 1916 anzusiedeln, um nicht zu sehr in die Nähe ›Der Bestie vom Schlesischen Bahnhof‹ zu geraten. Erst als ich 14 von 17 Kapiteln geschrieben hatte, habe ich erfahren, dass Sybil Volks in ihrem Roman *Café Größenwahn – Kappes zweiter Fall*, Jaron 2007, den Geldbriefträgermörder als Vorbild genommen hatte.

Vielleicht sollte man aus seinem Leben wirklich ein Theaterstück machen.

*Weitere Krimis finden Sie auf den
folgenden Seiten oder im Internet:
www.gmeiner-verlag.de*

BOSETZKY / HUBY (HRSG.)
Nichts ist so fein gesponnen
....

466 Seiten, Paperback.
ISBN 978-3-8392-1190-8.

KRIMIPERLEN Der deutschsprachige Kriminalroman hat eine lange Tradition, nur leider kennt sie keiner. Die Herausgeber Horst Bosetzky (-ky) und Felix Huby haben in dieser Anthologie zwölf spannende Kriminalgeschichten ausgesucht und bearbeitet, um zu beweisen, dass auch in deutschsprachigen Ländern immer schon Krimis geschrieben wurden, und dies von namhaften Autoren wie E.T.A. Hoffmann, Gerhart Hauptmann, Heinrich von Kleist und Franz Grillparzer bis hin zu Theodor Fontane. Hier wurde ein wahrer Schatz an Kriminalgeschichten zusammengetragen, der Liebhabern des Genres eine aufregende und höchst vergnügliche Lektüre bescheren wird.

HORST BOSETZKY
Promijagd
....

276 Seiten, Paperback.
ISBN 978-3-8392-1085-7.

BERLINER JAGDSAISON Berlin-Schöneberg. Bernhard Jöllenbeck, 39 Jahre, Politiker der NeoLPD, wird am U-Bahnhof Bayerischer Platz von einem Zug überrollt. Die Umstände sind unklar. Sicher ist nur: Ein Mann ist geflüchtet. Kurze Zeit später wird der bekannte Promipsychiater Dr. Hagen Narsdorf erpresst. Der tote Politiker war einer seiner Patienten gewesen.

Narsdorf bittet Ex-Kommissar Hans-Jürgen Mannhardt um Hilfe. Schnell wird dem erfahrenen Ermittler klar, dass ein skrupelloser Soziopath Jagd auf Berlins Prominente macht ...

Wir machen's spannend

HORST BOSETZKY
Unterm Kirschbaum
....

230 Seiten, Paperback.
ISBN 978-3-8392-1025-3.

AUF FONTANES SPUREN
Hans-Jürgen Mannhardt, pensionierter Kommissar und nebenamtlicher Dozent, besucht mit seinen Studenten die Justizvollzugsanstalt Berlin-Tegel. Dort wird er von dem ehemaligen Profi-Fußballer Karsten Klütz angesprochen, der wegen Mordes zu einer langen Haftstrafe verurteilt ist. Klütz behauptet unschuldig zu sein.

Mannhardt und sein Enkel Orlando machen sich auf die Suche nach der Wahrheit. Der Fall liegt zehn Jahre zurück und die Beweise waren erdrückend, doch dann liefert ihnen ausgerechnet Fontanes Roman »Unterm Birnbaum« einen entscheidenden Hinweis …

SEBASTIAN THIEL
Wunderwaffe
....

374 Seiten, Paperback.
ISBN 978-3-8392-1251-6.

DUNKLE WOLKE Frühjahr 1944. Erik Stuckmann, als Chemiker bei der IG Farben beschäftigt, wird tot aufgefunden. Er soll sich unter Medikamenteneinfluss das Leben genommen haben. Sein bester Freund Nikolas Brandenburg glaubt nicht an einen Selbstmord und nimmt die Ermittlungen auf. Die Spur führt ihn nicht nur zur französischen Widerstandsbewegung, sondern auch in die höchsten Kreise der IG Farben. Nur langsam sammelt er Indizien und deckt dabei Unglaubliches auf …

GMEINER

Wir machen's spannend

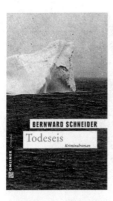

BERNWARD SCHNEIDER
Todeseis
....

276 Seiten, Paperback.
ISBN 978-3-8392-1252-3.

DIE NACHT DES UNTERGANGS Die Flucht vor dem Mörder ihres Geliebten führt die schöne Gladys auf die Titanic, als diese am 10. April 1912 von Southampton aus zu ihrer Jungfernreise nach New York in See sticht. An Bord des mondänen Schiffes begegnet Gladys einer illustren Reisegesellschaft aus Bankiers und Millionären, Aristokraten und Prominenten, für die die Jungfernfahrt des Meeresgiganten einen der gesellschaftlichen Höhepunkte des Jahres darstellt. Doch für ihre Feinde ist Gladys eine gefährliche Zeugin und selbst auf dem Schiff nicht sicher …

FRANK GOLDAMMER
Abstauber
....

320 Seiten, Paperback.
ISBN 978-3-8392-1250-9.

FUSSBALLGOTT In Dresden findet kurz vor Beginn der Fußball-EM in Polen/Ukraine ein letztes Testspiel der deutschen Mannschaft gegen die Slowakei statt. Auf dem Weg dorthin wird der Bundestrainer Klaus Ehlig bei einem Anschlag auf sein Auto schwer verletzt, sein Assistent Holger Jansen stirbt. Sofort entsteht ein riesiger Presserummel. Falk Tauner, Hauptkommissar und Fußballhasser, ermittelt unter gegnerischen Fans, aber auch ein kürzlich geschasster Spieler sowie ein rivalisierender Trainer geraten in sein Visier. Doch als die Tatwaffe gefunden wird, trägt sie die Fingerabdrücke des DFB-Präsidenten …

Wir machen's spannend

MAREN SCHWARZ
Treibgut
....

230 Seiten, Paperback.
ISBN 978-3-8392-1232-5.

ABGRUNDTIEF Elena Dierks gibt sich die Schuld am Tod ihrer Tochter Lea, die an einem stürmischen Wintertag im Kinderwagen über die Klippen der Kreidefelsen auf Rügen ins Meer gestürzt ist. Sie verliert darüber den Verstand und wird in die Psychiatrie eingeliefert. Jahre später glaubt sie, ihre Tochter im Fernsehen in einem Bericht aus Amerika erkannt zu haben. Das Schicksal der jungen Frau geht einer in der Psychiatrie beschäftigten Schwester derart unter die Haut, dass sie dem pensionierten Kommissar Henning Lüders davon erzählt. Er nimmt sich der Sache an und macht eine unglaubliche Entdeckung …

WOLFGANG BRENNER
Alleingang
....

270 Seiten, Paperback.
ISBN 978-3-8392-1227-1.

DAS FÜNFTE OPFER Marie Blau lebt mit ihrem kleinen Sohn Felix am Rande von Koserow auf Usedom. Ihr Mann Karl ist Berufssoldat und derzeit in Kundus stationiert. Eines Tages erreicht Marie die Nachricht, dass ihr Mann bei einem Selbstmordanschlag der Taliban ums Leben gekommen ist. Sie reist mit dem Jungen zur Trauerfeier nach Berlin. Dort weigert man sich jedoch, ihr den Leichnam ihres Mannes zu zeigen. Angeblich ist er entstellt. Und dann erhält Marie einen Anruf ihres totgesagten Gatten …

GMEINER

Wir machen's spannend

ELLA DANZ
Geschmacksverwirrung
....

368 Seiten, Paperback.
ISBN 978-3-8392-1248-6.

BISSEN ZUM ABSCHIED Kommissar Georg Angermüllers Stimmung passt zum grauen Novemberwetter in Lübeck. Erst vor kurzem zu Hause ausgezogen, fühlt er sich in den neuen vier Wänden noch ziemlich fremd. Und dann wird ausgerechnet in der Nachbarwohnung der Journalist Victor Hagebusch tot aufgefunden. Der Mann ist an Gänseleberpastete erstickt, die ihm mit einem Stopfrohr eingeführt wurde, und sitzt, nur mit einer Unterhose bekleidet, blutig rot beschmiert und weiß gefedert an seinem Schreibtisch. Alles sieht nach einer Tat militanter Tierschützer aus. Hatte der Journalist etwas mit der Szene zu tun? Angermüller folgt vielen Spuren, bis er auf eine überraschende Verbindung stößt ...

SANDRA DÜNSCHEDE
Nordfeuer
....

367 Seiten, Paperback.
ISBN 978-3-8392-1244-8.

IN FLAMMEN AUFGEGANGEN Die Menschen in Nordfriesland leben in Angst und Schrecken. Ein Feuerteufel treibt sein Unwesen. 14 Brände hat er bereits gelegt – fünf davon allein in Risum-Lindholm.

Der Polizei fehlt jede Spur. Dann fällt die Grundschule im Dorf dem Brandstifter zum Opfer und im Lehrerzimmer des abgebrannten Gebäudes stößt die Feuerwehr auf eine verkohlte Frauenleiche. Die Kriminalpolizei geht von einem Unfall aus, doch Kommissar Dirk Thamsen und seine Freunde Haie, Tom und Marlene vermuten, dass ein Trittbretttäter dahinter steckt, der einen Mord vertuschen will ...

REINHARD PELTE
Tieflug
························

276 Seiten, Paperback.
ISBN 978-3-8392-1236-3.

VERZWEIFELT GESUCHT Kriminalrat Tomas Jung ist ausgebrannt, sein letzter Fall hat ihn schwer mitgenommen. Um sich zu erholen, reist er mit seiner Frau an die Algarve und macht dort die Bekanntschaft eines Deutschen, der sich nur »Tiny« nennt. Nach und nach muss Jung erkennen, dass Tiny in einen Entführungsfall verwickelt ist, der gerade die ganze Welt in Atem hält: ein englisches Mädchen ist während des Urlaubs mit ihren Eltern spurlos aus dem Hotelzimmer verschwunden. Jung konfrontiert seinen Nachbarn mit seinem Wissen und erlebt einen Albtraum …

HARDY PUNDT
Bugschuss
························

332 Seiten, Paperback.
ISBN 978-3-8392-1224-0.

HECKENSCHÜTZE Es ist Sommer im Nordwesten. Eine Gruppe von sieben Männern unternimmt eine Rudertour über die Kanäle und Meere Ostfrieslands. Doch der Ausflug findet ein jähes Ende, als zwei Schüsse auf eines der Boote abgegeben werden. Ein Ruderer wird gestreift, ein anderer nur knapp verfehlt. Wem galt der Anschlag? Hauptkommissarin Tanja Itzenga und ihr Kollege Ulfert Ulferts nehmen die Ermittlungen auf. Als er neut Schüsse fallen, diesmal in der Hafenstadt Emden, verfolgen die Kommissare verschiedene Spuren. Alle führen weit in die Vergangenheit …

GMEINER

Wir machen's spannend

Unsere Lesermagazine
2 x jährlich das Neueste aus der Gmeiner-Bibliothek

DIN A6, 20 S., farbig   10 x 18 cm, 16 S., farbig   24 x 35 cm, 20 S., farbig

Alle Lesermagazine erhalten Sie in Ihrer Buchhandlung oder unter www.gmeiner-verlag.de.

GmeinerNewsletter
Neues aus der Welt der Gmeiner-Romane

Haben Sie schon unsere GmeinerNewsletter abonniert?

Monatlich erhalten Sie per E-Mail aktuelle Informationen aus der Welt der Krimis, der historischen Romane und der Frauenromane: Buchtipps, Berichte über Autoren und ihre Arbeit, Veranstaltungshinweise, neue Literaturseiten im Internet und interessante Neuigkeiten.

Die Anmeldung zu den GmeinerNewslettern ist ganz einfach. Direkt auf der Homepage des Gmeiner-Verlags (www.gmeiner-verlag.de) finden Sie das entsprechende Anmeldeformular.

Ihre Meinung ist gefragt!
Mitmachen und gewinnen

Wir möchten Ihnen mit unseren Romanen immer beste Unterhaltung bieten. Sie können uns dabei unterstützen, indem Sie uns Ihre Meinung zu den Gmeiner-Romanen sagen! Senden Sie eine E-Mail an gewinnspiel@gmeiner-verlag.de und teilen Sie uns mit, welches Buch Sie gelesen haben und wie es Ihnen gefallen hat. Alle Einsendungen nehmen automatisch am großen Jahresgewinnspiel mit attraktiven Buchpreisen teil.

Wir machen's spannend

Alle Gmeiner-Autoren und ihre Romane auf einen Blick

ANTHOLOGIEN: Mords-Sachsen 5 • Secret Service 2012 • Tod am Tegernsee • Drei Tagesritte vom Bodensee • Nichts ist so fein gesponnen • Zürich: Ausfahrt Mord • Mörderischer Erfindergeist • Secret Service 2011 • Tod am Starnberger See • Mords-Sachsen 4 • Sterbenslust • Tödliche Wasser • Gefährliche Nachbarn • Mords-Sachsen 3 • Tatort Ammersee • Campusmord • Mords-Sachsen 2 • Tod am Bodensee • Mords-Sachsen 1 • Grenzfälle • Spekulatius **ABE, REBECCA:** Im Labyrinth der Fugger **ARTMEIER, HILDEGUNDE:** Feuerross • Drachenfrau **BÄHR, MARTIN:** Moser und der Tote vom Tunnel **BAUER, HERMANN:** Philosophenpunsch • Verschwörungsmelange • Karambolage • Fernwehträume **BAUM, BEATE:** Weltverloren • Ruchlos • Häuserkampf **BAUMANN, MANFRED:** Wasserspiele • Jedermanntod **BECK, SINJE:** Totenklang • Duftspur • Einzelkämpfer **BECKER, OLIVER:** Die Sehnsucht der Krähentochter • Das Geheimnis der Krähentochter **BECKMANN, HERBERT:** Die Nacht von Berlin • Mark Twain unter den Linden • Die indiskreten Briefe des Giacomo Casanova **BEINSSEN, JAN:** Todesfrauen • Goldfrauen • Feuerfrauen **BLANKENBURG, ELKE MASCHA** Tastenfieber und Liebeslust **BLATTER, ULRIKE:** Vogelfrau **BODENMANN, MONA:** Mondmilchgubel **BÖCKER, BÄRBEL:** Mit 50 hat man noch Träume • Henkersmahl **BOENKE, MICHAEL:** Riedripp • Gott'sacker **BOMM, MANFRED:** Mundtot • Blutsauger • Kurzschluss • Glasklar • Notbremse • Schattennetz • Beweislast • Schusslinie • Mordloch • Trugschluss • Irrflug • Himmelsfelsen **BONN, SUSANNE:** Die Schule der Spielleute **BOSETZKY, HORST (-KY):** Der Fall des Dichters • Promijagd • Unterm Kirschbaum **BRENNER, WOLFGANG:** Alleingang **BRÖMME, BETTINA:** Weißwurst für Elfen **BÜHRIG, DIETER:** Schattenmenagerie • Der Klang der Erde • Schattengold **BÜRKL, ANNI:** Narrentanz • Ausgetanzt • Schwarztee **BUTTLER, MONIKA:** Abendfrieden • Herzraub **CLAUSEN, ANKE:** Dinnerparty • Ostseegrab **CRÖNERT, CLAUDIUS:** Das Kreuz der Hugenotten **DANZ, ELLA:** Geschmacksverwirrung • Ballaststoff • Schatz, schmeckt's dir nicht? • Rosenwahn • Kochwut • Nebelschleier • Steilufer • Osterfeuer **DIECHLER, GABRIELE:** Vom Himmel das Helle • Glutnester • Glaub mir, es muss Liebe sein • Engpass **DOLL, HENRY:** Neckarhaie **DÜNSCHEDE, SANDRA:** Nordfeuer • Todeswatt • Friesenrache • Solomord • Nordmord • Deichgrab **EMME, PIERRE:** Zwanzig/11 • Diamantenschmaus • Pizza Letale • Pasta Mortale • Schneenockerleklat • Florentinerpakt • Ballsaison • Tortenkomplott • Killerspiele • Würstelmassaker • Heurigenpassion • Schnitzelfarce • Pastetenlust **ERFMEYER, KLAUS:** Drahtzieher • Irrliebe • Endstadium • Tribunal • Geldmarie • Todeserklärung • Karrieresprung **ERWIN, BIRGIT / BUCHHORN, ULRICH:** Die Reliquie von Buchhorn • Die Gauklerin von Buchhorn • Die Herren von Buchhorn **FEIFAR, OSKAR:** Dorftratsch **FINK, SABINE:** Kainszeichen **FOHL, DAGMAR:** Der Duft von Bittermandel • Die Insel der Witwen • Das Mädchen und sein Henker **FRANZINGER, BERND:** Familiengrab • Zehnkampf • Leidenstour • Kindspech • Jammerhalde • Bombenstimmung • Wolfsfalle • Dinotod • Ohnmacht • Goldrausch • Pilzsaison **GARDEIN, UWE:** Das Mysterium des Himmels • Die Stunde des Königs

Wir machen's spannend

Alle Gmeiner-Autoren und ihre Romane auf einen Blick

GARDENER, EVA B.: Lebenshunger **GEISLER, KURT**: Friesenschnee • Bädersterben **GERWIEN, MICHAEL**: Isarbrodeln • Alpengrollen **GIBERT, MATTHIAS P.**: Menschenopfer • Zeitbombe • Rechtsdruck • Schmuddelkinder • Bullenhitze • Eiszeit • Zirkusluft • Kammerflimmern • Nervenflattern **GOLDAMMER, FRANK**: Abstauber **GÖRLICH, HARALD**: Kellerkind und Kaiserkrone **GORA, AXEL**: Die Versuchung des Elias • Das Duell der Astronomen **GRAF, EDI**: Bombenspiel • Leopardenjagd • Elefantengold • Löwenriss • Nashornfieber **GUDE, CHRISTIAN**: Kontrollverlust • Homunculus • Binärcode • Mosquito **HÄHNER, MARGIT**: Spielball der Götter **HAENNI, STEFAN**: Scherbenhaufen • Brahmsrösi • Narrentod **HAUG, GUNTER**: Gössenjagd • Hüttenzauber • Tauberschwarz • Höllenfahrt • Sturmwarnung • Riffhaie • Tiefenrausch **HEIM, UTA-MARIA**: Feierabend • Totenkuss • Wespennest • Das Rattenprinzip • Totschweigen • Dreckskind **HENSCHEL, REGINE C.**: Fünf sind keiner zu viel **HERELD, PETER**: Die Braut des Silberfinders • Das Geheimnis des Goldmachers **HOHLFELD, KERSTIN**: Glückskekssommer **HUNOLD-REIME, SIGRID**: Die Pension am Deich • Janssenhaus • Schattenmorellen • Frühstückspension **IMBSWEILER, MARCUS**: Schlossblick • Die Erstürmung des Himmels • Butenschön • Altstadtfest • Schlussakt • Bergfriedhof **JOSWIG, VOLKMAR / MELLE, HENNING VON**: Stahlhart **KARNANI, FRITJOF**: Notlandung • Turnaround • Takeover **KAST-RIEDLINGER, ANNETTE**: Liebling, ich kann auch anders **KEISER, GABRIELE**: Engelskraut • Gartenschläfer • Apollofalter **KEISER, GABRIELE / POLIFKA, WOLFGANG**: Puppenjäger **KELLER, STEFAN**: Totenkarneval • Kölner Kreuzigung **KINSKOFER, LOTTE / BAHR, ANKE**: Hermann für Frau Mann **KLAUSNER, UWE**: Engel der Rache • Kennedy-Syndrom • Bernstein-Connection • Die Bräute des Satans • Odessa-Komplott • Pilger des Zorns • Walhalla-Code • Die Kiliansverschwörung • Die Pforten der Hölle **KLEWE, SABINE**: Die schwarzseidene Dame • Blutsonne • Wintermärchen • Kinderspiel • Schattenriss **KLIKOVITS, PETRA M.**: Vollmondstrand **KLUGMANN, NORBERT**: Die Adler von Lübeck • Die Tochter des Salzhändlers • Schlüsselgewalt • Rebenblut **KOBJOLKE, JULIANE**: Tausche Brautschuh gegen Flossen **KÖSTERING, BERND**: Goetheglut • Goetheruh **KOHL, ERWIN**: Flatline • Grabtanz • Zugzwang **KOPPITZ, RAINER C.**: Machtrausch **KRAMER, VERONIKA**: Todesgeheimnis • Rachesommer **KREUZER, FRANZ**: Waldsterben **KRONECK, ULRIKE**: Das Frauenkomplott **KRONENBERG, SUSANNE**: Kunstgriff • Rheingrund • Weinrache • Kultopfer • Flammenpferd **KRUG, MICHAEL**: Bahnhofsmission **KRUSE, MARGIT**: Eisaugen **KURELLA, FRANK**: Der Kodex des Bösen • Das Pergament des Todes **LADNAR, ULRIKE**: Wiener Herzblut **LASCAUX, PAUL**: Mordswein • Gnadenbrot • Feuerwasser • Wursthimmel • Salztränen **LEBEK, HANS**: Todesschläger **LEHMKUHL, KURT**: Kardinalspoker • Dreiländermord • Nürburghölle • Raffgier **LEIMBACH, ALIDA**: Wintergruft **LEIX, BERND**: Fächergrün • Fächertraum • Waldstadt • Hackschnitzel • Zuckerblut • Bucheckern **LETSCHE, JULIAN**: Auf der Walz **LICHT, EMILIA**: Hotel Blaues Wunder **LIEBSCH, SONJA / MESTROVIC, NIVES**: Muttertier @n Rabenmutter **LIFKA, RICHARD**: Sonnenkönig **LOIBELSBERGER, GERHARD**: Mord und Brand • Reigen des Todes • Die

Wir machen's spannend

Alle Gmeiner-Autoren und ihre Romane auf einen Blick

Naschmarkt-Morde **MADER, RAIMUND A.**: Schindlerjüdin • Glasberg **MARION WEISS, ELKE**: Triangel **MAXIAN, JEFF / WEIDINGER, ERICH**: Mords-Zillertal **MISKO, MONA**: Winzertochter • Kindsblut **MORF, ISABEL**: Satzfetzen • Schrottreif **MOTHWURF, ONO**: Werbevoodoo • Taubendreck **MUCHA, MARTIN**: Seelenschacher • Papierkrieg **NAUMANN, STEPHAN**: Das Werk der Bücher **NEEB, URSULA**: Madame empfängt **NEUREITER, SIGRID**: Burgfrieden **ÖHRI, ARMIN / TSCHIRKY, VANESSA**: Sinfonie des Todes **OSWALD, SUSANNE**: Liebe wie gemalt **OTT, PAUL**: Bodensee-Blues **PARADEISER, PETER**: Himmelreich und Höllental **PARK, KAROLIN**: Stilettoholic **PELTE, REINHARD**: Abgestürzt • Inselbeichte • Kielwasser • Inselkoller **PFLUG, HARALD**: Tschoklet **PITTLER, ANDREAS**: Mischpoche **PORATH, SILKE / BRAUN, ANDREAS**: Klostergeist **PORATH, SILKE**: Nicht ohne meinen Mops **PUHLFÜRST, CLAUDIA**: Dunkelhaft • Eiseskälte • Leichenstarre **PUNDT, HARDY**: Bugschuss • Friesenwut • Deichbruch **PUSCHMANN, DOROTHEA**: Zwickmühle **RATH, CHRISTINE**: Butterblumenträume **ROSSBACHER, CLAUDIA**: Steirerherz • Steirerblut **RUSCH, HANS-JÜRGEN**: Neptunopfer • Gegenwende **SCHAEWEN, OLIVER VON**: Räuberblut • Schillerhöhe **SCHMID, CLAUDIA**: Die brennenden Lettern **SCHMÖE, FRIEDERIKE**: Rosenfolter • Lasst uns froh und grausig sein • Wasdunkelbleibt • Wernievergibt • Wieweitdugehst • Bisduvergisst • Fliehganzleis • Schweigfeinstill • Spinnefeind • Pfeilgift • Januskopf • Schockstarre • Käfersterben • Fratzenmond • Kirchweihmord • Maskenspiel **SCHNEIDER, BERNWARD**: Todeseis • Flammenteufel • Spittelmarkt **SCHNEIDER, HARALD**: Blutbahn • Räuberbier • Wassergeld • Erfindergeist • Schwarzkittel • Ernteopfer **SCHNYDER, MARIJKE**: Stollengeflüster • Matrjoschka-Jagd **SCHÖTTLE, RUPERT**: Damenschneider **SCHRÖDER, ANGELIKA**: Mordsgier • Mordswut • Mordsliebe **SCHÜTZ, ERICH**: Doktormacher-Mafia • Bombenbrut • Judengold **SCHUKER, KLAUS**: Brudernacht **SCHWAB, ELKE**: Angstfalle • Großeinsatz **SCHWARZ, MAREN**: Treibgut • Zwiespalt • Maienfrost • Dämonenspiel • Grabeskälte **SENF, JOCHEN**: Kindswut • Knochenspiel • Nichtwisser **SKALECKI, LILIANE / RIST, BIGGI**: Schwanensterben **SPATZ, WILLIBALD**: Alpenkasper • Alpenlust • Alpendöner **STAMMKÖTTER, ANDREAS**: Messewalzer **STEINHAUER, FRANZISKA**: Sturm über Branitz • Spielwiese • Gurkensaat • Wortlos • Menschenfänger • Narrenspiel • Seelenqual **STRENG, WILDIS**: Racheakt **SYLVESTER, CHRISTINE**: Ohrenzeugen Sachsen-Sushi **SZRAMA, BETTINA**: Die Hure und der Meisterdieb • Die Konkubine des Mörders • Die Giftmischerin **THIEL, SEBASTIAN**: Wunderwaffe • Die Hexe vom Niederrhein **THADEWALDT, ASTRID / BAUER, CARSTEN**: Blutblume • Kreuzkönig **THÖMMES, GÜNTHER**: Malz und Totschlag • Der Fluch des Bierzauberers • Das Erbe des Bierzauberers • Der Bierzauberer **TRAMITZ, CHRISTIANE**: Himmelsspitz **TRINKAUS, SABINE**: Schnapsleiche **ULLRICH, SONJA**: Fummelbunker • Teppichporsche **WARK, PETER**: Epizentrum • Ballonglühen **WERNLI, TAMARA**: Blind Date mit Folgen **WICKENHÄUSER, RUBEN PHILLIP**: Die Magie des Falken • Die Seele des Wolfes **WILKENLOH, WIMMER**: Eidernebel • Poppenspäl • Feuermal • Hätschelkind **WÖLM, DIETER**: Mainfall **WOLF, OLIVER**: Netzkiller **WUCHERER, BERNHARD**: Die Pestspur **WYSS, VERENA**: Blutrunen • Todesformel

GMEINER

Wir machen's spannend